GRAÇA
QUEIMADA

GRAÇA
QUEIMADA

GRAÇA QUEIMADA

MARGOT DOUAIHY

Tradução
Flávia Souto Maior

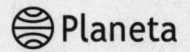

Planeta

Copyright © Margot Douaihy, 2023
Copyright © Editora Planeta do Brasil, 2024
Copyright da tradução © Flávia Souto Maior, 2024
Todos os direitos reservados.
Título original: *Scorched Grace*

Preparação: Carlos César da Silva
Revisão: Bárbara Prince e Angélica Andrade
Projeto gráfico e diagramação: Matheus Nagao
Capa e ilustração de capa: Will Staehle
Adaptação de capa: Renata Spolidoro

Dados Internacionais de Catalogação na Publicação (CIP)
Angélica Ilacqua CRB-8/7057

Douaihy, Margot
   Graça queimada / Margot Douaihy ; tradução de Flávia Souto Maior. – São Paulo : Planeta do Brasil, 2024.
   336 p.

   ISBN 978-85-422-2925-7
   Título original: Scorched Grace

   1. Ficção norte-americana 2. Ficção policial I. Título II. Maior, Flávia Souto

24-4773   CDD 813

Índice para catálogo sistemático:
1. Ficção norte-americana

MISTO
Papel | Apoiando o manejo florestal responsável
FSC® C112738

Ao escolher este livro, você está apoiando o manejo responsável de florestas do mundo e outras fontes controladas

2024
Todos os direitos desta edição reservados à
Editora Planeta do Brasil Ltda.
Rua Bela Cintra 986, 4º andar – Consolação
São Paulo – SP – 01415-002
www.planetadelivros.com.br
faleconosco@editoraplaneta.com.br

CAPÍTULO 1

O diabo não está nos detalhes. O mal prospera em pontos cegos. Na ausência, no espaço negativo, como a névoa de um truque de mágica. Os detalhes são obra de Deus, e o meu trabalho é manter esses detalhes em ordem.

Levei quatro horas e meia para lavar a roupa e limpar o vitral, e o meu corpo todo parecia destruído. Todos os tendões estavam distendidos. Até engolir doía. Então, quando minhas irmãs deslizaram até a sala para a reunião, com pastas e papéis pressionados junto a suas túnicas pretas, saí em direção à viela para uma reflexão divina — uma pausa para fumar. Era domingo, ao anoitecer.

Vício no sabá, eu sei. Não foi meu melhor momento. Mas *carpe diem*.

Uma hora para mim mesma era tudo que eu precisava. Uma aura de ameaça me provocou o dia todo. O ar estava denso e arenoso, como se quisesse brigar aos socos. O calor era pegajoso, típico de Nova Orleans, mas estava pior aquele dia. O sol, como o vermelho inchado de uma picada de mosquito. Fogo brando ocultando a violência da fervura. Eu não aguentaria outra reprimenda.

O semestre escolar tinha começado havia uma semana, e duas crianças já tinham feito reclamações sobre mim. "Ela está sempre no nosso pé! Não consigo nem sentir as pontas dos dedos mais!", um estudante resmungou. Outro (anônimo, devo acrescentar): "A aula de música é uma TORTURA!!!". Minha preocupação era que a irmã Augustine — nossa diretora e Madre Superiora, resistente e segura como um nó de marinheiro — me interrogasse na frente de todo mundo durante a reunião de domingo. O que inevitavelmente levaria a irmã Honor a se armar com infrações menores em sua cruzada contra mim. As bobagens daquela mulher eram tão habilmente afiadas que eram quase sagradas. E, é claro, minhas expectativas eram altas. As mais altas. A Escola de São Sebastião era uma das poucas escolas católicas particulares que restavam, longe de ser sofisticada, mas certamente de elite. Eu fazia minhas turmas praticarem durante uma hora por dia, cinco dias por semana. Como se fossem conjuntos reais. De que outra forma aprenderiam? É preciso se comprometer todos os dias. Eu estaria fazendo um desserviço aos alunos — e a Deus — se agisse de outra forma. Sofrer é um privilégio.

A dor é prova de crescimento.

Ela significa que estamos mudando.

E todos são capazes de mudar. Até eu.

Mas isso não significa que sempre acertei. Cada vez que eu era punida, minha tarefa era limpar as enormes janelas de vitral da igreja. Eu subia em nossa escada instável e lustrava o vidro, painel por painel. Onze no total. Azul forte, coral, verde-folha e minha preferida, bordô, a cor do vinho sagrado, o vermelho-vivo de uma língua cantando durante as vésperas. Nosso vitral contava histórias do Antigo e do Novo Testamentos. Moisés, com as mãos na cintura, abrindo o mar cerúleo. Os evangelistas: Mateus como um homem alado, Marcos como um leão, Lucas como um boi voador, e João como uma águia. O retrato lento do trauma da Via-Crúcis. Anjos adoradores flutuando sobre a manjedoura durante o nascimento de

Cristo, nosso Senhor, segurando harpas luminosas como joias em suas pequenas mãos. Era tudo tão bonito que às vezes doía.

Como observar pessoas na igreja enquanto se ajoelham e rezam. Uivam e perdem o equilíbrio. Vejo-as em seu pior estado. Ouço suplicarem segundas chances a Deus, a Maria e a Jesus. A um planeta de distância de seus cônjuges ou dos filhos ao lado deles no banco. Ou tão sozinhos que já não passam de fantasmas. Estamos sempre lá, nós freiras, para guardar espaço para milagres no terror, no tédio, na violência da vida. Para absorver, observar suas mãos trêmulas, validar suas dúvidas, honrar sua dor.

Você nunca nos vê te observando. Freiras são sorrateiras assim.

Com meu pano especial, limpei a coroa de espinhos de Jesus e as pombas da paz. As vinhetas douradas me lembravam de minhas tatuagens, as quais eu era obrigada a cobrir, mesmo no calor intenso de agosto, com luvas pretas e um lenço preto no pescoço — uma das contingências da irmã Augustine.

Limpar as janelas era para ser minha penitência, e era extenuante, mas eu gostava do trabalho. Cada painel me encantava. Tinha mais drama do que o Facebook. Ou do que uma briga de bar.

Às vezes, Jack Corolla, um dos zeladores da São Sebastião, levava sua escada para ajudar. *Ajudar* era um verbo generoso. Com frequência eu tinha de descer e segurá-la, pois ele era extremamente desajeitado e tinha medo de altura. Jack gostava mais da janela de serafim, encantado com os cabelos finos do anjo, o dourado incandescente de um filamento de lâmpada. "É-é-é a maldição de um prédio antigo como este", é como Jack explicava, com seu sotaque do sul e gagueira, todos os problemas que ele não conseguia resolver na escola. Goteiras, luzes piscando, fosse o que fosse. Jack era paranoico a respeito de chumbo na água e esporos de mofo após tempestades, convencido de que algo ruim sempre estava prestes a acontecer.

Ele me lembrava de meu irmão mais novo, Alce. Nenhum dos dois jamais admitiria ser supersticioso, mas tão certo quanto o sol se põe no oeste, ambos batiam três vezes na madeira. "Filtre duas vezes sua água, irmã!", Jack alertava. "Uma vez só não é suficiente. Filtre duas vezes!" A preocupação beirando à importunação. Uma doce importunação. Ambos gostavam de jogar conversa fora e me acompanhar com o pretexto de estarem trabalhando. Ambos se consideravam faz-tudo, mas eram as pessoas mais mão-cansada do lugar. Mas nós nos reinventamos, não é? Continuamos tentando, porque transformação é sobrevivência, como provou Jesus, como Alce me ensinou. Meu irmão sabia melhor do que ninguém o custo de viver nossa verdade. Eu queria ter dado ouvidos a ele antes.

Durante o primeiro de inúmeros castigos dados pela irmã Augustine, descobri que, ao pressionar o rosto junto ao rosto de Maria no vitral da Natividade, era possível enxergar através de seu olho translúcido e ver Nova Orleans brilhando lá embaixo como a asa de uma mariposa. No degrau mais alto da escada, com o olho no olho de Maria, eu vi os bairros de Faubourg Delassize e Livaudais à esquerda, a rua Tchoupitoulas e a hipnótica fita do rio Mississippi à direita. A cidade era elétrica a toda hora, mas, ao amanhecer, fiquei impressionada com a potência de cores que vibravam na luz sedosa. Casas tradicionais de Nova Orleans pintadas de cor-de-rosa, amarelo e cáqui espalhavam-se pelo bairro de Garden District, longas e estreitas como trilhos de trem. Contas roxas e verdes do desfile do Mardi Gras e barba-de-velho cinza pendiam dos galhos retorcidos dos carvalhos. Vi o bonde subir e descer a Saint Charles, passageiros embarcando e saltando enquanto a campainha de metal do bonde ressoava no ar. A maioria dos tolos imagina Nova Orleans como uma porcaria e uma caricatura — a tirania da rua Bourbon e o terror verde dos *shots* de gelatina. Vomitar até as tripas na sarjeta ou dentro de seu *étouffée* de lagostim. E, sim, revirei os olhos para essas tolices no Bairro Francês. Mas a cidade é mais complexa e assustadoramente sutil do que jamais imaginei. Mítica e verdadeira.

Tão verdadeira quanto qualquer história pode ser.

O almíscar inebriante da oliva doce e do jasmim noturno. Paralelepípedos do tamanho de Bíblias. A terrível simetria das tempestades — os olhos e bandas de chuvas de furacões. Chuvas repentinas cortando o ar. Inundações e renascimento.

Pela cidade, deparei-me com tesouros aleatórios, como visões divinas, o rosto de Santa Ana nas palmeiras. Durante minha primeira semana na Ordem, depois de pegar meu uniforme na guilda, entrei em uma loja de curiosidades poeirenta, pintada do preto aveludado de uma natureza-morta holandesa, que vendia crânios de pássaros, gravuras em marfim de baleia e bolinhas de gude. Nunca consegui encontrá-la de novo. Pelo portal de Maria, observei pavões vagarem pela rua em tons brilhantes de um flashback de LSD e invejei sua liberdade. Vi a névoa pairar como um véu branco-neon sobre o rio e a loja de esquina na rua Magazine onde a irmã Therese descobriu que era possível comprar uma barra de sabão e um frasco de poção do amor por cinco dólares. Ela nunca trouxe a poção, mas seus olhos brilhavam toda vez que a mencionava.

Às vezes, quando o desespero quieto de minha respiração se acomodava na superfície do vitral, eu queria correr para fora e me juntar aos shows espontâneos nas varandas, que surgiam a todas as horas — jazz, bebop, zydeco, funk, clássico, swing. Eu queria pegar o violão da mão de um músico e tocar. Deixar este mundo terreno por um instante e permitir que meus dedos pensassem por mim. Suor escorrendo de meu queixo.

No entanto, a Ordem me desafiou a ficar, a suavizar as farpas de meu invólucro mortal.

A Terra pode ser um paraíso ou um inferno, dependendo da perspectiva. Controle seus pensamentos, escolha em que focar, e é possível mudar a realidade.

Observando através do olho de Maria, dava para ver os quatro prédios distintos do campus da São Sebastião. Nosso convento, igreja e presbitério, onde três prédios individuais agrupam-se ao norte da rua Prytania. Nossa escola, com suas três alas — leste, central e oeste, dispostas como uma ferradura quadrada — ficava do outro lado da rua, em direção ao sul. Um pátio gramado injetava cor e vida no centro do *U* da escola, entre as alas leste e oeste. Alunos deitavam-se como sombras na grama sob velhas palmeiras, ou sentavam-se em longos bancos de granito, fofocando, ficando à toa, fazendo de tudo, exceto a lição de casa. Uma profusão de flores coloria o pátio o ano todo. Mesmo à noite, seus botões e orbes dançavam com seu próprio fogo.

Não que eu ficasse lá fora farreando depois de escurecer. Sem carros, as irmãs tinham de caminhar para todo lado. Na chuva torrencial, caminhávamos. No sol escaldante, caminhávamos. Em meio a ventanias violentas, caminhávamos.

Não tínhamos computadores no convento. Nem câmeras. Não tínhamos telefones, exceto uma relíquia verde de discar com fio na parede da cozinha. Não tínhamos dinheiro próprio. Nosso rádio era um modelo vintage com um sintonizador que funcionava, presente do padre Reese. Fazíamos permuta por itens como livros, café de chicória, alcaçuz vermelho e Doritos (culpa da irmã Therese). Cultivávamos dezessete variedades de frutas, legumes e ervas na horta, entre a igreja e o convento. Nenhum aluno tinha permissão para entrar em nossa horta, mas uma ou duas vezes eu notei Ryan Brown mastigando figos e tangerinas que pareciam um tanto quanto familiares. Nossos ovos eram de nossas próprias galinhas: Hennifer Peck e Frankie. Quando tínhamos missas especiais ou arrecadações de fundos pós-tempestades, íamos de casa em casa em nosso distrito. Foi assim que conheci alguns vizinhos, vagando e me perguntando o que achariam de uma freira como eu — dente de ouro devido a uma briga de bar, lenço e luvas pretos para esconder minhas tatuagens, as raízes pretas aparecendo sob os cabelos mal descoloridos.

Deus nunca me julgou de maneira tão dura como julgo a mim mesma.

Se você falasse com alguém do jeito que fala consigo mesma, Alce dizia, *seria abuso.*

Felizmente, não havia muito tempo para deixar minha mente divagar. Quando eu não estava na missa, ensinando violão, corrigindo lições de casa sem brilho ou ensaiando com o coral, estava limpando, passando o esfregão no piso de madeira de nosso convento, carregando lustra-móveis e água quente em um balde de metal, tentando não derramar bolhas pelas laterais. Usava meu avental branco quando esfregava, como a irmã Augustine havia me instruído. Dessa forma, teríamos um registro da sujeira, de nosso trabalho, de quanto havíamos nos dedicado. Tínhamos de manter os ambientes limpos. Uma *umidade* traiçoeira penetrava em todos os edifícios, corroendo estruturas adoradas de dentro para fora, como mentiras. Todos os nossos prédios estavam se afogando em mofo. Era limpar um canto com água sanitária e notar o mofo surgindo em uma nova parede no dia seguinte. Erupções pretas como piche.

Toda quarta-feira antes do amanhecer eu andava na ponta dos pés pelo convento, de chinelos, com um aspirador para remover as teias de aranha góticas dos cantos mais altos. Nós nunca matávamos nenhum tipo de criatura, apreciando a energia sagrada de todos os seres vivos, mesmo coisas do inferno sem rosto. Usando um copo e jornal, eu levava centopeias, baratas, aranhas e mariposas gigantes para fora, para o jardim, e as colocava com cuidado sob a laranjeira.

As vespas zumbiam e se batiam nas laterais do copo. Algumas aranhas eram grandes o bastante para eu notar seus muitos olhos, brilhando como buracos negros iridescentes.

Libertar insetos, salvar almas — fazíamos tudo isso. O serviço sagrado significava ação. Era um ideal mais fácil na teoria do que na prática. Esperava-se que até os estudantes ajudassem. Naquele domingo, durante minha maratona suada de limpeza, ouvi a badalada alta do sino do altar. Eram Jamie LaRose e Lamont Fournet saindo da sacristia, com os braços cheios de objetos de metal que refletiam feixes de cor desde os prismas das janelas.

— Olá, irmã Holiday! — A voz de Lamont era envolvente como um abraço de urso quando ela gritou de baixo. Eles estavam guardando objetos litúrgicos da missa. — Desculpe incomodá-la!

Fiquei pensando nas pessoas que pediam desculpas sem motivo, como se estivessem pedindo favores para uma infração futura. Mas Lamont e Jamie, ambos com dezessete anos, no último ano da São Sebastião, eram os mais confiáveis de nossos acólitos. Nunca se atrasavam para o ensaio do coral. Nunca derrubavam o incensário ou respondiam para o padre Reese. Lamont tinha mais de um metro e oitenta e falava alto sobre sua família crioula*, divindades coroadas no carro alegórico do Krewe du Vieux. Jamie era o mais quieto dos dois, e robusto, corpulento como um cofre de banco. Sempre olhando para baixo e arrastando os pés. Havia um peso inegável em Jamie, ele sorria apenas com os dentes, nunca com os olhos, como se o garoto mantivesse sua alma trancada bem no fundo. Ele era de uma linhagem cajun, franco-canadenses que migraram para o Golfo em sei lá que século. A franqueza infalível dos garotos, suas camisas para

---

* Na Luisiana, nos Estados Unidos, o termo "crioulo" se designa ao habitante cujo idioma oficial ou dominante é o francês. (N.E.)

dentro da calça e desejo de me contar tudo sobre suas jovens vidas, eram revigorantes — até mesmo irritantes — no mar de sarcasmo e sordidez dos adolescentes.

Depois que Jamie e Lamont deixaram a igreja aquele domingo, terminei de limpar no calor repugnante e tranquei tudo. Conferi que o pátio e a rua estavam mesmo vazios, evitei a procissão para o iminente show de horrores de uma reunião e fugi para o meu beco. Eu o chamava de meu porque eu era a única idiota que encarava o clamor do teatro e o cheiro podre da lixeira. Era o meu segredo.

Todo mundo tem segredos, principalmente freiras.

Como um bom mistério, o beco era ao mesmo tempo escondido e óbvio. Era possível passar por ele e nunca o ver. Uma lacuna deliberada. Meu fumódromo secreto. E, aquele dia, meu assento na primeira fileira para o crime que mudaria tudo, o primeiro abalo da turbulência.

Eu não tinha dinheiro para cigarros, é claro, mas fumar o que eu confiscava de meus alunos era justo. Os alunos não podiam fumar na São Sebastião — era meu dever intervir. E a irmã Honor diz que desperdício é pecado. Portanto, lá estava eu nos degraus do beco em pleno domingo à noite, cuidando da minha vida, assando no calor delirante que nunca cessava, nem mesmo ao anoitecer. O violão de Django Reinhardt vazava de um carro em alguma parte da Prytania. Música era o tecido conjuntivo de Nova Orleans — presente quando se precisava, como uma oração. Tanto a oração como a música eram sagradas, e salvaram meu triste ser mais vezes do que pude contar.

Eu, uma verdadeira crente, apesar da aparência.

Foi por isso que a irmã Augustine me recebeu positivamente na Escola de São Sebastião no ano passado. Ela viu meu potencial. Foi a única que me deu uma chance quando ninguém mais daria, nem a creche onde empregavam seguranças rudes demais para centros de detenção, ou as lojas de conserto de carros onde todos usavam metanfetamina, ou as agências de seguros em Bensonhurst. Eu estava disposta a trabalhar à noite e aos fins de semana, cacete, e tinha as qualidades de uma excelente investigadora: em partes iguais, foco metódico e impulsividade, com a paciência de um caçador e um apetite por *femmes fatales*. Ainda assim disseram não. Mas não a irmã Augustine. Ela me convidou a vir para Nova Orleans, para entrar na Ordem, com algumas condições.

Éramos em apenas quatro: a irmã Augustine (nossa devota Madre Superiora), a irmã Therese (uma ex-hippie com cara de santa que alimentava gatos de rua), a irmã Honor (uma desmancha-prazeres eterna que me detestava), e eu, a irmã Holiday, servindo a verdade impossível da piedade queer. Tão diferentes umas das outras quanto o livro de Levítico era do Cântico dos Cânticos e do livro de Judite. Como uma Ordem, no entanto, como as Irmãs do Sangue Sublime, dávamos certo. Pelo amor de Deus — o único amor real — e pelo amor das crianças de nossa cidade. Nosso lema, *Compartilhar a luz em um mundo escuro*, está gravado na placa na porta do convento.

Éramos uma Ordem progressista, mas ainda assim Irmãs Católicas, com regras a seguir ou, em meu caso, a testar. Todas as quatro focadas, trabalhando diligentemente na escola, na igreja, na prisão e em nosso convento. Nossos quartos eram modestos. Nosso banheiro do convento era espartano e cavernoso, com um ar bolorento e sepulcral. Sem espelhos em lugar nenhum. Sem secadores de cabelo. As cabines com os chuveiros tinham cortinas de plástico baratas. Quando eu desligava a mente um pouco no chuveiro, nunca por muito tempo (a irmã Therese cronometrava o banho para economizar água), via gotas formarem pequenas estalactites no teto. As áreas comuns do convento eram decoradas com a mesma austeridade que os túmulos sagrados, e eram frias como eles, uma bênção no calor sufocante e insistente.

Até mesmo meu beco sombreado estava escaldante. Eu estava com as malditas luvas e o lenço aquele domingo, como exigia a irmã Augustine, e parecia que eles tinham se fundido com minha pele. Ainda era um momento a sós glorioso, antes que a reunião terminasse, antes que eu entrasse no convento para jantar, com dois cigarros recolhidos na sexta-feira à tarde, tirados de trás das orelhas pontudas de Ryan Brown.

— Poxa, irmã, de novo? — Ryan Brown, aluno do segundo ano da São Sebastião, o rei da auto-humilhação, resmungou depois que peguei seus cigarros. — Qual é? — Ele jogou as mãos para o ar como uma criança birrenta. De todos os meus alunos, ele não tinha um pingo de malandragem. Meu suprimento contrabandeado passava por esse garoto curioso. A maioria dos estudantes fugia no instante em que eu entrava em uma sala, enquanto Ryan Brown permanecia. Suas flagrantes violações de nossas regras referentes ao tabaco faziam com que parecesse que ele estava tentando ser pego. Ou ele era ruim em ser mau. Diferentemente de mim.

Ergui os cigarros.

— Ficar mostrando seus cigarros te transforma em um cara durão?

— Mas eu...

— Aprenda a lutar pelo que você quer — interrompi Ryan. Não havia tempo para desculpas. — Ou aprenda a esconder melhor. Senão você perde tudo.

Minha sabedoria tinha uma certa graça, devo admitir.

Eu oferecia aos meus alunos a única coisa que importava na vida — honestidade — e o fazia da mesma forma como se serve vingança: friamente. Eu era uma fodida no que dizia respeito a muitas coisas, mas, quando se tratava de comprometimento, eu me envolvia totalmente, como uma píton comendo uma cabra, tendões e cascos e esqueleto e tudo. Como minhas irmãs, eu fazia tudo o que podia para elevar cada aluno, para ajudá-los a carregar a luz nas próprias mãos, em vez de segurar para eles. Às vezes isso significava chamar atenção por sua preguiça ou torpeza. E eu sabia como identificar malícia porque vivi isso. Para domar um cavalo ou um humano, é preciso primeiro entender a selvageria.

O fim de semana todo eu havia esperado pelo momento perfeito de saborear os cigarros, e ele finalmente tinha chegado naquele domingo. Eu estava suando por todas as camadas de meu uniforme, mas precisava de mais tempo do lado de fora. Sem um minuto para mim mesma eu surtaria com a irmã Honor. Meu pavio ainda era perigosamente curto, e a irmã Honor sabia como me irritar.

Peguei um dos cigarros roubados que mantinha escondidos no estojo de meu violão. Passei-o sob o nariz, cheirei-o, e o acendi com o último fósforo da caixa. Uma nuvem de mosquitos se dispersou com a mesma rapidez com que se formou, não como o pôr do sol, que permanecia do dourado surrado de um relógio de bolso, que parecia desacelerar o tempo. O crepúsculo era a junção entre o dia e a noite. Marés transparentes de calor me empurravam e puxavam. Minha pele se enrugava sob as luvas. Dizem que quem sobrevive em Nova York sobrevive em qualquer lugar. Mas Nova Orleans é o cadinho. Lar de milagres e maldições — nem vida nem morte, mas ambos. Em um espaço tão escasso, como parar diante de uma porta, é possível estar dentro ou fora, condenado ou salvo.

O suor escorria por minhas costas. Fiquei surpresa por estar tão silencioso lá fora, no beco cheio de traças, sem nenhum espetáculo ao vivo ou ensaio no velho teatro. COLOCANDO O DIABO DE VOLTA EM UM DIA BONITO, prometia o pôster. Como se o diabo fosse deixar alguém lhe dizer para onde ir. O teatro, como tantos grandes espaços na cidade, fora devastado pelas tempestades que ficavam mais fortes a cada ano. A tinta da porta da frente descascava em grandes rolos de mogno. A caminho da ruína, ainda delicioso. Mais opulento do que o maldito Palácio de Buckingham.

Acabados os fósforos, tive de fumar meu contrabando um atrás do outro, acendendo cada cigarro no anterior. Um tabaco luxuoso — provavelmente importado. Nossos alunos mais ricos eram filhos da puta — me desculpe, Senhor, é verdade —, mas os cigarros deles eram superiores ao lixo que eu fumava quando morava no Brooklyn, em minha antiga vida, onde meus dedos sangravam pelo dinheiro do aluguel, por gorjetas, por meu próximo uísque.

Uma lua crescente flutuava como uma garra. Sapos coaxavam na privacidade de seu disfarce noturno. Um coro estridente, o da noite. Ainda mais assustador no vapor tropical e fumaça âmbar dos postes de luz. Flores carnudas de magnólia tinham veias rosadas brilhantes, pequenos corações pulsando dentro de cada pétala. Dei outra tragada, deixei penetrar.

De repente, senti a bile no fundo de minha garganta. Meus olhos lacrimejaram quando uma onda de calor extra me atingiu.

Então, uma mancha vermelha e laranja. O céu noturno explodiu. Levei um segundo para compreender o que estava vendo.

Fogo.

A escola. Minha escola em chamas. A ala leste da São Sebastião estava queimando.

Chamas lívidas atravessavam uma janela aberta.

Em alguns segundos, o terror surgiu. É essa a sensação — o mais rápido momento mais lento. Algo tão inesperado distorce o tempo, com uma clareza e indistinção miseráveis. Como um acidente de carro. Os menores detalhes ao mesmo tempo aumentados e obscurecidos.

Um corpo em chamas caiu do segundo andar da ala que queimava e bateu no chão como um punho cruel.

— Meu Deus. — Joguei o cigarro e corri do beco até a Primeira Avenida, até a pessoa na grama. — Socorro! — gritei, mas não tinha ninguém por perto. Sem fôlego, voz falha.

Jack. Era meu confidente da limpeza, morto.

— Jack! — Ajoelhei ao seu lado. — Ai, meu Deus.

Ele não piscava ou se contraía, apenas ardia sob minhas palmas. Uma linha fina de sangue escorria de sua narina direita, tão delicada, como se tivesse sido pintada com cuidado por um pincel fino.

Jack carbonizando na grama, os membros abertos — a devastadora coreografia de uma barata pisada. Sua pele queimada tinha um cheiro ácido e terrivelmente doce.

Será que ele havia caído de uma janela aberta tentando fugir da fumaça?

Será que tinha sido empurrado?

Senhor, abrace Jack com força.

As portas eram sempre trancadas depois da reunião dos funcionários, que tinha acabado mais de uma hora antes, a reunião a que faltei.

Socorro.

Pensei ter ouvido um grito do lado de dentro. Tinha de checar se o prédio estava vazio. A maçaneta da porta ainda não estava quente, então coloquei o lenço curto sobre a boca como uma ladra e destranquei a porta. Explodiu fumaça em mim.

— Ei! — Corri pelo corredor, gritando, tossindo. Uma força peculiar me levava em frente. — Tem alguém aqui?

Nuvens de fumaça rastejavam lateralmente pelo teto. Espirais cinzentas pingavam por frestas nas paredes, silenciosas como a respiração.

O alarme de incêndio estava duro. Lascas de tinta vermelha se soltaram quando puxei a alavanca. Xinguei-a, como se isso fosse ajudar.

Ela finalmente se moveu para baixo, fazendo soar um alarme estridente que sacudiria os mortos. Porém os sprinklers não foram ativados.

— Tem alguém aqui? — Minha garganta doía com a secura do ar.

— Socorro! — gritou alguém ao longe. Parecia ao mesmo tempo bem distante e bem diante de meu rosto, mas eu mal conseguia enxergar. — Precisamos de ajuda! — Era uma voz familiar, mas eu estava tão em pânico que não consegui identificar, como uma música acelerada.

Senti cheiro de lixo em combustão quando a fumaça me atingiu. Como no Brooklyn, na noite da combustão. Na noite em que minha antiga vida terminou.

Nada estava no lugar certo. Não era para ninguém estar lá dentro.

— Continue falando! Eu vou te encontrar.

O ar estava denso como cimento, mas eu vi movimento — alguém no fim do corredor.

— Ei! — falei num engasgo ao correr na direção da pessoa, escorregando numa poça pontiaguda de cacos de vidro. — Ei.

A sombra se alongou e então desapareceu em um instante com as linhas assertivas e contínuas de um peixe em movimento. Um espírito abençoado. Havia esperado a vida toda para ver o Espírito Santo, e tinha de ser ali? Se momentos importunos fossem uma religião, eu seria o papa.

Os gritos se amplificaram atrás de mim. Eu me virei, tentando acompanhar as vozes. A porta da antiga sala de aula de religião estava aberta e, dentro dela, encolhidos no chão, estavam Jamie e Lamont. Por que estavam ali? O que tinham visto? O que tinham feito?

Corri até eles.

— Ele se cortou! — Lamont apontou para a coxa de Jamie, da qual escorria sangue. — Meu tornozelo está quebrado ou algo do tipo.

Os dois garotos estavam sentados lado a lado sob a lousa.

Pareciam alunos do jardim da infância se preparando para a hora da história, exceto pela fornalha de fogo e fumaça, e pelo sangue escorrendo da perna de Jamie. Um caco de vidro do tamanho de uma mão aberta saía da coxa dele. O painel estilhaçado pelo qual patinei no corredor. Ele se contorceu enquanto segurava a parte externa da perna esquerda. Seus olhos azuis se enfureceram enquanto uivava.

— Vou levar vocês para fora. — Eu ajoelhei. — Lamont, coloque o braço ao meu redor. Jamie, você em seguida. Vocês viram Jack aqui em cima?

Nenhum dos dois respondeu, paralisados com o choque. Ou seria culpa?

Tentei carregar os dois, mas mal consegui levantar um centímetro antes que nós três caíssemos de novo com um baque horrível.

Jamie rugiu. O vidro em sua coxa devia ter entrado ainda mais.

Se eu tentasse carregá-los novamente, poderia ser pior.

O funcionamento do corpo era tão misterioso para mim quanto o da mente, mas até eu sabia que teria de estabilizar a perna de Jamie.

— Um, dois — contei, e no três, usando minha luva para tração, arranquei o vidro ensanguentado de sua perna. Pedaços do garoto permaneceram no vidro, e em minhas luvas. Ele gritava como se estivesse sendo cortado vivo por um açougueiro.

Lamont ficou sentado, indefeso, tentando confortar Jamie, que rangia os dentes, enquanto o sangue escorria pelos dois lados de sua coxa carnuda.

Ave Maria.

Nada nos prepara para o vermelho cruel e úmido de uma ferida aberta. Uma segunda boca. Demoníaca.

Rezei, tentei canalizar Alce.

Rezar é esquizofrênico, Alce dizia para irritar minha mãe e eu. *Você não está falando com ninguém.* Implorei para ele não entrar para o exército da mesma forma como ele suplicou que eu não entrasse para a Ordem. Como se isso fizesse algum bem. Psicologia reversa era uma prática familiar. Entrei para o convento e Alce se inscreveu para o treinamento médico de combate naquele mesmo dia. Trocamos vidas antigas por vidas novas como se fosse uma coisa simples ou boba, mais fácil do que fazer uma moeda desaparecer. Técnica teatral. Quem pensaria que os Walsh queer se tornariam uma freira e um soldado? Mas que caralho de *tã-dã*, hein?

Tirei o lenço do pescoço — o fino tecido que a irmã Augustine me fazia usar — e o amarrei forte ao redor da coxa de Jamie. Um rápido torniquete.

— Eu queria poder carregar vocês dois, mas vou levar Jamie primeiro. Ele perdeu muito sangue.

— Não me deixe aqui! — gritou Lamont. Seus olhos castanhos estavam vermelhos, emanando medo.

Apertei o torniquete de Jamie, coloquei seu braço esquerdo ao redor dos meus ombros e o levantei pela cintura.

— Para cima! — Feito um casal embriagado em uma lua de mel barata, mancamos como um só ser. Jamie era mais alto do que eu, músculos sólidos, mas eu o ergui o suficiente para andar.

— Eu vou voltar, Lamont. Juro por Deus.

A adrenalina corria por minhas veias, como as drogas que eu costumava cheirar, como a explosão da força divina nas parábolas que passei a amar.

Salve, Rainha, mãe de misericórdia, vida, doçura, esperança nossa, salve! Meu terceiro olho.

Continuamos mancando pelo corredor. Lamont chorava no chão, arrastava-se como uma foca atrás de nós, gritando por mim, por Deus. Escorria sangue de Jamie, superando rapidamente minha tentativa de merda de fazer um torniquete. Teria sido incrível se o

Espírito Santo fizesse um milagre bem ali e naquele momento, mas não podíamos esperar pela intervenção divina.

— Porra. — Uma brasa ardente pegou no meu olho esquerdo como uma baioneta atingindo minha córnea. A terrível precisão do que não pode ser controlado.

Cambaleamos até a escadaria. Momentaneamente abrigados da fumaça, uma pequena prece atendida. Foi onde eu vi a escada e a caixa de ferramentas de Jack. Os zeladores faziam a maior parte da limpeza e dos consertos à noite, mas em um domingo?

Será que *Jack* causou o incêndio? Os meninos? Nada disso fazia sentido.

Porém nunca faz. Pela segunda vez, eu encarava a Morte nos olhos. Sei que ela está mirando em mim. Em todos nós. Se eu puder continuar escapando dela, é o que farei.

Os olhos de Jamie estavam abertos, mas seu olhar era vazio, resignado como o de alguém que desistiu. Dei um tapa forte no rosto dele.

— Foco — mandei, ainda que minha mente estivesse a mil em dez direções diferentes. Pensei *estamos ferrados!* e *vamos conseguir!* ao mesmo tempo, e eu precisava saber o que os garotos sabiam. Furei minha língua com o dente de ouro, com força suficiente para tirar sangue. Era um tique nervoso, mas me centrava, um pacto secreto, invisível a todos, menos a mim e a Deus; isso me ajudou a seguir adiante.

Quando chegamos ao térreo, um outro alarme soou. As altas e pesadas portas de emergência da São Sebastião começaram a se fechar lentamente.

As portas automáticas estavam nos trancando para dentro.

— Nós vamos sair daqui. — Eu me surpreendi com o golpe de energia que a palavra *nós* transmitiu.

Chutei a porta principal um segundo antes de as portas magnéticas de incêndio lacrarem a ala leste.

Espírito Santo, não nos abandone.

Eu resmunguei enquanto cambaleávamos para fora, onde choviam papéis da escola e cinzas. O corpo de Jack Corolla estava perfeitamente rígido perto da entrada da ala leste. Uma casca, agora vazia, que uma vez contivera tudo o que fazia Jack ser *Jack* — aquilo de falar com a boca cheia, a risada de morsa, a energia nervosa. O espírito de Jack desapareceu.

Jamie, quase inconsciente, murmurou:

— Isso é... um corpo?

O som de sirenes de polícia, ambulâncias e caminhões de bombeiro me sacudiu. Um caminhão de bombeiro desacelerou, depois parou na nossa frente enquanto vacilávamos. Bombeiros saltaram, desenrolaram suas mangueiras laranja e correram para a escola em chamas.

Jamie desabou no chão, olhos fechados, boca aberta como se estivesse em um sono profundo. Os paramédicos se apressaram. Ver aquele garoto mutilado e ensanguentado em mãos capazes foi um alívio quase insuportável. *Obrigada, Senhor.*

— Tem outro aluno lá dentro! — gritei com a língua que mais parecia uma lixa. — Lamont. Ele está ferido.

— Onde? — perguntou um paramédico.

— No segundo andar, na parte que dá para a rua. Jack caiu da janela. — Eu me virei e apontei para o corpo de Jack na grama. Minha mão, quando a levantei, parecia mármore esculpido.

Uma mulher com um distintivo apareceu e ajudou a me estabilizar quando comecei a cair. Por uma fração de segundo, caímos juntas. Mas ela cravou as pernas, endireitou as costas e flexionou os braços para nos manter em pé.

— Que noite de domingo tranquila, não é? — disse a mulher com um sorriso que era mais alto de um lado, como um navio emborcado.

— Eu preciso... — Engasguei. — ... lá dentro. — Eu não conseguia juntar as palavras.

Ela segurou meu bíceps com força.

— Não. Nós assumimos a partir de agora. Você ficará menos morta aqui fora, comigo.

A identificação da mulher estava presa ao bolso esquerdo da blusa amassada — Investigadora de Incêndios Magnolia Riveaux, Departamento de Bombeiros de Nova Orleans.

— Continue respirando. Eu sou a Maggie. — Iluminado pelos faróis da ambulância, o rosto dela brilhava com suor. — Você está ferida? — perguntou, já sabendo a resposta.

— Cinzas no olho.

— Vamos lavar isso. — Ela me levou na direção de uma ambulância que tinha estacionado no pátio. Os paramédicos estavam criando uma área de preparação.

— Você viu a queda? — perguntou ela. — Foi isso que ouvi?

— Jack Corolla. — Tossi, e, quando juntei os lábios, dei-me conta de que estavam rachados pelo calor. — Não sei se ele pulou, foi empurrado para fora ou o quê. Jack é nosso zelador.

Ela ergueu o radinho, encostou os lábios na superfície perfurada do microfone.

— 217 para Central.

— Prossiga, 217 — respondeu a voz no rádio.

— Tenho uma testemunha. — A investigadora Riveaux olhou em meus olhos. — Qual é o seu nome?

Abri a boca para falar, mas não saíram mais palavras. Era irritante ser silenciada por meu próprio corpo.

— Os pulmões devem estar prejudicados aqui — ela disse à pessoa invisível no rádio.

O ar noturno era estimulante e nauseante, como um gole de água de um pântano. Esse era o gosto pantanoso em minha língua quando desmaiei. Meu corpo se transformou em uma gosma e eu escorreguei das mãos dela.

...

Quando acordei, fiquei surpresa em sentir a elevação de uma maca. O copo plástico de um aparelho cobria minha boca. O oxigênio era suave e glorioso, respirava por mim.

Quanto tempo tinha ficado apagada? Onde estavam Jamie e Lamont? Cada segundo continha camadas complexas — imbricadas como guelras. Gritos, choro, alívio, oração, medo. Minhas calças de poliéster pretas, meu uniforme, cauterizadas em minha pele. As luvas havia muito perdidas.

De alguma forma, meu colar de ouro não tinha quebrado, a cruz ainda pesava contra meu peito. A camisa, rasgada e solta sobre o ombro, escorregara, revelando minhas tatuagens. Elas se estendiam por meu pescoço, acima do maxilar, até a base do crânio. Os botões deviam ter estourado quando carreguei Jamie. Os olhos de Riveaux se estreitaram enquanto ela analisava minha pele exposta, seguia minhas tatuagens. ALMA e RUIM estavam tatuados em meus dedos. Em meu pescoço estava Eva segurando sua maçã. O palíndromo ORO estava desenhado em cursiva verde e dourada brilhante, opulência nefasta, como a cobra no jardim do Éden em meu peito. Foi minha tatuagem mais dolorida. Uma lembrança do preço do egoísmo, do que está em jogo quando alguém só pensa em si mesmo, independentemente do quanto seja bom. Era também minha preferida, porque dava para ler no espelho. Não que tivéssemos espelhos no convento. Riveaux balbuciou a palavra *oro* — ela estava me lendo, ou tentando.

Eu me cobri com o duro cobertor azul que o paramédico havia me dado.

— Que bela grade. — Ela apontou para o meu dente encapado de ouro com o dedo magro.

Mostrei os dentes como um cachorro. Levantar os lábios era exaustivo.

— 217 para Central. — A investigadora levou o receptor à boca novamente. Anunciou: — Incêndio criminoso. Sem dúvida.

Incêndio criminoso. Como ela havia descoberto com tanta rapidez? Qual fora o indicativo?

Riveaux perscrutou meu olho bom.

— Qual é o seu nome mesmo?

— Holiday Walsh. Quer dizer, irmã Holiday.

— *Irmã?* — Ela ficou surpresa. — Achei que você fosse a moça da cantina da escola que ouve *death metal* mórbido.

— Eu me sinto mesmo mórbida. Os meninos estão bem?

— Estão com ferimentos graves — revelou Riveaux —, mas vão ficar bem. Assim que estiverem estáveis no hospital, vou fazer o interrogatório pegar fogo. — Seus trocadilhos eram excelentes apenas em suas taxas de erros consistentes, mas ela parecia satisfeita consigo mesma. Os olhos de Riveaux brilhavam em roxo e madeira, a luz taciturna de uma tempestade solar.

Morrendo de calor, eu precisava sentir o chão frio sob mim. Quando Riveaux foi chamada pelo capitão dos bombeiros, tirei a máscara, desci da maca e engatinhei até um pedaço de grama. Na minha frente havia papéis espalhados e provas e uma pequena cruz de madeira. Uma parte da cruz estava queimada, destruída até o toco. Parecia que podia ser carregada com facilidade, como uma arma. Eu quis segurá-la perto de mim. Estendi a mão para pegá-la, mas um paramédico me levantou, colocando as mãos fortes sob minhas axilas.

De volta à maca.

Riveaux e um paramédico me observavam enquanto eu estava deitada na ambulância. A máscara de oxigênio foi colocada de volta sobre meu nariz e boca. Eles estavam me monitorando atentamente. Engasguei tentando recuperar o fôlego, afogando-me em meu próprio corpo.

Com a adrenalina queimada, eu a senti, a batalha — anjos, demônios. Vi a Morte e sobrevivi às chamas pela segunda vez. Não é preciso ler a Bíblia para saber como os elementos nos atormentam e sustentam. Fogo, raiva, água, redenção. Que reviravolta havia provocado aquilo, o incêndio criminoso? Eu descobriria, mais cedo ou mais tarde, ou morreria tentando. Investigação e teimosia eram meus dons provindos de Deus, ferramentas que Elu sabia que eu poderia usar. Sim, minha divindade atende por Elu, com poder demais para uma pessoa ou um gênero ou qualquer categoria que meros mortais jamais poderão compreender. Aquele dia, Deus e o Espírito Santo abriram a porta, e eu corri para as chamas para ajudar os garotos. Estávamos no fogo, dentro de sua pegada vermelho-púrpura, as paredes rítmicas de um órgão batendo. Mas era igualmente óbvio, deitada naquela maca, meio cegada, meio viva, que nenhuma pessoa ou santidade ou salmo me salvaria. Eu mesma teria de fazer isso.

CAPÍTULO 2

O entardecer se tornou noite enquanto eu esperava dentro de uma ambulância aberta. Depois de me repreender por ter removido o vidro da perna de Jamie — "jamais faça isso!" — o paramédico repetia "acalme-se" enquanto media meus sinais vitais, mas eu continuava me sentando sobre o lençol branco da maca para ver as chamas.

A recusa do fogo. Sua indiferença. O quanto o nosso mundo é pregado e colado, com que rapidez tudo pode pegar fogo.

Bombeiros atacaram a ala leste com suas mangueiras. A água fez as chamas recuarem. Pisquei, passando os olhos pelo pátio escuro em busca do Espírito Santo, mas mal dava para enxergar. Meu olho coçava, como se tivesse sido picado por formigas-lava-pés.

Depois de abrirem caminho pela multidão de nosso convento até a rua, minhas irmãs formaram uma meia-lua atrás da ambulância.

Com seus véus, as irmãs Honor, Augustine e Therese poderiam ser figuras em um daguerreótipo do século passado. Elas eram as únicas freiras em Nova Orleans que usavam os hábitos tradicionais, longas túnicas pretas, como tendas. Cruzes douradas. Traje completo.

A irmã Augustine levantou os braços para o céu sufocante.

— Senhor, tenha piedade. — Frases que as pessoas dizem todos os dias com ironia ou humor, mas cujas palavras, para nós, são tão reais quanto sangue. Não são diferentes do feitiço de uma bruxa. A voz de nossa diretora estava centrada, e, embora seus olhos azuis estivessem secos, ela precisou reajustar seu hábito, retomar a compostura. Secar gotas de suor.

Até mesmo um santo poderia desmoronar, não que a irmã Augustine fosse uma santa, mas ela era tão contida que às vezes eu esquecia que ela era mortal.

— Ó, Sagrado, Sagrado, Sagrado Senhor — recitou a irmã T com sua voz musical —, guie-nos. — Ela tinha a pele marrom-clara e o mesmo rosto respeitável de minha tia Joanie, um rosto em que se confia porque é simples. Suas costas estavam encurvadas, um sinal de que a mulher estava se aproximando dos oitenta anos. Contudo, ela era mais forte do que parecia. A irmã T era capaz de mover grandes pedras no jardim e pegar um barril de água da chuva sozinha.

De modo tão banal quanto se estivesse dizendo o horário, contei:

— Jack morreu.

A irmã T colocou as duas mãos sobre o coração e me olhou com os olhos preocupados de uma mãe gata.

— Você salvou Jamie, irmã. E a alma do irmão Jack tem um lar eterno.

Sim. Jack havia partido, mas estava em segurança. Livre.

Contanto que ele não tivesse iniciado o maldito incêndio. Porque, se tivesse, seu lar eterno iria arder para sempre.

A irmã Honor estava cobrindo a boca com as mãos rechonchudas, então falou:

— Como você pôde deixar Lamont *lá dentro*? — Ela balançou a cabeça e fez um ruído de reprovação.

— Fique quieta — suplicou a irmã T. — Como ela poderia carregar os dois meninos de uma vez? — Ela se benzeu.

Uma onda de culpa fez meu peito e meu rosto em chamas ficarem ainda mais quentes.

Meu coração pareceu parar de bater por um segundo. *Alce, estou tendo um ataque cardíaco.*

Não, não está, imaginei Alce me corrigindo. Eu podia ouvir e ver meu irmão me instruindo, uma rainha quando ele queria ser, mas sempre com os olhos gentis de um filhote de husky, apreciando cada sílaba ao enunciá-la. *O que você está tendo é um ataque de pânico.*

Riveaux e um paramédico abriram caminho pelo arco fechado de minhas irmãs. O paramédico tinha mãos piedosamente frias e covinhas do tamanho de jujubas. Ele irrigou meus olhos e colocou um curativo sobre o que estava queimado.

— Gostei desse tapa-olho, pirata — ironizou Riveaux. Ela era do tipo casada com o trabalho, a julgar por seus *mom jeans*, pontas duplas nos cabelos e blusa sem corte, com todo o *je ne sais quoi* de um bar de aeroporto. Grandes marcas de suor ensopavam suas axilas. A armação de metal dos óculos era dois tamanhos acima do correto para seu rosto fino. Ela ligou uma lanterna para me olhar melhor.

Quem era aquela mulher? Suas piadas ruins. Seus jeans feios. Por que ela não me deixava em paz?

Vizinhos, estudantes e repórteres se amontoavam na rua entre a igreja e a escola. Uma repórter desceu de uma moto e começou a filmar antes mesmo de tirar o capacete. Grupos de rododendros vermelhos balançavam com a percussão da multidão. Avistei o irritante Ryan Brown tirando fotos com o celular, perto da área de preparação no pátio, até ser expulso por policiais. As irmãs romperam a formação atrás da ambulância, movendo-se em uma onda negra, uma brutalidade de corvos, lançando-se adiante e conduzindo Ryan Brown ao outro lado da rua para rezar.

Na ambulância, o rádio de Riveaux chiava com vozes. Códigos crípticos, conversas cruzadas.

Meia hora havia se passado desde que eu levara Jamie para fora. Todo o segundo andar da ala leste estava tomado. O estroboscópio epiléptico das luzes de emergência feria meu olho sem curativo.

O médico com covinhas me apalpou na maca. Eu estava fraca demais para afastá-lo.

— Oximetria de pulso, ok. — O paramédico aferiu minha pressão, auscultou meu coração. — Pressão nove por seis. Está baixa, mas no limite do normal.

O pátio estava com a movimentação de um hospital de campo. Outro carro de polícia parou perto de uma picape vermelha surrada, que depois fui saber que pertencia a Riveaux. O para-choque estava caindo.

Puxei o ar suave do respirador, tirando a máscara a cada trinta segundos para tossir. Eu precisava cuspir — meus dentes estavam cobertos de fuligem, mas minha boca estava seca demais, minha língua parecia cascalho. Era um sensação banal, o trauma de encher meu corpo com veneno, forçar cada centímetro de mim até o último limite. Alce dizia que pessoas como nós começam a fumar para poder ter desculpas para respirar fundo. Ele estava certo a respeito disso também.

— Me dê um soco no estômago — pedira Alce anos antes, depois de seu ataque. — Me dê o soco mais forte que puder.

— Eu não vou bater no meu irmão mais novo.

— Bata. — Ele pegou minha mão direita e a fechou em um punho. Eu não estava acostumada a calos em suas mãos normalmente finas. Seus dedos costumavam ser mais elegantes do que os meus, cheios de cicatrizes.

— Não.

— Eu preciso ficar mais forte. Me dê um soco.

— Não.

— Me dê um soco. — Alce fechou os olhos. — Vai logo.

Então eu dei. Meu irmão me pediu para socá-lo — para feri-lo — para ajudá-lo a se curar, então eu meti meu punho direito fechado em sua barriga e senti sua carne macia se separar. Ele gemeu quando fiz contato. O estranho elixir de ferir alguém, ser boa em causar dor.

A voz de Riveaux perfurou minha poluição interna.

— Algum funcionário, incluindo você, ou aluno tem histórico de prisões ou incêndio criminoso?

Eu já tinha sido quase presa no Brooklyn, mais de uma vez. Mas, graças ao meu velho, um policial de longa data, nunca tinha sido acusada. Omiti esses factoides.

A irmã Honor se rematerializou e se intrometeu.

— Prince Dempsey! — Ela indicou a Riveaux. — Anote aí P-R-I-N-C-E-D-E...

— Aham — aquiesceu Riveaux, acabando com a lição de soletração. — Qual a história de Prince Dempsey?

— É um aluno problemático — contei. — Fala muito, mas é só um vândalo trivial.

— Isso nós não sabemos, irmã Holiday! — A fúria aveludada, a teatralidade de suas palavras, tudo que saía da boca da irmã Honor eram versículos bíblicos ou versos de sonetos de Shakespeare.

Mas ela estava certa. Prince Dempsey era uma incógnita.

— Eu não sei — admiti. — Prince resgata cães — acrescentei —, mas é terrível com pessoas.

A irmã Honor balançou os ombros e mexeu no véu enquanto o suor escorria pelas rugas da testa.

— Bem, Prince Dempsey causou dois incêndios no ano passado, bem aqui na escola. — Ela falava no ritmo de alguém tentando se controlar, conter as lágrimas antes que recomeçassem.

— Incendiário. Interessante. — Riveaux rabiscou em sua estenografia, encarou minhas tatuagens com os olhos semicerrados mais uma vez, depois se virou para falar no rádio. Mais códigos. Palavras de fogo. Terminologia que eu não entendia.

O que eu entendia era a linguagem corporal, e a forma com que Riveaux e a irmã Honor olhavam para mim, quase como se suspeitassem de que eu tivesse tido algo a ver com o fogo. Ou com a queda brutal de Jack.

Eu mesma teria de resolver essa charada, nem que fosse só para provar que todos estavam errados.

Riveaux movimentava-se entre a ambulância e o limite da ala em chamas. Cada vez que ela retornava ao veículo, parecia mais convencida. Do quê, eu não sabia.

Todas as minhas três irmãs estavam em seus anos dourados, mas, naquele momento, voltando de seu círculo de orações, nenhuma delas pediu uma cadeira ou solicitou que lhes dessem espaço na abertura da ambulância para que pudessem se sentar.

As bochechas da irmã Honor afundaram quando ela olhou para a ala em chamas.

— Olhe para nossa tristeza, ó, poderoso Senhor. — Rugas cavernosas circundavam seus olhos. Vi lágrimas esculpirem seu rosto. — Irmã Holiday — gritou ela —, está olhando o quê, no bom nome de nosso Senhor? Pare de zombar de meu pesar!

O que faz você me desprezar tanto?, pensei. Senti meu desdém pela irmã Honor — ou era medo? — em um nível físico, conforme se espalhava por meu peito e minha cabeça.

Perdoe-me, Senhor. Estou tentando ser melhor.

Eu estando na maca e minhas irmãs abaixo, no chão, dava-me a impressão de que eu estava sobre um palco. A irmã Augustine sorriu. Estar perto dela era um conforto somático, o pêndulo que dita o ritmo. Ela respirou fundo.

— O Senhor é nosso Pastor. Vai ficar tudo bem.

— Ninguém está bem! Jack está morto — gritou a irmã Honor —, caído no chão como lixo! E, em meio ao caos, a irmã Holiday está se divertindo. — Ela se benzeu com arcos confusos em vez da longitude e latitude restritas da cruz.

A irmã Augustine ergueu as mãos em posição de prece e olhou em meu olho que funcionava.

— Perdoe a irmã Honor, ela está muito chateada. Todas nós estamos.

— Eu tentei ajudar.

— *Ajudar?* — A irmã Honor bufou e se virou para a irmã T. — A única pessoa que a irmã Holiday ajuda é *ela mesma*.

— O que ela poderia fazer? — A irmã T ignorou a irmã Honor. — Deixe ela em paz.

— Paz é tudo que a irmã Holiday tem! — A voz da irmã Honor endureceu. — Ela nem deveria estar aqui. Eu já entendi qual é a dela. Eu entendi *tudo*.

A irmã Honor era tão implacável e desagradável quanto um furacão durante o Festival de Jazz, mas não implicava com todo mundo. Apenas comigo. Eu costumava tentar ganhar a simpatia dela fazendo serviços extras: tirando baratas de seu quarto, quase vomitando todas as vezes; lavando suas roupas íntimas, rezando para que não fossem tão nojentas quanto eu temia e acrescentando uma colher de sopa a mais de água sanitária; destilando elogios sobre seu canto, mesmo quando era desafinado. Tentar cativar pessoas ranzinzas já foi um desafio divertido para mim. Um vício.

Eu não trouxe essa habilidade para Nova Orleans. A irmã Honor me derrubava a cada passo.

Ela deu meia-volta, seu centro de gravidade baixo como o de um pinguim. Segurou as mãos da irmã Augustine e rezaram novamente.

Eu queria arrancar aquela máscara e sair correndo. No entanto, desaparecer nunca havia consertado nada. Disso eu tinha certeza.

Riveaux, suada por ficar indo e voltando às pressas da ala esfumaçada para onde eu estava, sentou-se ao meu lado na ambulância e a prega frontal de seus jeans feios ficou saliente como uma braguilha.

— Aguente aí. Estamos de partida.

— Hã? — Por que a investigadora de incêndios deixaria a cena de um incêndio ativo?

— Para o hospital — esclareceu Riveaux. — Vou interrogar os garotos e você vai fazer um raio X e ser examinada.

— Me examine você mesma. Me dê remédios. Eu quero ir para casa.

— Que nada. — Ela cruzou as pernas na altura dos tornozelos. — Não depende de você. Não podemos arriscar. — Enquanto ela olhava para a ala em chamas, acenou com a cabeça. — Violento. Violento. — Seus olhos fixos, a forma com que falava consigo mesma. A presença de Riveaux era intensa, mas calmante como uma chuva forte. Ela era baixinha, no máximo um metro e sessenta e dois, mas sua confiança, seu comportamento "foda-se tudo", fazia com que parecesse mais alta. Ela apoiou o queixo nas mãos enquanto me encarava.

— Freiras moram no convento?

Fiz que sim com a cabeça, o que me deixou tonta. Era o mais perto de ficar bêbada que eu tinha chegado em um ano. Parte de mim me segurou lá, dentro da toxina, do giro sinistro, revivendo a conhecida fuga. Montando no touro mecânico até ser jogada no chão.

— Você estava dentro da escola quando o fogo começou? — O jeito com que ela inclinava a cabeça me fazia pensar que estava ouvindo com atenção.

— Não — respondi.

— Onde você estava?

Levantei o queixo para indicar o beco do teatro.

— Naquele beco, fumando.

— Uma freira fumando? Ora, ora, ora. Do beco, viu mais alguém? — insistiu ela.

Além de um corpo em chamas caindo do céu, sua idiota, pensei, mas não disse. Eu estava sem fôlego, então fiz que não com a cabeça. Eu queria que ela fosse embora. Sua proximidade estava começando a me sufocar.

— Não. — Senti a palavra sair da minha boca, mas não conseguia me ouvir. Como se minhas orelhas tivessem se desligado do meu cérebro. Recitei em silêncio: *Ave Maria, cheia de graça. Por favor, tire essa mulher de perto de mim.*

— O que você faz na escola?

— Dou aulas.

— Dá aulas de quê? — Riveaux secou a fronte com um lenço rasgado, deixando pedaços de papel branco em sua testa. Ela apertou o rabo de cavalo.

— Violão.

— Você também canta? No estilo da irmã Mary Clarence. Clássico. — Ela sorriu diante de sua comédia brega. — Você também voa? *A noviça voadora*? Ou com esse dente de ouro você prefere *A noviça rebelde*? — Ela riu.

Eu via o rastro de uma luz rosa toda vez que Riveaux movia a cabeça. Mexia os dedos para ter certeza de que meus pés ainda estavam presos ao corpo. Os pelos de minhas narinas pareciam queimados. Tirei a máscara de oxigênio e o tapa-olho inútil.

— Jack morreu — disse, tossindo — e você está brincando?

— Eu sei, eu sei. — Ela estalou o pescoço.

Por que ela ainda estava na ambulância comigo? Ela não era paramédica.

— Quando se vê o que eu vejo todo dia, é preciso rir. Entende o que estou falando?

Ao contrário do insuportável discurso monótono de meus alunos, as frases de Riveaux eram marteladas no final, fazendo com que suas perguntas soassem como declarações. Ela esfregou as mãos nas coxas da calça jeans para secar o suor.

A ambulância sacudiu. O freio de mão foi solto. Quanto antes me levassem para o hospital, antes eu poderia voltar para casa, voltar ao trabalho. Sair daquela maldita máscara de oxigênio. Estava acostumada a máscaras. Eu as havia usado a vida inteira. Mas não conseguia puxar o ar rápido o suficiente ou fundo o suficiente, como se eu tivesse sido perfurada por dentro e o furo estivesse aumentando.

— A escola estava mesmo trancada, ponto de interrogação. — Riveaux disse as palavras *ponto de interrogação* em voz alta, o que transformou sua pergunta em uma afirmação bizarra.

— Estava. Destranquei com a minha chave.

Riveaux deu batidinhas no peito, do lado direito, depois do esquerdo, mas além de sua identificação e distintivo, os bolsos da camisa estavam vazios. Ela passou à calça jeans, grande demais para sua forma esguia, pernas como cabos de vassoura. Bateu em todos os bolsos até encontrar seu maço de cigarros.

— Os alunos ficam por aqui aos fins de semana, ponto de interrogação.

Respirei fundo, desconcertada com sua forma de perguntar.

— Não costumam ficar. Eles apreciam cada segundo em que não precisam estar aqui.

O paramédico ao lado de Riveaux respondia ao nome Mickey. Ele me encarou. Era o cara com a covinha no queixo de novo. Olhos como torrentes de safira. Ele tinha SEMPER FI tatuado no antebraço. Um fuzileiro naval.

Até onde eu soube, meu irmão havia ido duas vezes como paramédico para o Afeganistão. Talvez três.

Alce e eu éramos tão similares, e ainda assim surpreendentemente diferentes. Ambos tínhamos o típico "ar dos Walsh" — olhos azuis com pálpebras pesadas que inspiravam amigos e estranhos a nos perguntar se estávamos chapados. E provavelmente estávamos. Enquanto ele tinha o olhar suave e úmido de um cervo, eu estava mais para uma raposa selvagem. As maneiras absurdas com que tentávamos provar nossa coragem — eu e Alce. Mostrando ao mundo que podíamos aguentá-lo. Ressurreição? Manda ver. No palco, quando o mágico corta uma pessoa em dois, é um truque impressionante e a multidão vai à loucura, mas a que custo? Será que é mesmo possível juntar a pessoa de novo?

A fumaça dispersou por um instante, revelando o brilho da lua branca como uma caveira pela janela da ambulância.

Saímos lentamente do pátio, mas paramos de novo na rua Prytania.

Minha vida aparentemente não estava mais em perigo, com base em nosso ritmo lento.

A ala leste queimada. Jack Corolla estava morto. *Por quê?*

E mais importante: *quem?*

Riveaux achava que tinha sido um incêndio criminoso. Alguém causara o fogo.

Minha formação não era tão robusta quanto a das outras freiras (a faculdade era um esquema de pirâmide, e seguir ordens não era exatamente o meu forte), mas eu costumava ler histórias de detetive para fugir da vida, então sabia uma coisa ou outra sobre enigmas. Os mais antigos eram meus preferidos. Livros clássicos de investigação são bobos, ridículos e completamente inebriantes, assim como músicas "de matar" no caraoquê. *Problemas são da minha conta*, disse Philip Marlowe, o melhor dos detetives particulares. Suas obsessões, apesar da destruição, e seu gosto pela aniquilação faziam com que ele parecesse mais real para mim. É engraçado como as histórias exageradas nos permitem ver a nós mesmos, como o surpreendente reconhecimento do meu reflexo no vitral. E eu não era ingênua. Como uma mulher queer e uma Irmã do Sangue Sublime, meu olhar ia além do óbvio imediato. Ockham era um monge — ponto por isso — mas a navalha de Ockham era uma piada. Respostas aninhadas em contradições. Primeiras impressões normalmente estavam erradas.

Muito erradas.

Cada cidade, cada campus, precisava de um investigador. Era o papel que eu havia assumido para mim mesma, para o bem ou para o mal. Eu tinha desvendado uma lista de pequenos mistérios durante meu primeiro ano no convento: O Caso do Rosário Perdido (estava na geladeira) e O Caso das Lentes Surrupiadas (os óculos de leitura da irmã T, roubados por Vodu, a gata do jardim, e escondidos em seu local de soneca, sob o banco). O Caso da Fé Perdida era uma questão maior.

A ambulância mal se movia. Riveaux derrubou seu bloco de notas e murmurou consigo mesma enquanto o recolhia de algum lugar no chão. Sua testa estava brilhando, os óculos ficavam escorregando por seu nariz imponente.

— Como os alunos entraram na escola trancada? — indagou.

Imagens aterrorizantes dos garotos — o banho de sangue de Jamie, Lamont gritando, suplicando para eu ficar — fizeram eu me encolher. Porém coloquei meus dotes de investigadora queer para trabalhar. Dois adolescentes sozinhos. Ambos atletas. Ambos atraentes. A mão de Lamont no ombro de Jamie. Ambos acólitos de famílias seriamente religiosas, com familiares que acreditavam que a oração persistente era capaz de curar tendências homossexuais. Jovens demais para se encontrarem em um bar.

Tirei a máscara de oxigênio.

— Os jovens sempre encontram um jeito, com a motivação certa. Eles poderiam estar estudando, mas namorando é o cenário mais provável.

Riveaux tirou os óculos, secou o suor do canto dos olhos.

— Amor juvenil — constatou ela. — Encontrando-se na *escola* entre tantos lugares.

— Talvez não houvesse mais nenhum lugar em que soubessem que estariam sozinhos.

Ela me olhou de canto de olho.

— Acha que Jamie e Lamont iniciaram o incêndio?

Dei de ombros. Até ter certeza de que poderia confiar em Riveaux, eu escondia o jogo e guardava os detalhes em minha mente. O corpo em chamas de Jack cortara o ar como Ícaro, depois virara churrasco na grama. Eu havia encontrado Jamie e Lamont na sala de aula do segundo andar. Se Jack pegara Jamie e Lamont no flagra, eles poderiam tê-lo empurrado pela janela para que seus pais não ficassem sabendo. Altamente improvável, mas eu não podia desconsiderar nada.

— Alguém ligou para a emergência e reportou o incêndio — contou Riveaux, ultrapassando meu silêncio. — O Bom Samaritano não deixou o nome. Foi você?

— Não. Freiras não têm celulares.

Ela estalou os dedos de uma forma que parecia confortar tanto quanto machucar, como fazem as manias, tiques que se tornam tão familiares que paramos de questioná-los.

— Aham.

— Não acredita em mim?

— Acabei de te conhecer. — Riveaux pegou um cigarro do maço e o colocou na boca. Estávamos em uma ambulância fechada, então colocar um cigarro apagado entre os lábios secos parecia fazer parte de sua encenação. Bastante parecida com Ryan Brown e Prince Dempsey.

E comigo.

— O fogo é uma ciência muito específica, uma ciência distinta e engenhosa — declarou ela com o cigarro ainda na boca e algo parecido com admiração crepitando na voz. — Uma cadeia de *reações*. — Ela sacudiu as mãos.

— Enviada pelo diabo.

— Você tem sorte, irmã.

Pisquei meus olhos marejados.

— Não me sinto com sorte.

— Não se preocupe. Você está em boas mãos. — Ela bateu no distintivo do corpo de bombeiros. — Sou a primeira investigadora de incêndios negra de Nova Orleans, então você sabe que sou cinquenta e cinco vezes melhor do que aqueles caras brancos.

— Sou a primeira freira punk.

Um dos olhos violeta de Riveaux se fechou enquanto ela reprimia a diversão.

Ela disse que levaria várias horas para garantir que não houvesse nenhuma brasa viva pronta para reavivar o inferno. Seriam três da manhã àquela altura.

Seguindo para o sul a caminho do hospital, com as entranhas queimando, os músculos doendo, imaginei minhas irmãs deixando a rua caótica, arrastando os pés com lágrimas nos olhos para o convento silencioso. Pelo pequeno retângulo da janela da ambulância, vi um drone da polícia pairando gentilmente, como um anjo robótico. Devia estar sendo usado para captar uma visão aérea dos danos. Como seria voar alto o suficiente sobre a destruição para ver, mas não sentir o calor?

O fogo, com que facilidade ele devorava madeira, com a fome crua de uma maré. Fogo é imenso e imensurável; ele continua se expandindo, se reproduzindo, até água ou ar o deter. Se o Senhor gosta de nós, por que somos tão frágeis e o fogo tão grandioso? É um debate inútil. As pessoas são o fogo e o fogo é as pessoas. Nascemos com eletricidade em nossos corações, a chama divina. Quando morremos, retornamos aos elementos. Das cinzas às malditas cinzas.

CAPÍTULO 3

Eu me lembrava de minha alta sem incidentes do hospital, mas não de quem tinha me acompanhado até em casa. Minha próxima lembrança nítida era às quatro da manhã, tomando um banho gelado no banheiro do convento. As luminárias eram lâmpadas simples, mas a potência era avermelhada e baixa, conferindo ao nosso banheiro monástico a iluminação silenciosa de um freezer. Não havia artes nas paredes. Saí, tremendo, mas ainda suando. Fraca demais para secar os cabelos com a toalha.

Por uma hora, fiquei sentada em meu quarto modesto, nua em minha cama estreita, com os pulmões chiando. Por mais que toda a energia tivesse sido drenada de meus membros, eu não conseguia dormir. Os menores sons tamborilavam em meus ouvidos. Meu olho esquerdo ainda latejava com uma dor aguda.

Eu precisava ouvir música, mas não podia acordar ninguém com meu violão. Não podia nem segurar o maldito instrumento. Eu trocaria praticamente qualquer coisa por meu aparelho de som e minha fita gravada, retalhos de minha antiga vida que eu tinha trazido do Brooklyn. Porém a irmã Augustine tinha confiscado minha fita e meu aparelho de som vintage, em minha primeira noite no convento, um ano antes.

— Alto demais. — A irmã Augustine correu para minha porta com as mãos frágeis tampando os dois ouvidos. — SISTER AXE — ela leu em voz a alta o título rabiscado da fita gravada, escrito com canetinha. — "SISTER AXE" é o que você poderia considerar "ironia"? — questionou ela. Eu fiz que sim com a cabeça. Era uma fita com Bikini Kill, em grande parte, e oito das primeiras músicas de nossa banda. Nina tinha deixado em cima de minha caixa de correio quando eu parti. Para sempre. Nunca agradeci e ouvi apenas uma vez, mas me assombrava.

Fiquei me debatendo na cama dura até as seis horas, quando começou a chover. Repetidas vezes, vi a imagem do corpo de Jack e o ouvi bater no chão com um estalo surpreendente. A água açoitava no telhado. Chuva da arca de Noé. Como a magia invisível que governa essa cidade selvagem, a chuva liga o paraíso ao Hades. E vice-versa.

Tão rapidamente como veio, a chuva recuou. Nosso velho e ranzinza galo de briga, Vermelhudo, surtou. O maldito galo tinha ficado rouco. A gata do jardim, Vodu, choramingava. Vodu e Vermelhudo não eram amigos, mas não tentavam se matar. Melhor do que muita gente.

O travesseiro queimava a parte de trás de minha cabeça. Os lençóis eram grosseiros e pinicavam feito palha, do tipo que colocamos no presépio todo Natal. Eu precisava de café. Pelo cheiro, dava para saber que a irmã T tinha feito um bule de seu café de raiz de chicória. Da primeira vez que experimentei, foi uma revelação, a profundidade terrosa das avelãs torradas. Mas eu estava com medo de qualquer coisa quente. Parecia que a irmã T tinha feito pão fresco também — e provavelmente estava passando manteiga em uma fatia para mim naquele momento —, mas eu estava sem apetite para tomar café da manhã.

Quando contei todas as minhas roupas, como fazia todas as manhãs — o ritual acalmava minha mente, como tocar as contas de um rosário —, notei algo estranho. Estava faltando uma de minhas blusas pretas. Toda irmã tinha cinco blusas pretas da guilda. Contei duas blusas em meu armário. Mais a arruinada da noite anterior e a que eu tinha separado para o dia, somavam quatro. Procurei em toda parte de meu quarto modesto, debaixo da cama, no cesto de roupa suja, nas gavetas da cômoda. Nada.

No domingo, sabe-se lá quando, ou como, uma de minhas blusas havia desaparecido.

Alguém a *pegara* do meu quarto.

Sherlock disse "o jogo continua". No entanto, um mistério é mais como pular de um carro em movimento. Quando se toma a decisão, não tem mais jeito. Não é possível voltar atrás até estar resolvido. E eu só estava começando.

Às sete da manhã, fazia calor, mas o céu estava extremamente claro. Em Nova Orleans, as manhãs enganavam. Elas se desenrolavam calma e lentamente, à medida que o calor ganhava sua tremenda força úmida. Palmeiras balançavam uma diante da outra. Canários verde-claros trocavam palavras de pássaros nos galhos dos carvalhos. Deixei meu olho bom avaliar o exterior da ala queimada, depois observar as flores e árvores que tinham sobrevivido à emboscada de caminhões de bombeiros e trânsito e chuva durante a noite. Os arbustos de jasmim-do-imperador, monardas e trechos de flox azuis de que Bernard Pham, nosso outro zelador, cuidava. Jack e Bernard estavam sempre consertando problemas no encanamento ou luzes com mau contato no corredor juntos, mas paisagismo era o verdadeiro dom de Bernard. Ele tinha jeito com plantas e era detalhista. Passava infinitas horas sob a mentoria da irmã T, cultivando as flores da escola, ervas e árvores frutíferas em nosso jardim.

Duas mulheres passaram de bicicleta enquanto eu esperava nos degraus da igreja. Elas iam no sentido contrário ao do trânsito, com os cabelos ondulados dançando de lado ao vento selvagem. Uma mulher pedalava com firmeza, com a outra sentada no guidão. Qualquer relevo na rua mandaria Maria Guidão pelos ares, de cara, sobre os carros que passavam. Elas gritavam enquanto a que pedalava ia mais rápido, como se ela estivesse desvendando o próprio tempo, seguindo em frente enquanto a passageira levantava as mãos sobre a cabeça, escudos contra o sol forte. Com frequência, as mulheres exigem isso umas das outras, sustentando posições impossíveis ao se contorcerem inteiras para se equilibrar. Meu corpo todo estremeceu quando respirei, como se meus pulmões estivessem queimados. Uma mariposa-falcão passou por perto.

As Irmãs do Sangue Sublime iam à missa todas as manhãs. Segunda-feira não era exceção, a não ser pelo fato de que Jack estava morto, nossa ala leste tinha sido quase destruída pelo fogo, dois alunos estavam gravemente feridos, meu olho esquerdo estava inchado e fechado, uma das blusas de meu uniforme tinha desaparecido e meu peito parecia oco. Sentamos juntas no banco mais próximo ao altar. A irmã T balançava em prece, seu corpo possuído com Adoração. A irmã Augustine cantarolava suavemente, acariciando meus ombros e minhas costas enquanto eu tossia.

Nosso líder, o padre Reese, fez um sermão terrivelmente pouco inspirado, "em honra" de Jack Corolla e exaltando as graças do arrependimento. De alguma forma, ele transformou a morte de Jack em outro motivo para nos odiarmos. E quanto à misericórdia? O conforto? Se a punição é hétero, o perdão é queer, até porque somos viciados em pedir desculpas.

A irmã Honor bufou baixinho e sussurrou em minha direção, para a irmã Augustine.

— Exatamente o que precisávamos neste momento, palavras indiferentes do padre Reese. É vergonhoso de minha parte dizer, mas não louvar totalmente o Senhor me parece inapropriado e, na verdade, perigoso, uma vez que o *Mal* já se infiltrou em nosso meio.

— Amém — respondeu a irmã Augustine, ainda acariciando minhas costas.

O sermão do padre Reese foi patético. Como a irmã Honor, lamentei pela congregação, que ansiava por inspiração logo após a terrível morte de Jack. A garantia da Palavra era o que todos nós queríamos na igreja. Nos desfibrile. Dê um choque em nossos corações. Nos diga que não faz mal sentir dor. Que a vida é foda, mas ainda vale a pena. Nos diga que a dor é uma parte crucial da história de todos — cada nascimento e renascimento. Nos diga que não precisamos responder todas as perguntas. O mistério divino despertou minha conversão. Se funcionou comigo, poderia erguer qualquer um. Talvez o padre Reese estivesse exausto. Todos estávamos. Mas, qual é? Muitas vezes desejei que pudesse ser eu ou qualquer uma de minhas irmãs no alto daquele púlpito, compartilhando a paixão que sentíamos todos os dias. Até mesmo a espinhosa irmã Honor poderia nos incitar a sentir o Senhor, ou pelo menos nos assustar. Sentir alguma coisa era melhor do que estar entorpecido.

— Não é nosso chamado, Senhor, ouvir o Seu chamado? — disse o padre Reese.

Suspirei alto, fazendo a irmã Augustine me cutucar.

Um fiapo de homem no grande púlpito, o padre Reese tinha voltado da etapa de Houston da turnê de seu mais recente livro. Ele era autor de uma dúzia de tomos sobre o espírito evolucionário do Concílio Vaticano II — vinte anos de seus sermões colados como uma biografia elíptica —, que eram odes infladas a seus próprios triunfos intelectuais. Depois que a notícia do incêndio havia se espalhado na noite anterior, um membro da congregação dirigiu a noite toda para levá-lo de volta a Nova Orleans, praticamente o carregando para a porta da igreja, como um príncipe imprestável resgatado na floresta. Eu via a boca do padre se mexer, mas só conseguia ouvir o zumbido fantasma do alarme de incêndio. O olíbano queimava a lateral do barco de bronze ancorado no altar, sem Jamie ou Lamont para segurá-lo.

Normalmente, eu amava cantar na igreja, nossos velhos rituais, fumaça de vela, cera pingando. A parafernália que tinha sido tocada por centenas de mãos antes das minhas. Tanto da vida contemporânea tem a ver com o aplicativo mais novo, a última tendência, a forma mais recente de controlar sua imagem. É um alvo em movimento, uma trave que não para de se mexer. Na igreja, o poder está no velho. No mais velho. Fogo, água. O choro de um bebê ou um animal gemendo de dor. Música e oração ativam a mesma frequência. O zumbido da Adoração. Mas eu não conseguia nem ficar em pé direito, muito menos cantar. O ar aberto da igreja parecia devastador.

Bernard Pham sentou-se atrás de nós e chorou durante toda a missa.

— Jack! — Ele ergueu o punho no ar, como se estivesse batendo em um teto invisível. Bernard, como eu e Jack, era músico. Diferentemente de mim, Bernard fez faculdade. Uma faculdade chique chamada Bard, que parecia ser inventada porque seu nome era Bernard. Ele adiou a formatura por tempo indefinido para tocar baixo na Discord, uma banda local de art punk formada primariamente de garotos vietnamitas-americanos: parentes de pescadores, médicos, padeiros e professores que haviam migrado do Vietnã para a Louisiana durante ou após a guerra. A mãe de Bernard administrava a Phamtastic, a confeitaria mais popular de Metairie.

Depois da eucaristia, a hóstia incapaz de se dissolver em minha língua seca, olhei com meu olho bom para o rosto dos santos. O vitral, meu espelho artificial, ao mesmo tempo transparente e opaco. Vidros, dor. Mãe Maria segurando o Menino Jesus, depois embalando o corpo ferido dele. O vidro texturizado refratava a luz da manhã.

Em seguida o brilho curativo foi apagado por *eles*. A Diocese.

— Eles estão aqui — disseram a irmã Honor e a irmã T simultaneamente, sem fôlego.

— Eles estão aqui — ecoou a irmã Augustine, com resistência e humildade na voz.

O bispo e seus dois vigários — seus dois comparsas — entraram na igreja. Eu chamava o bispo de Don. O Vigário Um era o Defunto, devido a suas bochechas afundadas e dentes de lápide. O Vigário Dois era o Barba, devido a seus pelos faciais nojentos, como uma nuvem de abelhas mordiscando a pele morta.

Nós nos referíamos a essa nada santíssima trindade como Diocese, embora isso normalmente indicasse um distrito. Uma região de intolerância. Eles tinham todo o controle sobre o orçamento da São Sebastião, o cardápio dos almoços da escola, o tipo de café que preparávamos no convento e na sala dos professores, a cor de que pintávamos as paredes.

Agora a Diocese ia microgerenciar nossa catástrofe.

A irmã Honor rezou uma Ave Maria enquanto toda a fileira da frente se esvaziava para dar ao trio os melhores assentos da casa. Minhas irmãs sempre davam aos nossos congregantes o espaço mais próximo ao altar. A Diocese tomava tudo o que era mais sagrado para si mesma.

As aulas foram canceladas, mas metade do corpo estudantil apareceu assim mesmo, usando calças de moletom e pijamas em vez do uniforme escolar, mas com mochilas cheias de livros nas costas. Às vezes rotinas confortavam. Às vezes rotinas substituíam o pensamento.

Pequenas poças de chuva haviam se formado devido à tempestade daquela manhã. Elas brilhavam na brisa leve até o calor do dia secá-las. O fedor da ala leste — linóleo carbonizado, fios esturricados e computadores e mesas queimados — quase me fez vomitar. Só que eu precisava rever a cena, centímetro por centímetro cheio de cinzas.

Uma van da imprensa e toda a força do Departamento de Polícia de Nova Orleans também estavam lá fora. Mulheres e homens de azul e de preto, suas camisas esticadas sobre os coletes à prova de balas. Cada policial estava tão firmemente revestido quanto as câmaras das armas em seus coldres.

Outros funcionários da São Sebastião, Rosemary Flynn, nossa professora de ciências, e John Vander Kitt, nosso professor de história que usava óculos, haviam chegado ao campus. John era um sabichão altamente cafeinado, mas um cara genuinamente gentil. Conhecedor profundo de Dungeons & Dragons. A circunspecta Rosemary Flynn fez cara feia ao ver a polícia, bombeiros em escadas, equipes de jornalistas. Ela poderia ter ganhado prêmios por seu virtuosismo. Um senso de superioridade quase santificado, mesmo entre freiras de verdade. Os braços de Rosemary estavam bem cruzados. Ela segurava com força um lenço com acabamento em renda na mão esquerda. Comportava-se de maneira mais modesta do que as irmãs. Irônico, porque segundo ela própria, era ateia. Rosemary nunca falava palavrões, não fazia fofoca na sala dos professores nem falava fora de hora. Nunca usava acessórios ou adornos, exceto pelo batom, do vermelho ofegante de um animal ferido, e um único colar de pérolas. Sua franja loiro-avermelhada era séria, como tudo a seu respeito, e cortada reta sob as sobrancelhas. O restante de seus cabelos era agonizantemente puxado e preso no alto da cabeça em um coque. A estética vintage de Rosemary me intrigava e me confundia, mas eu entendia comportamentos extremos. Era atraída por eles. Ela também usava um uniforme, como os macacões de Bernard e Jack, como o preto genérico das irmãs. Criaturas de exposição, todos nós. Curadoria. Representando nossos papéis na peça, na história, no teatro da vida.

Rosemary, John e as irmãs Therese, Augustine e Honor estavam junto comigo perto da fita amarela.

— Minha nossa minha nossa minha nossa — balbuciou John. Seus olhos estavam pequenos e brilhantes atrás das lentes grossas de seus óculos.

A investigadora Riveaux também tinha voltado, usando a mesma blusa cinza e calça jeans lamentável, parecendo exausta. Ela estalou o pescoço ao virar a cabeça para a esquerda e para a direita para ver a multidão, que não parava de crescer.

— Todos os cidadãos de Nova Orleans estão aqui?

John disse com orgulho:

— Eu dou aula aqui. Sou John Vander Kitt. — Ele estendeu a mão direita rapidamente, com força, mas Riveaux não a apertou. Com a mão esquerda ele segurava sua garrafa térmica com café.

Riveaux colocou os olhos em todos nós, pausando em Rosemary Flynn, que se encolheu e desviou o olhar.

— Todos deram seus depoimentos? — perguntou Riveaux ao grupo.

— Para a polícia, sim — respondeu a irmã T.

— Eu não vi nada — constatou Rosemary Flynn. — Não há nada a reportar.

Um rosário de madeira estava enrolado frouxamente na mão direita e no pulso da irmã Augustine.

— Ainda estamos todos em choque — comentou.

John cambaleou, talvez devido aos vapores químicos.

A copa das árvores cobertas de musgo na rua Prytania ainda parecia reter fumaça, embora não restasse nenhuma. O fogo deixa seus fantasmas — fumaça, cinzas, fuligem, borralha. Um exterior silencioso com um coração combustível dentro.

A investigadora Riveaux infiltrou-se no semicírculo de professores e irmãs.

— Quem estava na reunião ontem à noite?

— Todos nós estávamos lá — declarou John Vander Kitt em voz alta.

— Menos a irmã Holiday — apontou a irmã Honor.

— Ignore-a. — Bernard Pham apareceu à minha esquerda e colocou o braço ao meu redor. Tentou piscar disfarçadamente, para me tranquilizar, mas Bernard não conseguia controlar suas habilidades motoras faciais, de modo que a piscadela secreta se transformou em um espasmo no olho. Fiquei grata pela afeição atrapalhada dele. *Caro Senhor, que eu seja tão calorosa quanto Bernard.*

Quando conheci Bernard, ele me abraçou como se eu fosse uma velha amiga que ele não encontrava havia anos. Ele era sociável, às vezes entediado com o trabalho, mas sempre ficava feliz em me ver. Com suas tatuagens, cavanhaque e tênis Converse surrado, Bernard parecia um técnico de som do Brooklyn.

Como Rosemary Flynn, Bernard usava um coque no alto da cabeça. Enquanto os cabelos de Rosemary eram ruivos, os de Bernard eram bem pretos.

A irmã Augustine reajustou seu véu.

— Nosso comitê se reúne das seis às sete da noite, todo último domingo do mês.

— Aham.

Mais gente tinha chegado na São Sebastião, reunindo-se na rua, atrás da faixa da polícia. Alguns alunos gritavam. Seus pais também.

Um homem e uma mulher à paisana com distintivos do DPNO presos aos casacos se aproximaram lentamente de mim e de Riveaux. Eles me olharam de cima a baixo, observando meus cabelos mal tingidos, minhas roupas pretas genéricas, lenço de pescoço e luvas. Cumprimentaram-nos com acenos de cabeça.

— Riveaux, tudo bem? — perguntou a mulher. Sem apertos de mão. — Sargento Ruby Decker. — Ela me mostrou o distintivo. — Esse bom rapaz aqui é o investigador Reginald Grogan.

Ele abriu um sorriso fácil e afastou com a mão a penugem de um dente-de-leão que chegava ao seu rosto.

— Podem me chamar de Reggie. — O detetive Grogan respirou fundo. — Somos da divisão de homicídios.

— A melhor divisão de homicídios do estado da Louisiana está bem aqui — apresentou Riveaux.

Homicídio? O possível homicídio de Jack Corolla. Ainda não tinha caído a ficha. Jack estava morto. Nós estávamos começando a nos conhecer. A princípio, ele me deixava exasperada, fazendo piadas sem graça sobre as proezas sexuais de Jesus por ter "se reerguido". Dei um soco no braço dele uma vez. Mas Jack fazia piadas para chamar a atenção, qualquer tipo de atenção. Bernard penaria sem ele. Os dois eram amigos, considerados malucos por um mundo indiferente e todo quadradinho. Pareciam se entender. E eu os entendia também.

— Quando você viu o falecido pela primeira vez? — indagou a sargento Decker.

Hesitei.

— O falecido?

— O corpo de Jack Corolla. — Decker estava irritada. — Quer nos contar exatamente o que viu? — Ela tinha um cheiro forte de sabonete. Limpíssima. Limpa demais. Como se estivesse tentando limpar algo de si mesma.

O detetive Grogan entrou na frente de Decker.

— Irmãs do Sangue Sublime é uma ordem fiel — revelou o detetive Grogan à sua parceira — e um pouco, hum, criativa. — Ele bateu na lapela do casaco esportivo enquanto seus olhos cinza-escuros fixavam-se na escola danificada. — Eu estudei aqui quando era mais novo. — Ele se virou para mim. — Foi inteligente da sua parte fazer aquele torniquete em Jamie. Os médicos nos contaram. Temos muitas perguntas para você, se estiver disposta a respondê-las esta manhã.

A irmã Honor devia estar xeretando a conversa, porque demonstrou desagrado ao ouvir o elogio sobre o torniquete. Suas bochechas caíram, e o rosto ficou paralisado em uma careta permanente, como uma máscara de carnaval barata.

— Quais são as últimas notícias sobre os meninos? — indaguei à Divisão de Homicídios.

— Mais alguns minutos de fumaça teriam derrubado os dois — acrescentou a sargento Decker. — Lamont vai ficar bem. Jamie precisou de cirurgia e de um enxerto de pele.

O detetive Grogan colocou as mãos sobre as minhas.

— Ambos vão se recuperar, se Deus quiser, graças a você. — Seus densos cabelos loiros e a fala grave e lenta da Louisiana lhe confeririam uma curiosa familiaridade, como um tio-bisavô que passa o dia todo sentado em uma cadeira de balanço, assistindo a jogos de beisebol em uma TV com chuviscos.

Ouvi uma voz rindo atrás de mim. Era Prince Dempsey falando sozinho, acendendo e apagando seu isqueiro Zippo. Loiro, de olhos azuis e menor do que a maioria dos garotos de sua turma, Prince era um dos poucos alunos da São Sebastião com tatuagens, uma coleção de armas e corações nos antebraços, uma combinação incomum para um valentão como Prince. Ele saiu do meio de uma multidão que se formava atrás da fita da polícia. Ao lado dele estava sua pitbull, BonTon, usando uma coleira vermelha. Prince estava na turma da minha aula de música, e eu me esforçava muito para não o odiar.

— Ouvi dizer que alguém botou fogo e saiu correndo ontem à noite — comentou Prince, depois fez um sinal para BonTon se sentar. O olho direito de BonTon tinha a pálpebra costurada. Ou ela tinha nascido sem ou o olho teve de ser removido. As duas opções pareciam horrendas.

— Não há tempo para sua irreverência, sr. Dempsey — rebati, embora o humor mórbido de Prince às vezes me impressionasse.

A voz da irmã Honor soou:

— Prince tem um isqueiro!

— Irmã Honor, por favor — pedi calmamente, um oitavo abaixo do normal.

Mas Prince tinha mesmo um isqueiro. Prince sempre brincava com aquele maldito isqueiro.

Ryan Brown tirou fotos — da polícia, dos pais e vizinhos chorosos, de mim — com seu celular.

— Sr. Brown — intercedeu a irmã Augustine —, chega de gracinha. Vocês alunos — ela olhou para Prince e Ryan — são a promessa de Deus, então demonstrem alguma gratidão. Tenham fé.

— O zelador Jack caiu do céu — falou Prince com um sorriso irritante enquanto fazia o sinal da cruz ao contrário, com a guia de BonTon na mão —, como um anjo que Deus não queria mais.

Comecei a tossir de novo e a irmã Augustine se aproximou de mim.

— Precisa ir ao hospital de novo, irmã Holiday? O raio x revelou danos sérios?

Você não faz ideia do quanto estou danificada, pensei, mas me abstive de compartilhar.

— Estou bem. — Empurrei uma tossida garganta abaixo.

Inclinei-me na direção de Prince, incitando um rosnado de BonTon de um olho só.

— Onde você estava às oito da noite de ontem? — perguntei a Prince.

— Que fofo. A irmã Holiday quer meu álibi. Oito da noite de um domingo. Estava passeando com minha menina, fugindo de minha mãe megera.

— Quem pode confirmar isso? Alguém te viu?

Prince limpou o nariz.

— Como eu vou saber?

A irmã Augustine se virou e encarou a ala arruinada com os braços finos erguidos em oração.

— Nos deixe levantar dos escombros com a força de Suas asas, Senhor. Irmãs, juntem-se a mim.

As irmãs T e Honor se aproximaram e então entoaram em uníssono:

— Fortalecei-vos no Senhor e na força do Seu poder. Revesti-vos de toda armadura de Deus, para que possais estar firmes contra as astutas ciladas do diabo.

Efésios 6:10–12. Eu recitava isso todas as manhãs.

— Amém — disse a irmã T com sua voz baixa e alegre como uma margarida.

— Amém — falou choramingando a irmã Honor.

— Por que todo mundo está tão destruído? — questionou Prince. — Não queremos todos partir desta para uma melhor em labaredas de glória? — Prince deu um puxão na guia de BonTon e cuspiu catarro verde na calçada. — Acidentes podem acontecer quando se brinca com fogo. Certo, irmã?

Eu não disse nada, não deixaria Prince me fazer cair na dele. Em vez disso, furei a língua com o dente de ouro, esperando sentir gosto de sangue. Eu observava a cadela, que observava Prince, que me observava. Um triângulo de suspeita e lealdade.

A teimosia de Prince era como olhar em um espelho — um espelho que eu queria estilhaçar.

CAPÍTULO 4

Em uma semana normal, eu estaria demonstrando a escala Mixolídia à minha turma do terceiro período de Fundamentos de Violão 1. Porém, naquele dia, as crianças estavam acendendo velas e colocando flores na calçada. As pessoas tinham deixado rosários, incenso, bilhetes e velas — um santuário improvisado na calçada — para Jack. Uma foto dele parecendo irritado, usando um boné branco que dizia ARRASE O DIA TODO, estava na calçada com um buquê de flores e velas. A exposição ao calor já tinha feito os cravos murcharem. Pobre Jack. Meu companheiro de vitral. Pais e alunos choravam enquanto outros tiravam selfies perto da fita amarela da polícia. Era tudo lágrimas, nervosismo e mal-estar adolescente desapegado.

A maioria de nossos alunos era rica, a prole dos velhos ricos, magnatas e, sem dúvida, alguns membros da KKK de Nova Orleans. Supremacia branca é como uma raíz podre — escondendo-se bem lá no fundo, insaciável e totalmente destrutiva, muito bem disfarçada até se desfazer sozinha.

Ensinávamos alunos que vinham do outro lado do espectro financeiro também, como Prince Dempsey. Nossos alunos bolsistas, pelo menos uma dúzia, eram a juventude em risco da Louisiana, enfraquecidos pelo sistema ou por suas famílias. Eles estudavam gratuitamente em nossa escola particular, graças aos alunos que pagavam a mensalidade integral. No entanto, nossas bolsas corriam o risco de ser cortadas. A Diocese ficava ameaçando que precisávamos "graduar o programa", o que significava o fim de novas bolsas de estudos. Só que a irmã Augustine nunca deixaria isso acontecer. Os alunos de vidas mais difíceis eram os que tinham mais a ganhar com a educação na São Sebastião, mas eram os que tinham mais tendência a abandonar os estudos cedo e sair dos trilhos, sem a rede de um fundo fiduciário para ampará-los. Éramos feitos do mesmo material, então eu conhecia o fascínio do abismo. A graça instável é vacilante, mas ainda assim é um milagre. Vale a pena lutar por todas as bênçãos.

— O Jack, tipo, pulou? — perguntou um aluno a outro em voz baixa demais para que eu soubesse ao certo quem estava falando. — O suicídio não é, tipo, o pior dos pecados ou algo assim?

— Eu odeio esta escola — murmurou outro aluno. — Queria que tudo tivesse queimado. Vou rezar por isso.

— Precisamos de câmeras de segurança — declarou um pai para a multidão.

— É preciso tirar as impressões digitais dos funcionários — sugeriu uma mãe de sobretudo e chapéu, embora estivesse tão quente que meu rosto pingava de suor.

— Isso é ilegal — rebateu outro pai.

O detetive Grogan e a sargento Decker continuavam vigiando a arruinada ala leste. Perto deles estava a investigadora Riveaux, que não segurava nada além de uma caneca. Um celular no bolso de trás. Seu rádio estava preso ao cinto. Ela parecia uma sombra em um pântano de ciprestes. Havia um cigarro atrás de sua orelha esquerda, e os olhos violeta brilhavam de leve. Onde estava sua urgência?

Tínhamos de descartar Jack como fonte do fogo, juntar as peças dos movimentos de Jamie e Lamont.

Instintivamente, passei os olhos pelo local de novo, procurando qualquer coisa fora do comum. Com frequência, os detalhes cruciais se escondiam a plena vista. Quando se para de procurar, quando se amolece por um segundo sequer, perde-se o que está bem à frente. Foi quando eu vi aquilo no meio da rua, aproximadamente onde a ambulância estava parada na noite anterior. Levantei meus braços fracos, fazendo sinal para o trânsito parar e fui até o meio da rua. Lá, eu vi, achatada como um animal morto na estrada, uma única luva marrom. Estava escrito ULINE. Parecia uma luva de jardinagem, mas muito mais grossa. Onde estava o par? Com minha própria mão enluvada, tirei a Uline do asfalto e voltei para onde estavam os outros professores e os alunos.

— Isso foi proposital? — indagou um pai a um policial do DPNO.
Uma voz aguda gritou do meio da multidão:
— O que é que vocês estão fazendo para proteger nossas crianças?
— Este é um momento para união — disse a irmã Augustine em seu megafone enquanto as multidões se aproximavam mais. — Nossa fé coletiva foi desafiada, mas nós permanecemos leais, sustentados pelo amor divino. Vamos orar juntos. — Ela fez o sinal da cruz e eu imitei seus movimentos. Mão na testa, no coração, à esquerda e à direita. A cruz também era como uma investigação. As linhas horizontais representavam *ação*. As verticais, *fé*.

De minha posição invisível entre as irmãs, agarrei a luva Uline. Certamente era uma pista. Alguém a deixara cair no meio da rua. Eu precisava contar a Riveaux, mas ela estava do outro lado da multidão. Dentro da ala leste — seria preciso descobrir um jeito de me movimentar através da linha de policiais — eu poderia procurar outras pistas, talvez a outra luva.

— Nestes tempos de catástrofe — disse a irmã Augustine à multidão, olhando cada pessoa nos olhos, benzendo-as com as mãos no ar —, o Senhor nos dá um caminho claro adiante. Desse fogo, todos renasceremos.

— Amém — gritou alguém. Eu me virei e vi que foi Bernard, com as mãos em posição de oração, palma com palma sobre o coração. Bernard, como Rosemary, não era cristão, mas buscava o conforto da fé ainda assim.

Uma libélula pairou perto da foto de Jack Corolla. Suas asas brilhantes captaram o sol. Era fácil esquecer que algo belo também era um predador. Toda libélula tem quatro asas, como se fossem duas em uma. Uma cópia de si mesma.

— Confiamos na polícia e nos investigadores. — A irmã Augustine apontou para Grogan, Decker e Riveaux, que acenaram para a multidão. — Mas, o mais importante, nossa fé em Jesus Cristo vai inspirar o perdão. Este é o teste.

Metade dos pais rezava com a irmã Augustine. A outra metade gritava sobre vigilância e busca nos armários.

O triunvirato de Riveaux, Grogan e Decker se aproximou de mim na multidão.

— Riveaux! — gritei, levantando a luva Uline, mas ela estava envolvida em uma conversa e não respondeu. Com o polegar sobre a letra N, lia-se U LIE. *Você mente*, em inglês.

— Pegue depoimentos de todas as pessoas da São Sebastião: professores, funcionários, alunos, todo mundo — ordenou o detetive Grogan a Decker.

— Vamos investigar aquele garoto, Prince Dempsey, o quanto antes — propôs Riveaux. — Causou dois incêndios nas premissas, segundo... — ela verificou seu bloco de notas — ... a irmã Honor.

— Entendido. Falar com todos os duzentos e sessenta alunos vai demorar um ou dois dias, como você bem sabe — respondeu Decker com uma pitada de condescendência na voz.

— Riveaux — chamei. — Preciso falar com você.

— Certo. Em um minuto, irmã — respondeu ela em tom desdenhoso.

Grogan mordiscava um palito de dente e, quando ele escorregou para fora de sua boca, pude ver um pequeno corte, como a língua bifurcada de uma cobra.

— É uma pena. A São Sebastião é um pilar da comunidade — afirmou ele. — Esta é uma igreja de verdade. Não é aquela bela bobagem da Igreja Presbiteriana. Embora a irmã Holiday não pareça estar em boa forma — comentou com Riveaux e Decker, como se eu não estivesse na frente deles.

— Quer se juntar a mim enquanto pego o depoimento dela? — sugeriu Decker a Riveaux.

— Eu a interroguei na cena do crime ontem à noite — cortou Riveaux.

— Depoimento completo — respondeu Grogan —, mas não a canse.

— Como você é fofo — zombou Decker.

— Fofo como um martelo. — Riveaux riu.

— Moças, há muito a fazer. — Ele bateu no peito largo e sorriu de leve. Seu nariz de perfil era pontudo como a lâmina de uma lança.

— Decker, sua esposa não vai ficar com ciúmes? — brincou Riveaux.

— Vocês ainda não são "gays divorciadas"? — indagou Grogan a Decker. — Posso dizer isso? Não consigo acompanhar o que os gays e transgêneros querem que digamos ou não digamos hoje em dia. Nós, homens brancos héteros, estamos nos tornando uma espécie ameaçada. — Ele dobrou o palito de dente. Embora estivesse empapado, ainda tinha madeira seca o suficiente para quebrar.

— Não rápido o bastante. — Riveaux abriu um sorriso convencido.

Eles falavam tão livremente na minha frente que deviam pensar que eu estava rezando. E eu deixei que pensassem isso. Fiz o sinal da cruz de novo. As pessoas veem freiras como clones sem nome, um coletivo em vez de indivíduos. Isso era irônico porque, desprovidas das chamadas luxúrias, como telefones celulares e redes sociais, levando vidas de serviço e oração, as freiras cultivavam mundos interiores ricos. Um diálogo interno real. A maioria das místicas do sexo feminino eram freiras. Beatriz de Nazaré. Consolata Betrone. A irmã Helen Prejean é mais durona do que a maioria dos autoproclamados radicais que reclamam das falhas éticas dos canudos plásticos descartáveis. Freiras criam conexões genuínas, alma com alma eterna. Que escolha temos além de estar dolorosamente presentes?

Não que alguém tenha me perguntado.

— Investigadora Riveaux — repeti.

Ela se virou para mim.

— O que foi, irmã Dourada? — Ela apontou para o canino.

Meu dente de ouro, literalmente uma escolha feita em um momento de desespero, parecia diverti-la. Provavelmente era um sinal de que sua vida era chata.

— Noite longa? Você está usando as mesmas roupas — perguntei.

— Não é que você é observadora?

— Mais do que você, pelo visto. Encontrei esta pista. — Mostrei a luva Uline marrom que encontrei na rua. — Já que ninguém parece estar trabalhando ativamente nesta cena, pensei em te dar uma mãozinha.

— Essa é uma luva antichamas, irmã. — Ela pegou um saco plástico para provas de um kit e colocou a luva lá dentro com uma caneta. — Excelente descoberta. Onde ela estava?

— Bem ali. — Apontei para o meio da rua que separava a igreja e o convento da escola.

— Ei — disse Bernard, que tinha vindo do santuário improvisado. — Por que minha luva está em seu saco plástico?

— Estava na rua — expliquei.

— Hum. É uma de minhas luvas de trabalho.

— Quando a viu pela última vez? — perguntei.

— Deixe que eu faço as perguntas, irmã. — Riveaux estreitou os olhos. — Quando viu a luva pela última vez?

— Sexta-feira. Eu usei elas para tirar o lixo e tirar uma tarântula morta do armário de um aluno. Recebemos uma dica de que havia um aracnídeo exótico no prédio.

Eu me benzi.

— Pobrezinha.

Riveaux deu um passo para trás e olhou para Bernard por um bom tempo.

— Por que você tem luvas antichamas? Você queima lixo ou algo assim?

— Eu não sabia que eram luvas antifogo. Há, tipo, uns seis pares de luvas diferentes no galpão. — Ele apontou para um galpão que mal tinha tamanho suficiente para abrigar o cortador de gramas.

Riveaux se virou rapidamente e ficou mexendo no rádio. Ela apertou o botão errado duas vezes antes de dar instruções crípticas.

— Esta cidade é amaldiçoada — disse Bernard, que vestia uma camiseta do Cure sob o uniforme de zelador. Parecia que ele não dormia havia uma semana, os olhos cor de carvão precisavam de palitinhos para ficarem abertos. Ele me abraçou, e seus longos braços praticamente deram a volta em mim duas vezes. Rosemary inclinou a cabeça ao ver o abraço.

— Irmã Holiday — sussurrou Bernard com a boca perto de meu ouvido —, você é a detetive de nossa escola. Diga o que está acontecendo.

O calor do corpo de Bernard era demais. Tentei me desvencilhar do abraço suado, mas ele não me soltou. Ele tinha cheiro de grama recém-cortada e gim.

— Não consigo respirar — protestei.

— Desculpe. — Ele afrouxou os braços e correu para acender uma das velas do santuário que tinha se apagado com o vento. — Não sou ninguém sem o Jackie. O Jack faz-tudo. O Jack Attack.

Ajoelhei para acender duas velas e enviei duas preces ao éter.

— Já perdi pessoas — falei para Bernard. — Pessoas que eu amava. É um peso insuportável. É destruidor, e nunca passa. Mas encontramos formas de sobreviver. Estou rezando por você e por Jack. Por todos nós.

Naquele instante, Bernard foi arrancado de mim.

Um policial estava atrás dele, virando o corpo dele para a rua, manuseando Bernard como se fosse um manequim.

— É sua a luva? — questionou o policial com uma cabeça comicamente ameaçadora, no formato de uma bola de canhão. Ele apontou com a cabeça na direção do saco de provas nas mãos de Riveaux.

— É sim. — Bernard encarou Riveaux com os olhos vidrados. — Eu já contei para ela.

— Venha conosco.

— Por quê?

Antes que o policial pudesse responder, na frente dos alunos e pais reunidos, ele empurrou Bernard na direção de uma viatura, enfiando meu amigo no banco de trás.

— Ei! Não machuque ele — gritei, sem sucesso.

Riveaux correu para entregar o saco plástico para os policiais, depois voltou para o grupo. A porta bateu com força.

Que coisa mais tonta — levar Bernard para a delegacia para prestar depoimento com todo mundo olhando. Lá vêm os rumores.

— Não acredito que eles levaram Bernard à força — acusei. — Ele admitiu por vontade própria que a luva era dele.

Só que às vezes os melhores criminosos usam esse truque, pensei. Eles planejam e planejam, movem todos os peões até o rei ficar encurralado.

— Eles vão interrogar todos da escola — falou a irmã Honor —, não só a sua "panelinha". Vão falar comigo, com todos os funcionários e com todos os professores.

Rosemary Flynn olhou nos meus olhos de novo. Ela não estava rezando. Não era de surpreender, já que nunca a tinha visto rezar. Em vez disso, olhava para o memorial improvisado a Jack e balançava a cabeça em reprovação. Ela reorganizou as velas em uma fileira, da menor para a maior, e depois retirou um cravo murcho.

O sol estava atômico, com um calor metálico. O ar, amadeirado e áspero.

Fiquei atrás de Rosemary e disse "oi". Minha voz devia tê-la assustado, porque ela deu um salto para trás.

Rosemary se virou e pestanejou.

— Você está com uma aparência medonha.

— Você sempre diz a coisa certa.

— Descanse um pouco antes que caia morta.

— Levaram Bernard para a delegacia — contei.

— Eu vi — respondeu Rosemary com um olhar inquisidor. — Eu... — Ela parou. Ou não sabia *o que* dizer em seguida, ou não sabia *como* dizer.

Pombas de luto arrulhavam em algum lugar de um galho alto. Notei policiais fotografando a área da rua onde encontrei a luva.

O detetive Grogan e a sargento Decker se aproximaram de mim depois de trocarem palavras com o policial que transportou Bernard para o centro.

— Temos mais perguntas para você — indicou Decker. — Precisamos registrar uma declaração oficial.

— Está se sentindo bem? — Grogan colocou sua grande mão direita sobre meu ombro. — Foi atingida no olho, né, irmã?

Confirmei com a cabeça.

— Estou bem. Me deram um colírio no hospital.

As roupas de Grogan eram impecáveis. Uma camisa branca engomada, gravata preta fosca, pernas da calça engomadas, sapatos pretos polidos como espelhos.

Ele era um modelo de arrumação. A única bagunça exterior em Grogan era o tabaco de mascar que havia aparecido em sua boca. Sua bochecha estava inchada como se ele estivesse contendo uma risada. Ele cuspiu um líquido marrom em um copo de papel.

— De novo com esse lixo? — perguntou Decker, irritada. — Achei que você tivesse parado.

— De jeito nenhum — respondeu Grogan. — Me ajuda a manter o foco.

— Largue o tabaco antes que eu largue você — rebateu Decker. — Esse negócio vai transformar suas gengivas em ácido.

Grogan riu.

— Ora, ora, sargento. Você se preocupa com meu bem-estar.

— Essa merda é o cuspe do diabo — murmurou Decker. Ela voltou sua frustração para mim. — Onde *exatamente* você viu o corpo de Jack pela primeira vez? — Seus grandes óculos de sol esportivos me mostravam minha imagem fantasma. Havia bolsas sob meus olhos, como se eu estivesse usando maquiagem gótica.

— Na frente da escola. Eu vi ele cair enquanto saía correndo do beco.

— Que beco? — questionou Grogan, depois cuspiu mais líquido no copo de café.

— Perto do teatro de vaudeville.

— Você não viu ninguém naquelas janelas lá de cima, alguém que pudesse ter empurrado ele? — A pele de Decker era estática. Eu não via uma ruga sequer. Talvez ela não risse muito.

— Não.

— Viu mais alguém na ala naquele momento? Outros alunos, como esse tal Prince Dempsey que a irmã Honor mencionou?

— Além de Lamont e Jamie, não vi nenhum aluno. Eu desmaiei do lado de fora, então posso ter perdido alguma coisa.

Eu tinha tentado seguir aquela estranha sombra na ala em chamas, mas não contei isso à Divisão de Homicídios. Como poderia explicar? Parecia o Espírito Santo — tanto em aparência como na maneira como fez eu me sentir. Como se fosse mesmo para estar ali. Para me guiar. Para nos entregar.

Outro policial do DPNO se aproximou e disse alguma coisa perto da orelha queimada de sol de Grogan.

— Precisamos cuidar de uma questão rápida. Mais questionamentos estão por vir. Se hidrate.

— Não vá a lugar nenhum — gritou a sargento Decker.

Rosemary suspirou. Ela estava ouvindo minhas interações com a Divisão de Homicídios. *Cai fora*, pensei. Só eu podia escutar a conversa dos outros.

— Precisa de alguma coisa? — perguntei a Rosemary depois que Decker e Grogan foram embora.

Ela apontou para o meu lenço de pescoço, que estava levemente solto.

— Você está *exposta*.

Apertei o nó.

Rosemary alternava entre dois extremos comigo, como se não gostasse de mim ou me achasse um desastre, o que eu era. O clichê da professora de ciências contra a professora de música. Rosemary Flynn era impossível de decifrar — vitalmente presente por um momento, comentando sobre tudo e se intrometendo com ansiedade, depois desaparecendo com rapidez, como uma gota de sangue se dissolvendo na água.

A irmã Augustine se juntou a mim e a Rosemary. Tirando o batom vermelho de Rosemary, as duas mulheres se pareciam, poderiam até ser mãe e filha. Ambas altas e pálidas, ambas convencidas de que os "costumes antigos" eram superiores, desde a divisão longa até a escrita cursiva. Onde divergiam era nos chamados de vida: Rosemary foi para a ciência e a irmã Augustine foi para a Igreja.

— Irmã Augustine — sussurrou Rosemary —, a Diocese vai nos fechar? Vai nos obrigar a cancelar as aulas? — Seus olhos cinza estavam tensos, a boca fechada tinha o formato de um coração.

— Vamos perseverar. Nunca vamos desistir de nossa missão nem de nossos alunos. Deus nunca nos dá mais do que podemos suportar, e Ele trabalha de maneiras misteriosas — afirmou a irmã Augustine. A seriedade de nossa diretora, nossa Madre Superiora, suavizou o corpo normalmente irritadiço de Rosemary.

A irmã Augustine deu um abraço em Rosemary e com um tapinha delicado no braço direcionou-a a consolar alguns pais de alunos. A irmã Augustine então olhou para mim com seus olhos verde-claros.

— Devemos ser fortes, irmã Holiday, pela comunidade, por nós mesmas, e pelo Senhor. Como diz a Regra Sagrada: "Para serem boas professoras, as irmãs vão se esforçar para permanecer calmas, constantemente recordando a presença de Deus".

A irmã Honor agitava os braços grandes. Ela tinha aparecido de novo, depois de rezar com os pais preocupados do outro lado da rua, embora eu não conseguisse imaginar que os tivesse tranquilizado. Ela apontou os olhos vermelhos como dois lasers raivosos para mim.

— Olhe para eles. — A irmã Honor indicou o amontoado de vizinhos, alunos e pais que andavam de um lado para o outro perto da fita da polícia, tirando fotos e chorando. — Abutres. Nunca os vemos na missa de domingo. Eles nunca apoiam nossas vendas de pães e bolos. Então acontece um incêndio, Jack morre, e não conseguimos mantê-los longe das câmeras. — Ela olhava com raiva. — Algumas pessoas vivem pela atenção.

A irmã Augustine estendeu as mãos à irmã Honor.

— Sei que você está abalada, mas nossa comunidade vai ter questionamentos. Será *você*, eu, nossas irmãs e o amor vivificante de Jesus Cristo nosso Senhor que vai confortá-los.

Os olhos da irmã Honor brilharam.

— Trazendo nossos vizinhos, nossa cidade, de volta para a Palavra.

— Não importa para o que você olha, mas o que você vê. — A irmã Augustine olhou para a escola queimada. — Eu vejo sobrevivência. Eu vejo renovação.

— Obrigada por manter nossos espíritos elevados — entoou a irmã T a seu modo gentil, como um raio de sol espiando através de um nó de nuvens avermelhadas. — Dá para sentir o cheiro de renascimento, irmã Augustine, como novas árvores, novas folhas e calêndulas — disse a irmã T.

A irmã Augustine sorriu e abraçou a irmã T com força.

— Todo o seu trabalho em nosso jardim e na prisão lhe deram sabedoria. Você é um exemplo para nós.

Bernard bufou ao retornar à escola. Eu ainda estava do lado de fora, uma bola de suor depois de caminhar até a loja de ferragens e duas farmácias próximas para ver se algum acelerante tinha sido comprado, ou se alguma câmera de segurança tinha sido quebrada. Sem sucesso.

— A polícia *me* interrogou a respeito do incêndio e de meu álibi! — Bernard estava fulo da vida. — Eles me fizeram centenas de perguntas. Jack era meu parça! Eu teria me colocado nos trilhos do trem por aquele cara-irmão.

— Aqueles idiotas vão ter de pegar depoimentos de todos nós. — Eu cuspo. Resquícios de fuligem permaneceram mesmo depois de eu ter escovado os dentes duas vezes. — O que disseram quando te dispensaram?

— Que meu álibi era consistente.

— Ótimo. Mas alguém nos fez de alvo. Isso parece muito errado. Vou descobrir a verdade.

Bernard olhou para mim e abaixou a voz.

— Aposto cinquenta contos que foi Prince Dempsey — falou disfarçadamente. — Ele adora pagar de durão, não é? Prince, com sua pitbull e suas correntes de ouro falso.

— Ele está sempre à espreita, mostrando a todos que está no comando — respondi. — Mas precisamos ficar de olho em *todo mundo*. Por sinal, qual é o seu álibi? — Ajoelhei para examinar um pedaço de papel verde no chão, mas logo me dei conta de que era uma folha murcha de um dos buquês do santuário. — O que você contou a eles?

— Eu disse a *verdade* — afirmou Bernard. — Eu estava na minha garagem ontem à noite, ensaiando com minha banda. Jasper, Chuck e Dee podem confirmar. — Ele ficou surpreso com minhas perguntas, cobriu o peito e se curvou de leve, como se estivesse se preparando para enfrentar uma ventania.

— Nós somos leais, eu e você — declarei, fazendo uma anotação mental de perguntar sobre seu álibi depois para ver se a história mudava. Não se podia confiar de verdade em ninguém. Nem em mim mesma. — Precisamos de mais provas. Provas concretas. Incêndios deixam pistas. Eles não se iniciam sozinhos.

— Eu taquei fogo em algumas coisas quando era mais jovem — confessou Bernard, inclinando a cabeça para me olhar. Seus pés apontavam na direção da escola. — Mas não para machucar alguém. Para ver como funciona. Duas chamas não se movimentam da mesma forma, independentemente do quanto você tente controlá-las.

Uma nuvem em espiral bloqueava o sol. A Diocese estava de volta à escola, parada no santuário, todos empertigados como se fossem donos da calçada, da escola, da cidade. Eles exalavam o odor pútrido da autoridade antiquada. O bispo e seus asseclas não davam a mínima para nós, freiras. Eles não se importavam nem um pouco com nossa escola, nossos alunos — com o quanto nos esforçávamos pelas crianças, para nutrir conexões mais profundas com elas e com Deus. O pescoço grosso de Don inchava enquanto ele rezava alguma bobagem sobre Sua Graça. Quando o Barba sorriu, meu sangue gelou. Seus olhos pretos-caixão, sua boca cheia de dentinhos de gambá. Os dias dele estavam contados, com a graça de Deus. O patriarcado e todo o "bem" que havia feito ao mundo. Eu mal podia esperar pela mudança.

Quando a irmã Augustine saiu para cumprimentar os homens e levá-los para uma reunião do lado de dentro, como uma babá cuidando de crianças odiosas, Bernard também saiu.

As irmãs T e Honor se viraram uma para a outra.

— Era muito mais *fácil* quando ela estava no comando — falou a irmã Honor com o zelo e a convicção de uma fofoca adolescente. — Lembra quando *nós* tomávamos as decisões e a irmã Augustine não precisava de autorização para cada coisinha? Tínhamos muito mais liberdade naquela época.

A irmã T se benzeu duas vezes.

— Amém, irmã. Ah, de fato. Eu lembro. A mudança foi só cinco anos atrás, mas parece que faz uma vida. — Então ela acrescentou com elegância ou desespero: — Os homens insistem em ter o poder, não é?

CAPÍTULO 5

A noite de segunda-feira chegou de maneira caótica. Uma tempestade se formou sobre o Mississippi, mas nunca caiu. Eu não podia ficar sentada no meu quarto sem fazer nada. Meus olhos ardiam e meu peito ainda doía, mas eu precisava procurar pistas e dar sentido àquelas que já tinha encontrado.

Todos os docentes e as irmãs da São Sebastião — além de Bernard, Jack, Jamie e Lamont — claramente tinham acesso ao prédio. Prince era capaz de se infiltrar em qualquer coisa. Seu álibi era tão fraco quanto o vinho aguado da Comunhão. Mas seu motivo, até onde eu sabia, era me irritar. Lamont e Jamie podiam ter botado fogo para preservar seu relacionamento. Eles podiam até ter empurrado Jack para sua terrível morte. As pessoas eram capazes de tudo quando encurraladas.

Caminhei lentamente em volta da escola, da igreja e do convento. A Diocese tinha ido embora, o trio medonho estava de volta à sua paróquia espalhafatosa no centro. Era humilhante ver minhas irmãs correrem atrás deles. *Sim, bispo. Sim, vigário*. Foda-se isso. Era especialmente repulsivo que a irmã Augustine tivesse de entrar em seus jogos cansativos.

Meus olhos se moviam como andarilhos sobre a calçada. Analisei cada centímetro de chão, mas a rua estava cheia de detritos do incêndio. Cheia de cicatrizes, como todo o resto naquela cidade devastada pela tempestade. Tudo parecia suspeito.

A textura tropical de Nova Orleans me surpreendeu quando me mudei. As palmeiras, sua grande personalidade. As árvores perenes daqui tinham uma ordem, uma aparência de ordem, enquanto as árvores decíduas lá de Prospect Park, onde eu morava antes, eram coisas retorcidas e deprimidas que passavam metade do ano em uma orgia de cores e folhagem, e a outra metade nuas. As palmeiras do Golfo eram altas e raramente perdiam folhas, a menos que as tempestades as sacudissem ou as arrancassem. Discípulos sempre presentes.

Três carros de polícia estavam parados em frente à ala leste. Cada veículo tinha dois policiais, e seus corpos estavam tão imóveis que eles pareciam estar dormindo. De repente, um chapéu preto virou-se na minha direção. Era a sargento Decker. Continuei andando. Cada passo que eu dava parecia ecoado, como se eu estivesse sendo seguida e espelhada em telas em algum lugar fora do meu campo de visão. Duas, três, quatro de mim.

O céu girava. Nuvens onduladas pairavam baixas, ameaçando um aguaceiro. Vi um carro cheio de curiosos desacelerar diante da ala leste. Fazia menos de vinte e quatro horas que o fogo finalmente havia sido extinto. Seu miasma permanecia repulsivo. Na grama, havia madeira úmida, gesso e papel queimado. O santuário improvisado de Jack havia reunido mais velas. Algumas altas e multicoloridas, outras baixas e brancas. As chamas faiscavam devido ao vento repentino. Havia tanto para cheirar, para ver, mas eu precisava de método. Ordem na busca.

Com vigilância sobre a ala leste, caminhei até a ala oeste da escola para examinar salas de aula, o ginásio e a cantina.

— Identificação? — perguntou o policial parado em frente à porta principal da ala oeste.

Mostrei meu crachá de docente da São Sebastião, que eu usava em um cordão sobre a cruz de ouro. O policial inclinou a cabeça ao ler meu nome, então analisou meu rosto, meu lenço de pescoço e minhas luvas.

— "Irmã Holiday, Música." Hum! Cê é freira?

Encarei-o sem expressão e confirmei com a cabeça.

— Eu sempre canto "Sister Christian" no caraoquê. Você não conhece essa música porque freiras não ouvem essas coisas, certo? Além disso, você parece jovem demais para ser freira. Você tem o quê? Vinte anos?

— Trinta e três, a idade de nosso Senhor quando ele se sacrificou por seus pecados.

— Eu não tenho pecados. — Ele riu. — Sou o mais puro possível. Do que você precisa aí dentro? Temos de manter a escola vazia.

— Provas urgentes para recolher e corrigir para meus alunos — menti.

— Dois minutos.

— Deus te abençoe — falei para ele, mas também para mim mesma por ter me segurado e não dado um soco em seus dentes.

Caminhei pelo primeiro andar da ala oeste, enfiando a cabeça em todas as salas de aula. Nada parecia fora do comum, mas o ar passava uma sensação de incerteza.

No andar de cima, na porta da minha sala de música, observei o espaço. Era o centro ideal para meus músicos desajeitados e iniciantes e suas enormes mochilas, estojos de violão e estantes de partitura. Com frequência posicionávamos as cadeiras em um grande círculo ou grupos menores. Um canto da sala de música era dedicado à minha mesa, onde eu também fazia meu trabalho investigativo. Todo detetive que se preze, até Mike Hammer, aquele cretino, tinha uma sala. No entanto, coloquei um pôster — o Círculo de Quintas — sobre meu quadro de provas, de modo que ninguém soubesse.

Em um minuto na sala, notei que minha lata de lixo tinha sido tirada do lugar. Eu costumava fazer uma demonstração teatral rasgando trabalhos de teoria musical plagiados e os jogando fora na frente dos alunos, então sabia onde o lixo ficava. Coloquei-o mais perto de minha mesa e enfiei as mãos enluvadas lá dentro. Entre os papéis, lenços usados — nauseante — e embrulhos de chiclete, encontrei.

Uma blusa preta com a manga direita queimada. Mais do que queimada, ela parecia ter derretido. Poliéster barato, exatamente como a que eu estava usando naquele momento. Era uma peça do vestuário das Irmãs do Sangue Sublime. Todas usávamos blusas pretas idênticas, modelos padrão da Guilda Católica, no centro. Cada irmã tinha cinco blusas, o suficiente para mantê-las limpas e em revezamento, mas abaixo do limite do excesso.

Só podia ser minha blusa perdida. Por que ela estava no meu lixo? Quem ia querer armar para mim? A irmã Honor e Rosemary não tinham problema em demonstrar sua indignação comigo, com minha chegada improvável à escola delas, claro para todos verem. Mas será que alguma delas chegaria a esse ponto?

Eu precisava contar à investigadora Riveaux e ao detetive Grogan sobre a camisa imediatamente.

O sino da igreja tocou seis vezes. Eram seis horas. A missa logo começaria. Saí da escola e me dirigi aos degraus da igreja com a blusa queimada debaixo do braço.

Minha testa estava úmida de suor. Notei Bernard do outro lado da rua, saindo do galpão. Ainda estava claro lá fora, a luz amanteigada do início de setembro na Costa do Golfo. Por que Bernard estava trabalhando até tarde? Para curar o campus após a interrupção dos veículos de emergência? Ou talvez ele estivesse tentando encontrar a outra luva Uline.

Ele levantou a cabeça e me viu.

— Oi! — Sua voz atravessou a rua Prytania. — Irmã! E aí?

Fraca demais para gritar, fiz sinal para Bernard ir até onde eu estava.

Ele atravessou a rua correndo e pulou os degraus da igreja, dois por vez.

— Olá.

— Por que você ainda está trabalhando?

Ele passou os olhos ao redor quando três pessoas entraram na igreja atrás de nós.

— A delegacia me assustou pra cacete. Preciso me manter ocupado ou vou enlouquecer.

— Eu também. E preciso falar com você a respeito de... — Ergui a blusa em minhas mãos, mas a missa estava começando e eu não podia perdê-la. — Depois da missa?

— É claro. Eu não vou a lugar nenhum. — Ele acenou com a cabeça e atravessou a rua, olhando para a direita, para a esquerda e para trás, e voltou para o galpão. Bernard nunca ficava parado, estava sempre em movimento.

A missa noturna me acalmava, principalmente quando minha mente estava acelerada ou se eu estava para baixo. Nossas missas não costumavam ser assistidas por muita gente, com a maioria dos bancos vazios. Igrejas católicas em todo o país perdiam paroquianos todos os dias, e a São Sebastião não era exceção. Quando eu era criança, todo mundo que eu conhecia ia à igreja. Em meu ano de noviciado, era raro ver mais de dois ou três congregantes na missa. Porém, aquela noite, dezenas de pessoas compareceram e rezaram, junto comigo, minhas três irmãs e o padre Reese, que tinha, apesar de sua idade Paleolítica, uma voz de locutor de rádio. Se ao menos ele dissesse algo inspirador com aquela voz. Meu reflexo fraco no vitral, a primeira estação da cruz, me sombreou enquanto eu agarrava o encosto de cada banco de madeira a caminho da Comunhão.

Depois, perto da saída da igreja, enquanto eu molhava as mãos na água benta fria, tropecei nos meus próprios pés. Quase rachei a cabeça na pia de mármore. Minhas pernas pareciam duras, como se meu corpo não fosse meu.

— Olha lá, hein — disse a irmã Augustine ao me ajudar a levantar. Sua voz era gentil, mas pelo modo com que olhava para mim, ficava claro que estava preocupada. — Quer ver se a enfermeira Connors pode nos fazer uma visita?

— Não. Estou bem, apenas cansada.

Ela sorriu.

— Bem, vamos precisar de um corte de cabelo antes do funeral de Jack. — Ela colocou a mão quente atrás de minha cabeça. A irmã Augustine tinha a mão firme com a tesoura e cortava meus cabelos no jardim da São Sebastião enquanto Vodu enrolava o rabo preto em volta de meu tornozelo. Fiquei surpresa com a rapidez com que meu cabelo cresceu, teimosas raízes pretas atravessando meus fios descoloridos. A irmã Augustine me permitia tingi-los com o enorme frasco de água oxigenada do convento.

Insisti até ela ceder. Um pouquinho de vaidade que eu não podia abandonar.

Mostrei a camisa que encontrei na lata de lixo mais cedo.

— Irmã, encontrei uma coisa na minha sala de aula.

— Não se preocupe com roupa suja hoje à noite, irmã. Por favor, não se canse.

— Mas, irmã.

— Irmã Augustine! — Um grupo de congregantes preocupados a emboscou. Ela saiu calmamente com eles, fora do alcance de minha voz.

Bernard estava esperando na porta da igreja.

— Me conte alguma novidade.

— Encontrei uma blusa preta com uma manga derretida na minha lata de lixo.

— O quê?

— As irmãs têm cinco blusas pretas idênticas, e uma das minhas desapareceu.

— E a camisa estava no seu lixo?

— Alguém está tentando armar para mim — concluí.

— Não sou eu! — Bernard ficou boquiaberto.

— Não estou te acusando. Mas alguém está tentando me incriminar e colocou uma blusa queimada na lata de lixo de minha sala de aula.

— Nós vimos Prince hoje. — Bernard beliscou o cavanhaque. — Talvez seja ele. Ele estava vagando em frente à ala oeste. E se ele deu um jeito de entrar, passou pelos policiais?

— Prince é um suspeito óbvio, mas não podemos nos concentrar só nele. Vamos deixar passar alguma coisa. Vou verificar o álibi dele.

Caminhei vagarosamente até a rua para encontrar a irmã Augustine de novo e terminar de contar a ela sobre a blusa queimada, mas não consegui encontrá-la. Eu estava exausta e me dirigi para o convento. Um vento abrasador soprava de um lado para o outro, depois para cima e para baixo.

Em meu quarto, encontrei duas blusas no armário novamente. Teria de contar à irmã Augustine logo pela manhã. E a Riveaux. E aos policiais também.

A chefia já achava que eu tinha alguma coisa a ver com o fogo, e agora alguém estava armando para que eu assumisse a culpa. Quem quer que fosse, havia cometido um erro crítico. Ao me subestimar, entregou seu jogo. Era alguém arrogante. Quase tão arrogante quanto eu. Eu era um desastre, é claro, mas ninguém jamais deveria duvidar de meu comprometimento. Quando eu me comprometia com alguma coisa — um plano, uma ideia ou uma pessoa —, podia esquecer. Eu era um cachorro com um osso. E era mais fácil eu me engasgar do que o soltar.

CAPÍTULO 6

A manhã de terça-feira foi difícil. Eu mal havia dormido, pois minha mente girava com a imagem horrível da queda de Jack, o corpo ferido de Jamie, Lamont rastejando. Rezei em minha cama dura, nomeei os livros da Bíblia e contei de zero a cem de trás para a frente, mas nada me acalmava.

Ao amanhecer, a irmã Augustine estava no santuário da calçada. Orando, de olhos fechados. Juntei-me a ela por um momento. *Ave Maria, cheia de graça.*

Uma viatura passou por nós lentamente.

A irmã Augustine abriu os olhos como se estivesse saindo de um transe.

— Você nunca vai adivinhar o que encontrei ontem. — Mostrei a blusa queimada. — Isto estava no lixo, em minha sala de música. Uma manga está queimada. Só pode estar conectado ao incêndio.

— Minha criança, esta é uma descoberta chocante — constatou a irmã Augustine com prosódia na voz. Ela tinha o dom da calma, de ficar arraigada diante dos ventos fortes.

— Eu sei, eu...

— Você — ela inclinou a cabeça, sem perder a tranquilidade — tem alguma coisa a ver com o incêndio, irmã? Se precisa confessar...

— Nem a pau. Quer dizer... Desculpe. — O suor se formava sob minhas sobrancelhas. Cerrei os punhos até gravar meias-luas nas palmas das mãos. Eu odiava escorregar na frente da irmã Augustine.

— Você contou à polícia sobre a blusa?

— Ainda não. Não queria que pensassem que eu tinha alguma coisa a ver com isso. Eles já suspeitam de mim... posso sentir. Você viu como eles lidaram com Bernard.

— Temos de contar às autoridades agora. Não há tempo a perder. Vamos encontrar a investigadora Riveaux.

Estávamos praticamente de braços dados procurando por Riveaux. Era maravilhoso caminhar com tanta determinação, com tanto propósito ao lado da irmã Augustine. Conforme o vento nos circulava, senti a pulsação do mundo maior, e de como eu também fazia parte daquele mundo. Ter crescido queer, "tolerada" por meus pais, sempre preocupada com Alce desmoronando, com medo do humor do meu pai e do melodrama de mártir de minha mãe, ter sido expulsa de nosso apartamento — tudo isso me fez ansiar por um tipo diferente de família, uma comunidade criada por mim mesma. Eu apreciava ser uma irmã, pertencer a uma Ordem. Foi um pé no saco no início. O dilúvio de comentários sarcásticos durante meus primeiros dias como professora. Engolir sapo com a irmã Honor. Mas as semanas se passaram. Com minhas luvas pretas e lenço — meu uniforme preto genérico —, com o tempo, eu me tornei simplesmente mais uma freira.

Rodamos o campus, mas não vimos Riveaux.

— Preciso de um momento — pedi à irmã Augustine. Ela foi até seu escritório pra telefonar para a polícia, o véu preto era como um feitiço de proteção atrás dela.

O céu era uma mancha azul e branca, entremeada pelas inflexões do canto das aves. Papagaios, tordos e rolas-carpideiras prateadas recitavam seus códigos secretos.

Nossas alas leste e oeste eram distantes o suficiente, separadas pela ala central, para a polícia e o departamento de bombeiros darem autorização de segurança para que as aulas recomeçassem aquele dia, mas apenas na ala oeste. Meu olho ainda estava vermelho, meu corpo ainda sensível, mas, como Bernard, eu não podia simplesmente ficar parada. Isso me deixaria frustrada. Se eu tivesse acesso à cena do crime e a todos os relatórios e fotos, poderia desvendar o caso. Os policiais eram inúteis. Eu odiava odiá-los, mas o tempo estava passando. Havia pistas para encontrar, cantos para investigar, pessoas para cutucar.

A irmã Augustine reapareceu do lado de fora.

— Graças ao Senhor, irmã Holiday, eu liguei para os investigadores e eles estão a caminho. — E atravessou a rua comigo na direção da escola. As portas corta-fogo tinham contido a maior parte da fumaça, mas dentro da ala oeste, a fumaça fétida de computadores queimados e plástico derretido pegava no fundo de minha garganta.

Sem o uso de todo um lado de nossa escola em forma de U, os professores da São Sebastião dividiram as salas da ala oeste. Combinamos nosso alunos em classes compartilhadas. Apesar de meu protesto, a irmã Honor, chefe do Comitê de Sala de Aula para Valores Cristãos e responsável por manter o decoro, declarou que Rosemary e eu teríamos de compartilhar minha sala. A sala de ciências de Rosemary Flynn fora destruída no incêndio. Aparentemente, todas as janelas tinham estourado. A sala de música era o maior espaço que havia restado e o mais fácil de configurar devido às cadeiras e mesas móveis. Apenas minha mesa, na frente da sala de música, era fixa. A monstruosidade pesada de madeira. Aquele canto era minha sala de detetive particular, abrigando minhas anotações sobre o incêndio, minha lista de suspeitos (todo mundo) e uma lista de pistas. Só duas por enquanto: a blusa queimada e a luva Uline que estava na rua.

Guardei a camisa em minha mesa e me preparei para a aula enquanto os alunos andavam pela sala. Rosemary e seus alunos preencheram a outra metade do espaço. Lamentei e tentei ignorá-los, mas todos os sons que vinham do outro lada da sala me irritavam.

Ave Maria, por favor, me dê força.

Policiais observavam meus movimentos enquanto passavam pela porta aberta da sala de aula. Abracei meu violão e senti olhos sobre mim de todos os lados para o qual virava. Ou era o calor difuso do incêndio de que não conseguia me livrar? Fogos fantasma faziam cócegas nos lóbulos de minhas orelhas. Minha palheta para tocar violão, um amuleto da sorte, ardia no bolso de trás.

Quando minha aula começou, os alunos se revezaram ensaiando solos. Na outra ponta da sala, embaixo de um crucifixo gigantesco na parede, estava Rosemary Flynn. Ela exagerava em todos os Ts de sua aula monótona sobre atrito de fluido.

— Ouvi dizer que a irmã Holiday cortou a perna de Jamie fora — contou um dos alunos de ciências com empolgação, alto o bastante para toda a classe ouvir.

— Bernard Pham foi acusado de incêndio criminoso — afirmou outro aluno. A fábrica de rumores a todo vapor. — Foram necessários seis policiais para conter Bernard, de tão drogado que ele estava!

— Basta! — bradamos Rosemary e eu em uníssono. Era a primeira vez, e provavelmente última, que concordamos em alguma coisa.

— Bernard Pham não foi acusado e nem vai ser, de crime nenhum — rebati para a massa de alunos de olhos arregalados, percebendo que uma das meninas estava me gravando com o celular.

Antes que eu pudesse brigar com os alunos por usarem celular durante a aula — uma coisa tão infrutífera como dizer para os pássaros não cantarem —, a voz forte da irmã Augustine ecoou pelo sistema de autofalantes.

— Caros alunos, bem-vindos de volta à escola após uma tragédia inenarrável — anunciou. — Seus leais colegas, Jamie e Lamont, estão se curando, *graças a Deus*. Eles vão faltar à escola por tempo indeterminado enquanto se recuperam. Nós vamos rezar por nosso zelador, Jack Corolla, que Deus o tenha, que morreu no incêndio. Vamos rezar por resiliência. Vamos rezar. — A irmã Augustine concluiu o anúncio e desligou o sistema de autofalantes com uma faísca elétrica do retorno do microfone.

Prince Dempsey levantou a mão. Eu o ignorei. Ele a abaixou, pigarreando. Abriu seu isqueiro Zippo e queimou alguns pelos de seu braço e um pedaço de casquinha que tinha arrancado do cotovelo.

— Guarde esse isqueiro. — Toquei um acorde em Mi maior, deixando a vibração ecoar. — Fleur, Mi com quinta. Ryan, você também. — Fleur respirou fundo e Ryan Brown mordeu os lábios enquanto os alunos reajustavam as mãos esquerdas sobre as cordas.

Fundamentos de Violão 1 era um curso introdutório, mas certamente não era básico. Nós refinávamos a independência dos dedos, tríades, acordes com pestana, escalas pentatônicas. Abordávamos dedilhado, ritmo e tom. Técnicas de improviso eram a chave para manter a diversão, de modo que os alunos não odiassem completamente a aula, e a mim, e ensaiassem. Pelo menos a maioria deles. Os jovens saíam de minha aula com confiança. Eu começava com Ramones e íamos trabalhando até chegar em Vivaldi. Um pouco de Beatles, para adquirirem experiência. Jimmi Hendrix pelo funk gostoso. Django Reinhardt pelo dedilhado.

Era uma turma pequena. Sem Jamie e Lamont, eram só seis alunos. Sam, um nadador competitivo que fumigava nossa sala com cloro. Fleur, que tinha quinze anos, mas estava mais para os cinquenta, com os cabelos cuidadosamente bem-penteados e um comportamento tão apropriado que eu imaginava que daria uma boa cozinheira. Rebecca Alta, uma aluna do segundo ano que parecia amar Cristo genuinamente. Ela deixava transparecer isso no modo com que fechava os olhos com força durante as orações para o Senhor. Ryan Brown, o irritante, determinado a ser descolado, mas ainda usava uma boina com pompom no inverno e nunca removia o broche que dizia *FILHO Nº 1* que sua mãe superprotetora havia fixado na lapela do blazer de seu uniforme. Skye Dramática, capitã da Equipe de Oratória e Debate, que sempre cantava com afinação perfeita, embora a agitação devido a seu déficit de atenção tornasse a prática consistente um desafio. E Prince Dempsey, delinquente juvenil. As reclamações contra mim podiam ser de alunos de outras turmas, mas eu me perguntava se Prince Dempsey não havia simplesmente utilizado dois estilos de caligrafia. É algo que eu certamente teria feito para ferrar com uma professora que eu detestasse. A vingança é uma forma idiota de se sentir no controle. Como todas as drogas, seus efeitos não duram, mas com certeza é divertido no momento.

— Qual a forma mais dolorosa de morrer? — Prince perguntou com um sorriso. BonTon estava encolhida perto de sua carteira. Sua coleira era uma corrente de elos grandes, que Prince provavelmente tinha roubado de uma loja de ferragens. A brutamontes caolha de Prince o acompanhava em todos os lugares. BonTon era permitida como animal de serviço para o TEPT e o diabetes tipo 1 de Prince. A cadela era treinada para detectar se o açúcar no sangue estava alto ou baixo cheirando a saliva de seu humano.

Parei de tocar e pisquei devagar. Os alunos olharam para mim, esperando que eu dissesse alguma coisa.

— Continuem, todos vocês. Ignorem o sr. Dempsey.

Prince sorriu de novo.

— Ei, eu te perguntei "qual a forma mais dolorosa de morrer?". Queimado vivo, caindo de um lugar alto ou esfaqueado? — Os olhos de Prince, do azul de uma chama de propano, estavam fixos em mim.

— Qual é a forma *mais* dolorosa de morrer? — repeti a pergunta de Prince. — Sendo sua professora de música.

Os alunos gargalharam. BonTon levantou o nariz rosado na direção de Prince, bocejou e voltou a formar uma espiral branca no chão.

Abracei o violão de novo. Sentia falta de minha guitarra. Do estalo dela. Mas meu violão Yamaha era o instrumento mais envolvente e temperamental. Queria que ele pudesse me abraçar também.

Rosemary estava firme e forte em sua metade da sala de aula. Ela era escultural — tão certa quanto um mandamento. Ou estava profundamente envolvida em sua aula a ponto de não ouvir a comoção do meu lado, ou estava fingindo não notar.

Tirei a palheta do bolso de minha calça.

Prince Dempsey assobiou para mim. Seus cabelos loiro-escuros, o rosto com cicatrizes e o sorriso afetado. Um falastrão que nunca fazia lição de casa, que perturbava regularmente o pequeno Clube LGBTQ da escola, agora cauterizava mais uma parte de sua pele, e atirava um pedaço de casquinha do cotovelo no meio do círculo.

Quando Prince havia sido transferido para minha aula de música do terceiro período, no último semestre, compreendi que Deus estava me testando.

— O que sentimos no interior é o que damos ao mundo — a irmã T me disse antes de o semestre começar.

Ela estava certa. Eu conhecia a demonstração de força de Prince. Armadura em vez de dor. Mas não podia deixar aquilo me atrapalhar. A irmã Honor e Bernard estavam convencidos de que Prince estava por trás do incêndio. Eu precisava analisá-lo mais de perto.

Os alunos praticavam seus exercícios para independência dos dedos e escala de Sol. Meus dedos precisavam se mexer, então me debrucei sobre o violão e toquei um arranjo do círculo de quintas. Música era outro meio de oração. Com o violão junto ao corpo, meus dedos se tornavam meu cérebro. Tenho uma destreza terrível, exceto quando se trata de sexo, brigas ou tocar violão. Sou obstinada assim. Não sou capaz de dançar por nada, nem manter uma posição de ioga, mas ajudar os outros a aprender a tocar um instrumento era um dos dons que eu podia oferecer.

— Certo, pessoal — instruí e reposicionei o violão, de modo que o braço estava praticamente tocando meu queixo. — Mi maior, Lá maior. Compasso quatro por quatro. Ótimo. — Rebecca, Fleur, Sam e Skye entraram bem, em sincronia, acertando as mudanças de acorde e o dedilhado. Ryan Brown se atrapalhou. Prince nem tirou do estojo seu violão, um dos instrumentos surrados alugados pela escola.

Skye cantava "I Wanna Be Sedated" junto, em tom de ópera. Sam e Ryan Brown cantarolavam timidamente, ainda com vergonha de compartilhar sua voz.

A irmã Honor soluçou quando ouviu a letra, mas não fez comentário nenhum ao entrar na sala. Nem a estraga-prazeres da irmã Honor podia negar meus poderes de instrução. O ano havia começado havia pouco menos de duas semanas, e meus alunos já estavam tocando uma música inteira. Uma música fácil com batida constante, mas ainda assim. Quando se tratava de ensinar, eu era séria como um ataque cardíaco, e os docentes sabiam disso. A irmã Honor entregou uma pilha de papéis para Rosemary Flynn. Enquanto eu tocava, senti seus olhares penetrantes, ambas olhando naquele momento como se ficassem felizes em me incriminar por incêndio e assassinato.

Observei o rosto dos alunos, batendo o ritmo dos Ramones e corrigindo Rebecca e Fleur por alguns acordes desleixados e abafados. Olhei para o relógio, precisando de algo que ele não me daria — tempo para mim mesma, para reunir as pistas e ver como tudo se encaixava.

A diferença entre mim e outros investigadores não é o fato de eu ser freira. Não tem nada a ver comigo. Tem a ver com manter o equilíbrio — lutar por um bem maior.

E que bem é maior do que Deus?

CAPÍTULO 7

Rosemary Flynn decidiu abruptamente levar sua turma para uma excursão ao Planetário de Nova Orleans. Fiquei mais do que aliviada. Precisava da minha sala de volta. O incêndio devia ter agravado a ansiedade de Rosemary. Seus ombros estavam tensos, abraçando as orelhas. Ela era tão superior, tão controladora — toda aquela energia caótica embaixo de seu exterior tranquilo — que era difícil relaxar em sua presença.

Faltava menos de uma hora para o fim das aulas, e a polícia estava chamando os alunos, um por um, para o corredor e depois para a sala da irmã Augustine para interrogatórios, Imaginei a camisa queimada se transformando em cinzas na gaveta de minha mesa. Quando olhei pela janela, notei pais estacionados em frente à escola, preocupados.

BonTon latiu de repente.

— Shh, Bonnie. — Prince a acalmou. — Está tudo bem, querida.

Vi a sargento Decker na porta. O detetive Grogan estava atrás dela.

— Tem um minuto? — A sargento Decker abriu seu bloco de notas com espiral.

— É claro. Estou na sala de descanso com todos os meus adorados fãs. Não, eu não tenho um minuto.

— Você parece ocupada — provocou Decker — com todos os seus brinquedos. — Ela pegou um capotraste e girou ao redor do dedo.

— Estou dando aula, como você pode ver claramente.

O detetive Grogan passou a mão por seus cabelos cor de mel. A sargento Decker estourou uma bola de chiclete. Ela era baixa e forte. Monótona, com exceção das longas tranças presas na base do crânio com contas roxas, douradas e verdes — as cores do Carnaval.

— Augustine disse que você tem algo a nos contar. Precisamos de um pouco mais de detalhes sobre a ala leste.

— Agora? Aqui?

— Agora — respondeu Decker. — A menos que prefira nos acompanhar até o centro?

— Uuuuuh — entoou a teatral Skye.

— A irmã Holiday está em apuros — cantarolou Ryan Brown.

— Silêncio, sr. Brown — ordenei, o que inspirou uma piscada reflexiva de Rebecca. — Cinco minutos, pessoal. Tentem não queimar o resto da escola. Rebecca e Fleur, vocês estão no comando. Se alguém pegar um celular, me contem.

As garotas concordaram com a cabeça.

Rebecca e Fleur eram minhas melhores alunas, as únicas confiáveis na ausência de Jamie e Lamont. Sam não era ultrajante, mas também não era promissor. Obcecado apenas por nadar. Ryan era difícil de prever, mas mole demais para ser uma ameaça real. Não se podia confiar na maioria dos garotos. "Envenenamento por testosterona", Alce gostava de dizer sobre os rapazes e sua petulância. Eu imaginava o veneno das histórias em quadrinhos fluindo pelas veias dos garotos quando meu irmão dizia aquilo.

Meu lenço estava extremamente molhado de suor. Puxei as luvas com firmeza. Saí no corredor com a Divisão de Homicídios.

— Certo, o que foi?

— Quando você carregou Jamie pelas escadas, ouviu alguma coisa?

— O alarme de incêndio. Lamont gritando muito. Além disso, nada.

— Você não viu nada do lado de fora da entrada principal antes de desmaiar?

— Não.

— Quanto tempo você ficou apagada? — indagou Grogan.

— Como vou saber? Eu estava — inclinei-me para a frente — inconsciente.

— Baixa a bola aí, irmã — sugeriu a sargento Decker com um sorriso forçado, como se fosse uma expressão hilária e original que ela tivesse inventado.

Eu me recompus.

— Vocês são os investigadores — falei. — Vejam as fotos da cena do crime. Ou melhor, me mostrem as fotos.

— Baixa a bola — repetiu a sargento Decker. — Colabore conosco, irmã. Você viu alguma coisa perto do corpo de Jack Corolla do lado de fora? Um celular? Uma carteira?

— Não, eu...

— Você viu o outro zelador — os olhos de Decker piscavam, agitados —, hm, Bernard Pham?

— Não. Não vi Bernard. A escola estava vazia, com exceção de Lamont e Jamie. O que eu queria dizer a vocês mais cedo é que, antes de morrer, Jack Corolla disse que alguma coisa ruim estava prestes a acontecer. Talvez isso tenha sido premeditado, e o fogo tenha sido para calar Jack. Ele sempre foi obcecado por premonições.

Não mencionei a blusa.

Nem o Espírito Santo.

Policiais não confiavam em mim, e eu com certeza não confiava neles. Eu já havia entregado a luva, e entregaria a blusa primeiro a Riveaux, para ver o que ela falaria.

— Aham. — Grogan me observou dos pés à cabeça. — Premonições.

Decker riu.

Mesmo com meu lenço e as luvas, eu ainda me sentia nua.

— Então, Jamie e Lamont. Eles já são "pessoas de interesse" — disse Decker. — Isso significa que são suspeitos em potencial.

— Eu sei o que significa! — Eu estava irritada com o comportamento de Decker. — Ter uma rede ampla de suspeitos faz sentido — rebati —, mas aqueles garotos são uns amores. Não machucariam ninguém.

Eu devia ter compartilhado minhas suspeitas sobre Jamie e Lamont e sua possível saga Romeu e Julieta queer? Talvez. Mas não até ter garantias de que os policiais não emboscariam meus alunos. Eu tinha de os proteger. Brutamontes racistas e homofóbicos como Grogan provavelmente sonhavam acordados com acertar garotos gays e negros como Lamont com um soco inglês. Golpear Jamie seria um bônus.

— Hum, certo — observou Decker. — Agora vamos falar de Prince Dempsey. O aluno tem uma bela ficha. E já causou dois incêndios. Então, estávamos pensando...

— Qual o motivo? — interrompi.

Prince Dempsey era um suspeito óbvio, é claro, mas minha paranoia queer havia me treinado a procurar em lugares inesperados.

— Estamos investigando isso — disse Grogan.

— Vocês verificaram o álibi de Prince, que disse que estava passeando com a cachorra?

— A cachorra dele não quer falar — zombou Grogan.

— Verificamos, sim — falou Decker —, e ninguém no bairro o notou. Além disso, ele conhece bem este prédio e consegue se movimentar por aqui facilmente.

— Assim como eu. — Cruzei os braços.

— Ah, nós estamos cientes. — A sargento Decker sorriu para Grogan.

— Além do mais, isso não é motivo — afirmei, ficando na ponta dos pés.

— Certo, irmã — disse Decker. — Nos avise quando pegar o criminoso. Mas lembre-se de que Nova Orleans não é Cabot Cove.

Vou resolver o caso mais rápido do que vocês dois, pensei ao fazer o sinal da cruz. A flexão e dança de meus músculos me acalmava. Era um ritual que ao mesmo tempo promovia fluidez e concentração. *Em nome do Pai, do Filho, do Espírito Santo*. Era errado sentir-me presente dentro de cada nome, como farinha do mesmo saco? Não somos todos chamas sagradas no fogo mistificador da vida?

Grogan entrou na frente de Decker e colocou a mão em meu ombro novamente. Meu pai era policial, e ele nunca tocava um civil a menos que estivesse com o joelho nas costas dele durante uma prisão turbulenta. Para um cara tão grande, a mão de Grogan era delicada.

— Obrigado, irmã, por se importar e por compartilhar suas ideias. Não se preocupe, o trabalho está sendo feito por todos os ângulos.

Decker olhou para o bloco de notas novamente. Li uma lista de nomes de cabeça para baixo: Bernard Pham, John Vander Kitt, Rosemary Flynn, padre Reese, irmã Augustine, irmã Honor, irmã Therese, irmã Holiday (sublinhado duas vezes, para o meu desgosto), Jamie LaRose, Lamont Fournet e Prince Dempsey (circulado).

Decker apertou o nariz e fechou o bloco.

— Quer ir? — perguntou ela a Grogan.

— Certo, vamos lá — respondeu Grogan enquanto coçava a virilha de forma grotesca, por reflexo ou talvez para sinalizar que ele era o macho alfa. A dupla se virou e percorreu o corredor.

— Rebecca, atente-se ao ritmo — falei depois que voltei à sala de aula. Eu estava aturdida, mas, com o violão na mão, retomei o foco. — Mais perto do traste.

Demonstrei como arquear o pulso e dedilhar usando o polegar como um pincel. Queria desligar meu cérebro e deixar minhas mãos se movimentarem. Meu corpo ficava em seu estado mais feliz quando tocava. Eu não me escondia atrás de meu instrumento, mas era meu eu mais verdadeiro quando o segurava. Mesmo com vampiros de energia como Prince Dempsey no meio, nunca parecia uma perda de tempo ensinar música. Meus alunos precisavam aprender técnicas bem o suficiente para poderem começar a cultivar a própria sensibilidade musical. Para deixarem o corpo assumir durante uma apresentação. Memória muscular. Tocar violão — fosse acertar um *lick* ou apenas brincar no ensaio — era a melhor forma de esquecer dos pensamentos e desestressar. No entanto, em vez de imitarem meus movimentos, os alunos ficaram olhando para minhas mãos. Sam estreitava seus grandes olhos verde-cloro. As tatuagens nos ossinhos de meus dedos eram difíceis de ler conforme meus dedos se movimentavam, mas os alunos já sabiam o que estava escrito. ALMA (mão esquerda). RUIM (mão direita). Eles ainda encaravam.

Eu já tinha me acostumado com minhas tatuagens havia muito tempo, mas uma delas parecia tão viva que era impossível esquecer. Era a tatuagem que eu compartilhava com meu irmão. Quando éramos crianças, no Brooklyn, todos achavam que éramos gêmeos fraternos. Eu o chamava de Alce, ele me chamava de Gansa. Líamos os mesmos livros (Nancy Drew, Sherlock Holmes), montávamos os mesmos quebra-cabeças, jogávamos o mesmo jogo de tabuleiro de detetive (Clue). Tínhamos nossa própria língua. Nossa diferença de idade de dezoito meses não representava um obstáculo. Eu me restringia à minha própria cabeça (muito id, segundo Alce, e superego insuficiente) em grande parte do tempo. Havia a rivalidade padrão. Éramos parecidos, mesmo o meu cabelo sendo preto como carvão — um inferno para tingir de loiro — e o dele, castanho. Os olhos eram nossa única característica completamente idêntica.

Meu irmão precisava de mim. Ele havia virado uma vítima constante de bullying depois de se assumir no primeiro ano do ensino médio. Quando eu tinha dezesseis anos e Alce quinze, ele foi violentamente atacado no vestiário por três membros do time de futebol americano da escola. Precisou levar quatro pontos na cabeça, e mais em outros lugares. Ele era da equipe de atletismo, mas compartilhava o vestiário com aqueles neandertais do futebol americano. Depois de o socarem e darem chutes em sua cabeça e estômago, bloquearam as portas e três deles o estupraram. Eu nunca tinha ouvido falar de nada assim. Não achava que meninos podiam ser estuprados.

Como eu era ingênua naquela época. Depois disso, prometi nunca duvidar do apetite insaciável dos homens por controle. Nada mais passaria despercebido por mim.

Minha mãe e eu ficamos no hospital com Alce por dois dias depois do ataque. Meu pai ia de manhã, antes de seu turno.

Eu me lembro da sensação dos cabelos macios de Alce enquanto eu acariciava sua cabeça.

— Me diga quem fez isso.

— Deixe para lá, Holly — dizia minha mãe. — Ele não quer prestar queixa. Deixe ele descansar.

Os olhos de Alce se fecharam, os longos cílios lançando sombras sobre seu rosto afundado e com cicatrizes. Quinze anos, e já arruinado.

— Eles vão pagar por isso — prometi, ignorando minha mãe.

As rodas da cama rangeram quando Alce se virou de costas para mim.

— São quinze caras naquele time. Apenas diga "sim" ou "não" conforme eu for falando.

— Holiday, chega! — Meu pai entrou no quarto de maneira tão silenciosa que eu não percebi que ele estava lá. — Gabriel não vai prestar queixa.

— A escola não vai agir a menos que Alce diga quem foi. Ele está aterrorizado. Temos de ajudar ele!

— Ouça o seu pai. — Minha mãe não conseguia olhar para mim.

— Mãe. O maxilar de Alce está estilhaçado. Aqueles filhos da mãe vão pagar.

— Só Deus pode julgar os pecadores.

— Deus precisa de minha ajuda para levar esses animais a julgamento.

— Deixa isso para lá, Gansa — gritou Alce no travesseiro.

Minha mãe balançou a cabeça.

— Só Deus pode decidir o destino deles. Perdoe-os, Holiday. Somente os arruinados arruinam os outros. — Palavras ecoadas pela irmã Augustine anos depois. — Só os feridos ferem — disse minha mãe. — Concentre-se em seu irmão. Não tem a ver com você. Nem tudo tem a ver com *você*. — Quando ela se inclinou para tocar no ombro de Alce, lágrimas rolavam pelo rosto dela, pingando da ponta do longo nariz.

Continuei com minha própria investigação assim mesmo.

Na escola, perguntei se alguém sabia de alguma coisa. Todos haviam ouvido alguma parte da história, é claro, mas ninguém estava disposto a falar nada. Eu me inscrevi para testes de atletismo, aprendi o cronograma dos esportes e acompanhei todos os quinze membros da equipe. Me fiz de boba. Me fiz de hétero. Eu me insinuava. Fiz todo o possível para me aproximar deles. No decorrer de três semanas, fiquei com quatro membros do time para tentar tirar informações. Os idiotas não juntavam dois e dois que eu era irmã de Alce. Só que meu plano não estava funcionando. Chupei um cara no vestiário depois de um jogo. Eu havia anestesiado minhas gengivas e lábios com cocaína, mas a pior parte foi disfarçar minha repulsa. Em uma festa em Greenpoint, batizei a bebida de outros quatro com etanol para os deixar bêbados. Álcool não é um soro da verdade, mas eu queria diminuir suas inibições. Finalmente, deu certo. Todd McGregor, tão bêbado que mal conseguia abrir os olhos, confessou.

— Eeeee daíííí? Eu fiz mesmo — confessou com a voz arrastada no gravador de meu celular. — Esses bichas, todos eles querem ser comidos. Fiz um favor para ele. — Ele lambeu os lábios como se estivessem com cobertura. Finas linhas de baba escorriam pelos cantos de sua boca. — Ia acontecer mais cedo ou mais tarde. Pelo menos somos todos bem-dotados. Ele deve ter amado. Porque eu tenho um pau bom. Eu poderia ser modelo de cueca. Quer ver? — Ele disse o nome de dois outros garotos e começou a abrir o zíper antes de desmaiar. Pintei com spray ESTUPRADORES nos armários dos três agressores. E Todd McGregor? Eu o deixei na festa, amarrado com seu cinto e sua gravata, deitado com o rosto no próprio vômito.

Pesado demais? Vai por mim, eu estava me contendo. Queria fazer com ele o que Judite fez com Holofernes. Rastrear o time foi fácil. Enganá-los foi divertido. Puni-los foi delicioso. Foi quando tudo começou. Quando eu fiquei sabendo que a investigação era outro dom que eu poderia oferecer a Deus. Trazer justiça a um mundo danificado. Mesmo que fosse por um momento fugaz.

Mandei por e-mail para o meu pai a confissão embriagada de Todd McGregor, mas ele deletou sem ouvir. Disse que uma confissão coagida nunca seria admissível no tribunal.

— Pela última vez, Holly, pense na *família*. — Ele balançou a cabeça. — Parece que seu irmão que começou. Um avanço indesejado? Você sabe como são os meninos. Homens de verdade... — Meu pai parou no meio do pensamento, talvez ciente da magnitude de tudo isso, pela primeira vez. A grandeza do ataque e sua reação a ele, um tornado que nos separaria e reformularia a paisagem de nossa família para sempre. Mas ele manteve sua linha de raciocínio. — Gabriel devia ter tido mais noção.

— Você está dizendo que Alce mereceu isso?

— Chega. Deixe isso para trás. Estou mesmo muito próximo de conseguir. A polícia não pode dar um passo em falso hoje em dia. Você sabe disso. Sinto muito, Holl. Vamos ajudar Gabriel a se restabelecer em família. Os garotos podem ser cruéis, mas...

— Cruéis? Você não está vendo o que eles fizeram com Alce. *Olhe* para ele. Eles estu...

— Pare! — Ele colocou a mão sobre minha boca antes que eu pudesse terminar a palavra. — Pare com isso. Confie em mim. Eu vou resolver isso. Nós vamos resolver isso. — Meu pai me abraçou, seu rosto era macio junto à minha testa. Os policiais do Brooklyn eram mais duros do que os bifes que minha mãe queimava regularmente, e meu pai tinha uma reputação a manter.

Alce ficou com muito medo de voltar para a escola depois do ataque. Começamos a matar aulas juntos, depois ele largou os estudos e conseguiu seu diploma no supletivo. Perdeu sua luz. Não conseguia dormir à noite sem Zolpidem ou maconha. Até mesmo ficar parado era gatilho para ele. Antes do ataque, ríamos tanto com nossas piadas internas que engasgávamos. Fazendo palhaçadas no minigolfe. Alce e Gansa. Jogando bolas de neve, mirando na cabeça um do outro. Mas rapidamente ensinamos um ao outro a não precisar de nada, a separar, sublimar. Lembranças são como bombas caseiras — aprendemos onde pisar. Ele achava que eu o via apenas como Alce, o garoto violado, quando era para ele ser Gabriel, o protetor. Ele não estava errado. Era inevitável para mim querer abraçá-lo, reverter a ampulheta.

Achei que ele ficaria animado se fizéssemos uma tatuagem juntos. Decidimos pela Árvore da Vida. Um lembrete de nossas raízes, de como ele e eu sempre estaríamos conectados. Atados pelo que podíamos e não podíamos ver. Minha árvore cobria a maior parte de minhas costas. Eu queria que ela fosse grande e atrevida — chamativa o bastante para bloquear o sol, lançar sua própria luz neste mundo assustador. A árvore de Alce era menor. Ele disse que queria deixar espaço para ela crescer. Meu irmão esperou na entrada enquanto eu deitava de barriga para baixo na mesa da tatuadora. Meus ossos vibravam com o zumbido da maquininha de Aimee. Ela cantou durante o processo de quatro horas de tatuagem. Eu gostava do jeito que seu hálito batia em meu pescoço enquanto ela trabalhava. Sua pegada forte em meu ombro mantinha meu corpo perfeitamente parado enquanto sua agulha gravava raízes, galhos e veias impossivelmente sutis no tronco. Árvores eram um dos muitos milagres de Deus. Meridianos de energia, vida, sombra, proteção. Mas, hoje em dia, minha Árvore da Vida fica escondida. Um eu enterrado embaixo de outro.

A risada de Prince me assustou e me tirou de meu devaneio. Ele havia arrancado mais casquinha de ferida e estava olhando pela janela.

— Sr. Dempsey, não há respostas para os mistérios urgentes da vida através da janela. Olhos na música, se conseguir.

— Pare de ser uma vaca, se conseguir. — Ele coçou a nuca. A trinta centímetros de distância, dava para sentir seu mau hálito, como enxofre e cigarros baratos.

Prince examinou a sala de aula, rastreando para ver que tipo de reação provocou nos outros alunos. Tratava-se apenas de chamar a atenção para si. Talvez botar fogo na escola gerasse a infâmia pela qual ansiava. Eu queria derrubar Prince de sua cadeira e pegá-lo pela nuca. O que fiz, na verdade, foi usar o pé para empurrar o estojo de seu violão para trás de sua cadeira, fora do círculo de alunos. Depois, pedi para fazerem um exercício complexo — um arpejo, um acorde desconstruído em que os alunos tinham de tocar notas uma por uma e não simultaneamente — de modo que precisariam olhar para as seis cordas do violão.

Alheia aos olhos dos alunos, mesmo que por um minuto, eu pude abrir o estojo de Prince sem ser notada. Atrás de Prince, com BonTon ainda dormindo, vasculhei seu estojo para encontrar provas — qualquer coisa que pudesse mostrar se ele era inocente ou culpado. Passei as mãos pelos bolsos de cetim do estojo. Nada. Procurei um fundo falso. Por um momento, me preocupei que um aluno fosse se virar e perguntar o que eu estava fazendo. Mas, como sempre, eles estavam tão preocupados consigo mesmos que poderia ter chovido gafanhotos e eles não teriam notado. Tudo o que encontrei foi um saco plástico com lindas flores de maconha azul-acinzentadas escondido em um compartimento lateral. Guardei para mim e para Bernard.

Bernard gostaria disso. Sua malícia punk e seu coração grande e caótico eram âncoras para mim, e eu estava feliz em oferecer a ele um momento de suspensão, uma pequena nota de rapsódia. Ele havia vivido uma vida paralela à minha de algumas formas — seus pais decentes e trabalhadores não o compreendiam, aparentemente desde o nascimento, e haviam tentado convencê-lo de que ele não se conhecia. Seu pai, um pescador do Golfo, tinha certeza de que arte era uma atividade autoindulgente. Não exatamente um pecado, mas a oceanos de distância da salvação.

Prince apoiou as botas sobre o estojo do violão, que eu havia colocado de volta à sua frente sem que ele, nem ninguém, notasse. Invisível novamente. Uma freira e uma investigadora têm muito em comum. Ambas se camuflam bem à vista. Pode até tentar, mas você não é capaz de nos cansar. Temos a mesma paciência e a teimosia de sangue.

Ryan Brown soltou um gritinho assustado quando derrubou seu celular. Ele devia estar tentando mandar mensagem escondido. Ou estava gravando a aula. Xeretando. Ele também estava tirando fotos na noite do incêndio.

— Celular, por favor. — Estendi a mão, e Ryan Brown colocou seu smartphone na minha palma. — Obrigada. Devolvo depois da aula. Coloquei-o no bolso de trás de minha calça preta, depois toquei três acordes, passando a mão esquerda para cima e para baixo no braço do violão. — E, sr. Brown, não responda para mim.

— Eu não disse nada!

— Mas queria dizer, não é? — Acenei lentamente com a cabeça e Ryan acenou também. — Com licença — pedi, alguns decibéis mais alto para a classe toda ouvir. — Estou vendo o detetive Grogan novamente.

Só que eu não tinha visto Grogan. Saí no corredor vazio com o aparelho. Como era leve e brilhante. Eu sentia falta de ter um celular — a cura para o tédio. Procurei o aplicativo de fotos. Havia imagens de baseados e de garotos jogando videogames, algumas fotos minhas de domingo à noite, na ambulância (totalmente acabada), e algumas fotos da escola em chamas. Nada que eu não tivesse visto. O som do caos dos alunos vazou para o corredor. Desliguei o celular de Ryan Brown e entrei.

BonTon levantou e espreguiçou seu corpo musculoso. Rebecca estava chorando. Seu corpo magro estava dobrado como um velho espantalho.

— O que foi agora?

— Prince arrancou um pouco do meu cabelo — reclamou ela com a voz falhando.

A sala cheirava a cabelo queimado.

— Sr. Dempsey. — Fechei os olhos. — Você puxou mesmo o cabelo da cabeça de Rebecca e colocou fogo?

— Filha da puta louca — rebateu ele. — Ela está inventando.

— Ele faz isso o tempo todo, desde que colocou fogo no banheiro — disse Ryan em tom melancólico.

— Cadê a prova? — Prince sorriu e levantou as mãos no alto. Seu Zippo estava sobre a mesa.

— Rebecca, por favor, aceite minhas desculpas por este abuso. — Eu me virei para Prince. — Cuidado. — Estendi a mão para pegar seu isqueiro, mas a mão dele foi mais rápida.

"Dê a Prince espaço para aprender e cometer erros, para *crescer* — repreendeu-me a irmã Augustine depois que ele colocou fogo no banheiro, oito meses atrás." Prince e sua mãe passaram vinte e quatro horas presos no telhado de seu apartamento depois do Katrina.

"Assim como muitas outras pessoas." Reajustei meu lenço no pescoço.

A irmã Augustine ganhou vigor.

"Severidade é fácil. Compaixão é difícil." Nossa diretora sempre evangelizava com um sorriso. "Seja paciente. Pense no contexto geral. Toda irmã tem um papel vital a desempenhar ao propagar a Palavra. Você pode ter a contribuição mais importante de todas, irmã Holiday."

"Pare de ser tão veado, Ryan." A voz de Prince me trouxe de volta ao momento.

— Prince Dempsey, cale a sua boca, seu lixo branco, antes que eu a cale para você.

O rosto de Prince ficou vermelho e ele se encolheu na cadeira.

Havia ido longe demais, mas não tinha como voltar atrás.

O sinal tocou, mas Prince permaneceu imóvel com BonTon a seus pés.

Senhor, me perdoe. Me dê forças para entender. Juntei as escápulas. Prince era um menino — apesar de seu comportamento e arrogância —, um menino perdido e ferido, zangado porque a vida era injusta. Com raiva porque o mundo tirava mais do que dava.

CAPÍTULO 8

Depois que os alunos foram dispensados, eu tive de ir ao centro com meu violão e me juntar à irmã T para um turno no Centro de Atenção a Mães e Gestantes da Prisão. Era minha devoção à comunidade, cinco horas de serviço toda semana.

Antes de partir, notei Prince e BonTon andando na frente da escola. As duas viaturas que ficavam estacionadas ali o dia todo não estavam em lugar nenhum.

Emanava calor da murta-de-crepe roxa. Uma borboleta preta esvoaçava no vapor. Prince e BonTon circulavam o santuário de velas de Jack. Prince estava de costas para mim e devia ter pensado que estava sozinho, ou não se importava, enquanto parava diretamente sobre uma vela de orações. Com uma das mãos, Prince segurava a guia de BonTon. A outra mão estava diante dele. Algo espirrou. Duas velas se apagaram.

O garoto estava mijando sobre o santuário memorial. Talvez irreverência e fúria fossem motivo suficiente.

Uma viatura retornou, e Prince e BonTon deram o fora.

A raiva aumentou por dentro, mas eu não disse nada. Não o impedi. Na rua, memorizei os detalhes da cena.

Freiras não podiam comprar um pacote de chicletes, e muito menos uma câmera de alta resolução. Minha memória servia como um de meus bens mais úteis. Algumas pessoas codificavam lembranças dizendo nomes, detalhes e o registro de horário em voz alta, como um encantamento. Eu recitava detalhes em silêncio, em minha mente. Uma ou duas horas podiam ser perdidas recontando os afluentes intricados de rachaduras no espelho do banheiro de uma espelunca que eu havia visitado uma só vez.

Todos diziam que isso era obsessivo. Exceto Nina.

Mas Nina me conhecia.

Nina chamava de "O Imposto Holiday", o preço que ela tinha de pagar para chegar perto de mim.

Nina Elliott. Tocávamos na mesma banda. Além disso, ela tirou minha virgindade, se é que se pode chamar assim, pois na verdade eu a dei livremente. Avidamente.

Não que qualquer aula de educação sexual que já fiz tivesse discutido os mecanismos de sexo lésbico ou o que "queer" significa, então, na época, eu não tinha certeza. Nina era filha de um dissidente do mercado de ações e virtuoso no mundo do cool jazz, que estava longe de ser legal e era tão jazzístico quanto um alarme de carro. Ela tinha aquele visual das revistas *Playboy* da década de 1970, com pele bronzeada e elegância de cinema, repleta de blusinhas justas e listradas, e infernos em cada um de seus olhos de cores diferentes. Um olho verde. O outro, o castanho sépia de uma foto antiga.

— Tipicamente bissexual — falei. — Nem seus olhos conseguem se decidir.

— Você só está com inveja — respondeu Nina, e piscou duas vezes.

É claro, eu estava com inveja.

Começamos a nos pegar quando tínhamos dezessete anos. Ela era a pessoa mais inteligente e mais sensual que eu já havia conhecido, com um corpo que me deixava louca. Sua bunda era tão firme que dava para fazer uma moeda pular nela. Seu cérebro também me excitava. Eu a ouvia falar sem parar sobre biblioteconomia. Ainda estávamos nos pegando quinze anos depois, quando troquei a bagunça que *eu* fiz por Nova Orleans.

Se eu ou Nina bebêssemos muito e mandássemos uma mensagem, acabávamos juntas na cama, mesmo depois de ela ter se casado com Nicholas.

Nina e Nicholas: o par perfeito dizia a inscrição no convite de casamento que queimei em minha pia.

O casamento deles me destruiu, e, embora eu nunca tivesse admitido isso a Nina, ela sabia. Eu não confirmei presença. Não compareci ao jantar do ensaio. Apareci em suas bodas, em alguma fábrica de casamentos na cidade de Long Island, usando um vestido azul avassalador e estratosfericamente chapada. Depois de os ver dançando ao som de "I Swear", tomei três bourbons, puros. Abençoado seja o *open bar*. Então decidi derrubar o caramanchão do casamento, fazendo bocas-de-leão e flores de alho voarem pelos ares. Como foi bom detê-los por um instante. Esmagar suas rosas. Pisei no painel *N + N* até empalar meu pé em um prego enferrujado e um cara careca chamado tio Kevin me tirar de lá. Passei o restante da noite no hospital aguardando uma injeção antitétano. O que era o amor, além de uma infecção? Como veneno extraído das presas de uma cascavel, um pouco pode curar. Uma mordida mais profunda vai fazer seu coração parar.

Nicholas Nieman Jordan tinha nome de sequestrador em série misturado com narcisismo. Nina o conheceu quando estudava no exterior, no ar rarefeito de Paris. Ele era professor de pintura dela naquele semestre, um estudioso de arte que parecia, na verdade, detestar arte, pela forma como a ridicularizava. Nina parecia gostar da bravata. O antídoto para seus pais sem graça. O prestígio americano em Paris. Tudo era esporte para Nicholas Sequestrador Jordan — a academia, conversas educadas, casamento. Eu enxerguei além de seu charme, mas ele prendeu Nina mais do que eu pude. Ela até abriu mão de seu sobrenome para adotar o dele quando se casaram.

Durante todos aqueles longos anos de rolo, quando Nina e eu dizíamos que nos manteríamos a uma distância segura uma da outra, era óbvio que estávamos destinadas a falhar. Ela me amava e eu a amava, mas não confiávamos uma na outra. Acho que nunca havíamos sido suficientes para um "nós". O sexismo e a homofobia que metabolizamos, a profundidade em que penetraram na medula. O que eu esperava aparecendo no casamento de Nina? Que ela mudasse de ideia na hora e dissesse: *Eu escolho Holiday*? Que ficasse de joelhos e me entregasse a aliança, como nos filmes bobos de viagens aéreas que me faziam chorar? (Eu colocaria a culpa das lágrimas em estar bêbada e desidratada.) Fiquei chocada com o caminho que Nina escolheu. Mas olhe para mim agora, irmã Holiday, noiva de Cristo, sem nenhum sobrenome.

Nina e eu tínhamos três coisas em comum: música, sexo, e despedidas. Aquela sensação da porta se fechando atrás de nós. Talvez isso fosse amor verdadeiro — dar nosso corpo uma à outra, deleitar-nos uma com a outra, estarmos tão sincronizadas que não tínhamos de falar, discutir ou rotular nosso relacionamento. Deixando-o embolado no chão até estarmos prontas para vesti-lo novamente.

Eu me sentia tão viva quando estava com ela, era quase frenético, tão cheio de vida que meu sangue tentava rasgar minha pele. Desejo como zumbido do coração — um zumbido fino por baixo de qualquer outro som. Eu estava zangada porque Nina nunca seria minha. Zangada por nunca termos dado uma chance real a nós. Seus olhos descombinados. Sua pele, quente ao toque, sempre suave e firme, como uma pedra assando no sol. Eu me odiava por querer possuí-la. Me odiava por ter aprendido a amar a dor. Existe alguma tortura mais elegante do que perseguir o que você nunca vai conseguir pegar? Um amor mantido puro pela negação, por ficar preso em vidro. Para sempre um desejo, uma assombração. Talvez fosse o teste de Deus, as matrizes das verdades que eu tinha de descobrir sobre mim.

Aquela terça-feira foi mais um teste. Eu caminhava para a prisão com meu violão na parte mais quente da tarde, me afogando em suor enquanto passava atrás de um desfile. Mulheres com trompetes e vestidos brancos tocavam e cantavam enquanto marchavam. Sem necessidade de um feriado especial. Todo dia havia um desfile. Acordar era um motivo para celebrar com festejos. Até os fantoches pareciam bêbados em Nova Orleans, atrevidos e burlescos. Minha mente girava com as descobertas horríveis e miraculosas que eu tinha feito em meu ano como irmã, enquanto limpava ou fazia serviços religiosos: um saco de dinheiro brilhando dentro de uma parede falsa da igreja (entreguei ao padre Reese). Um gato mumificado sob a fundação do convento (enterrei no jardim). Um saco de bolas de gude e uma garrafa vazia de absinto na saída de ar da escola (dei as bolas de gude para Ryan Brown, aconselhando-o: "Tente não perder suas bolas de gude"). Pessoas de todas as idades dançavam no desfile, carregando um retrato grande de um idoso, honrando a vida de seu pai, primo, vizinho, amigo, chefe, companheiro humano. Todos os pecadores e curandeiros juntos, embriagados de cerveja quente, vestindo roupas de funeral cor de marfim, rezando por redenção, chorando por renascimento. Como eu. Pelo menos eu tinha um plano. Na verdade, era Deus que tinha o plano. Mas eu era uma ótima escudeira.

Um instrumento sagrado, eu. Mercenária de Deus em uma cidade escaldante onde o ar era denso como a pressão de uma ressaca de uísque. Não que eu tivesse ficado de ressaca na época. Só que de algumas febres o corpo não se esquece, independentemente do quanto se tente. Independentemente do quanto se sue. Quando Santo Agostinho olhou para o inferno, ele não gritou por água, mas por chamas: *me dê o fogo*.

    Depois de andar quase cinco quilômetros, cozinhando no calor intenso, o braço dormente por carregar meu violão, fiquei grata ao ver a irmã T na entrada da prisão. Ela sorriu ao me ver. Seus grandes dentes para a frente lhe davam uma aparência cartunesca, como uma avó coelha, uma visão surreal sob os rolos de arame farpado que contornavam o telhado da prisão. Sempre pensando adiante, ela me levou um copo de água gelada. A condensação escorria pela lateral. Sem agradecer, peguei o copo, inclinei a cabeça para trás e bebi tudo rapidamente, deixando metade cair para fora da boca, molhando meu rosto e queixo e meu lenço de pescoço empapado. Quebrei cubos de gelo com os dentes como uma lontra em um aquário. Suor se acumulava na parte inferior de minhas costas, nas raízes de minha Árvore da Vida.

    Passamos pelos detectores de metal, assinamos nossos nomes no livro de registros e acompanhamos a guarda da prisão, carcereira Janelle, até um espaço não muito maior do que minha sala de música da São Sebastião, que abrigava o Centro de Atenção a Mães e Gestantes da Prisão. Ela fornecia alojamento e cuidados pré-parto para presidiárias grávidas, com uma sala de lactação para mães que estivessem amamentando, e as visitava intermitentemente, tirando leite materno com a bombinha três ou quatro vezes ao dia. A irmã T e eu armazenávamos o leite no refrigerador — nomes e datas eram escritos nos frascos com caneta preta — até que fosse a hora de benzê-lo e enviá-lo com os guardas. Carga preciosa.

    Eu tinha orgulho de nosso trabalho no Centro, criado pelas irmãs Augustine e Therese depois do Katrina, em 2005, abençoado pela Diocese, antes de o bispo e os vigários apertarem a coleira em nosso pescoço, fazendo a irmã Augustine justificar qualquer pedido de novo programa, mudança de programação e, segundo a irmã T, rolo de papel higiênico. Porém, as causas que faziam as pessoas necessitarem do centro eram de cortar o coração. Aquelas mulheres, muitas sobreviventes de abuso, entravam na prisão grávidas. As sentenças iam de oito a dezesseis meses. Acusações de drogas e roubo. Com certeza minhas transgressões eram piores. Aquelas moças precisavam de ajuda, não de prisão, não de mais violência por parte do sistema. Os carcereiros tendiam a fazer mais mal do que bem.

"Pessoas feridas ferem pessoas", minha mãe dizia a mim e a Alce. "E pessoas curadas curam pessoas."

A falta de contato entre as mães recentes e seus recém-nascidos era apavorante. Mães encarceradas podiam segurar seus filhos por apenas vinte e quatro horas após darem à luz no hospital. Alguns partos naturais, mas a maioria eram cesarianas. Mais rápidas, mais fáceis de agendar. Depois de vinte e quatro horas "criando laços", as mães eram obrigadas a voltar à prisão, seus bebês eram levados embora para ficar com parentes ou pais adotivos. Ou levados para lares especiais. Famílias destruídas desde o início.

Linda confessou a mim e à irmã T que temia dar à luz. Ela entrou na prisão carregando sua filha e morria de medo de perdê-la. No útero, ela podia senti-la, alimentá-la, aprender suas excentricidades e hábitos. Quando sua filha estivesse fora de seu corpo, Linda permaneceria do lado de dentro, presa. A ausência era cruel, uma segunda sentença.

As mulheres encontravam pequenos confortos no Centro — umas com as outras, e comigo e com a irmã T. Líamos as Escrituras e o horóscopos. Cantávamos, rezávamos e chorávamos. Alguns dias, as moças queriam que eu as escutasse. Pensa que *death metal* é intenso? Tente ouvir os gritos primitivos e os soluços fortes de mulheres que ansiavam por amamentar seus bebês, segurá-los junto ao corpo, sentir o cheiro deles.

O Centro era um espaço no qual mulheres podiam chorar e se alegrar, sob o olho vigilante da carcereira Janelle e duas câmeras de segurança. Como eu queria escalar as paredes e quebrar as lentes das câmeras. Mas eu tentava manter algum nível de respeitabilidade. Era difícil fazer isso em um lugar tão desumanizador.

Minha mãe teria ficado orgulhosa.

Às vezes eu entregava meu violão às mulheres, afastando-me enquanto elas tentavam dedilhar.

— Pareço descolada? — perguntou Yasmine.

— Demais — disse Linda.

— Combina mesmo com você — afirmou a irmã T, sorrindo como um zíper quebrado.

Para mim, tocar música era como estar no útero. Totalmente absorvente. Eu queria que as mulheres grávidas e lactantes tivessem aquela oportunidade, se também quisessem isso.

Ser mãe passou por minha cabeça uma ou duas vezes. Nina e eu até discutimos sobre isso. Como poderíamos não discutir? É o truque de mágica supremo. Somos as primeiras impressoras 3D, as mulheres. Fabricação aditiva. Um corpo — ou dois, no caso dos gêmeos de Renee — tirado de outro.

Naquela tarde de terça-feira, Renee estava tirando leite para seus filhos. Yasmine, Peggy, Linda e Mel, em vários estágios da gravidez, estavam sentadas conversando, fofocando, trocando histórias. Às vezes parecia os velhos tempos. No Brooklyn, com minha banda. Só que sem o drama e as drogas.

Umas belezas, aquelas mulheres. As cicatrizes e histórias. Todas as máscaras que usavam.

Mas não podemos nos esconder de Deus.

Não havia janelas no Centro. Nenhum show de luzes por um grandioso vitral. Nenhuma planta calmante ou urso de pelúcia azul.

Nenhum travesseiro fofinho. Mas as mulheres diziam que era o único lugar silencioso naquela lata de sardinha que era a prisão.

Aquele dia, Mel e Linda cochilaram de lado em seus uniformes brancos, gravando meias-luas nos finos colchões bege, da cor de papel velho. Yasmine ficou sentada em sua cama estreita, acariciando a barriga que crescia. Enquanto Peggy lia, dava para ver sua pulseira laranja, marcada com seu número de prisioneira. Paredes desmazeladas, o zumbido da bomba de tirar leite, e ar parado adensavam o torpor do Centro.

— Eles não são perfeitos? — A irmã T apontou para a foto dos gêmeos prematuros de Renee compartilhando uma incubadora.

Fiz que sim com a cabeça, acrescentando:

— Pequenos durões, esses dois. Confusão em dobro.

No entanto, a foto dos gêmeos me assustava.

Eles eram pequenos demais. Fios enrolados sobre seus corpos impossíveis em uma incubadora da Unidade de Terapia Intensiva Neonatal.

Passei os olhos pelas paredes de concreto. Renee estava tirando leite em uma cadeira de balanço cinza no canto. Como devia ter sido ver seus filhos frágeis, nascidos tão cedo, mas não poder segurá-los.

— Os milagres estão em todos os lugares. — A irmã T parecia admirada com as próprias palavras. — Deus nos encheu de bênçãos — disse ela a Renee, e talvez a mim também. — Pode ser difícil enxergar agora, mas a mão divina de Deus está trabalhando. — Ela carregava uma pilha de livros do bebê para as mães escreverem. Nós os enviaríamos com o próximo carregamento de leite materno.

A carcereira Janelle ficava atrás de nós enquanto nos movimentávamos pela sala.

— Jack Corolla foi recebido no Reino de Deus — a irmã T parou e fez o sinal da cruz — na mesma noite em que duas novas vidas saíram de Renee. — Seu sorriso e olhos gentis aqueciam o espaço embolorado. — A vida é um círculo infinito — acrescentou. — "E nasce o sol, e põe-se o sol, e apressa-se a voltar ao seu lugar de onde nasceu." Eclesiastes 1:5.

Pensei na vida de Jack se dividindo em duas, transmitindo força extra para aqueles gêmeos minúsculos.

— Pode benzer o leite? — pediu-me Renee. Ela tinha um rosto oval elegante e olhos gentis.

Tirei minhas luvas e pousei a mão sobre o ombro dela. Renee parou de se balançar na cadeira e respirou fundo ao meu toque. Oramos para Deus manter saudáveis a ela e seus filhos.

Depois que benzemos o leite, tirei o violão do estojo perto da carcereira Janelle.

Mel, cumprindo uma pena de um ano, gritou de sua cama:

— Irmã Holiday, poderia tocar "You Are My Sunshine"? É a preferida de minha Jenny.

Com uma filha do lado de fora e o segundo a caminho, Mel mantinha uma foto de sua fada de olhos brilhantes, Jenny, sobre o travesseiro bege.

A irmã T cantava com sua voz trêmula enquanto eu tocava. Mel cantarolava junto de olhos fechados, e eu me perguntava se ela estava rezando, canalizando Jenny, ou apenas se transportando para algum lugar fora daquelas paredes.

Passei pelos maiores sucessos do Centro — "Somewhere Over The Rainbow", "On Eagle's Wings", "Turn! Turn! Turn!" —, depois precisei mudar o clima.

— Que tal meu tipo de hino preferido, "Ring of Fire"?

Renee e Mel riram.

Mel se sentou.

— Amo Johnny Cash. Aquela música me faz querer ser safada. Posso dizer isso?

A carcereira Janelle deu de ombros e endireitou a postura em sua cadeira dobrável amassada.

— Você pode dizer isso — falei, e comecei a dedilhar. — Falando em fogo — comecei —, alguém sabe alguma coisa sobre incêndios criminosos?

Se elas tivessem a menor percepção, isso me ajudaria a ver o incêndio na ala leste por outro ângulo. Mas fazer aquela pergunta parecia odioso.

A sala ficou em silêncio até que Yasmine falou:

— Anos atrás, em Texarkana, maldito buraco, meu ex foi preso por incêndio criminoso. — Sua sombra verde estava perfeita. Ela era obviamente cuidadosa com detalhes. — Meu primeiro marido — continuou. — Eric. Ele botou fogo em sua churrascaria para receber o dinheiro do seguro. Depois ficou em frente à cena do crime na semana seguinte, na frente dos policiais. Piromaníacos fazem isso, sabia?

— Fazem o quê?

— Voltam à cena do crime — disse Yasmine. — Eles adoram verificar seu trabalho. Eles gostam disso. Câmeras pegaram Eric descarregando dois refrigeradores e um defumador no dia anterior ao acontecido. Idiota do caralho. Maridos são bons para uma coisa, e mesmo isso eles não fazem sempre, se sabe do que estou falando. Ah, desculpe, irmã! Eu...

Dei uma piscadinha.

— Sei do que está falando.

As moças pareciam apreciar minha natureza não convencional. Comentavam sobre meu cabelo descolorido e a tatuagem em meus dedos quando eu tocava "Let it Be". Eu era a freira mais jovem da Ordem — por quarenta anos. Em minha antiga vida, um dos meus superpoderes gay era fazer mulheres hétero se sentirem relaxadas o suficiente para compartilharem seus segredos mais obscuros. Ouvir profundamente era uma habilidade tanto dos profanos quanto dos santos, desde os titereiros Svengali até o papa. Mas eu nunca as trairia.

A irmã T, intuitiva em sua essência, sempre me observando em silêncio, me pegou divagando.

— Irmã Holiday, moças, vamos orar. — Ela terminou de secar um frasco pequeno com um pano esfarrapado, colocou-o sobre a bancada, assobiando enquanto secava as mãos. A irmã T sempre assobiava. Música e silêncio eram duas formas de compartilhar e absorver a Palavra de Deus.

A Palavra sempre me hipnotizou, mas quase todo sacerdote me entediava. Foi por isso que eu comecei a ir diretamente à Bíblia, mesmo quando não compreendia o texto. Quando eu era criança, o padre Graff dava o mesmo sermão monótono sobre perdão tantas vezes, que Alce e eu fazíamos competições de quem ficava mais tempo sem piscar para não cairmos no sono. Minha mãe rejeitava grandes igrejas de mármore e, em vez disso, exigia que nossa paróquia fosse a de São Pedro, a menor e mais antiga igreja católica de Bay Ridge. Era frio em nossa igreja dilapidada, com um vento úmido implacável. Com a eucaristia derretendo em minha língua, eu me permitia ouvir Deus com as mãos sobre o rosto. Eu costumava colocar o padre Graff no mudo e sintonizar em mim mesma. Até mesmo a irmã Regina comentava sobre minha religiosidade.

Lembro de Alce se esforçando muito para abafar o riso.

— Você é competitiva até para rezar. — Ele me cutucava com o cotovelo.

Tirei as luvas uma segunda vez e peguei a mão quente de Linda na minha. Com os olhos fechados, disse:

— "Pelo que sinto prazer nas fraquezas, nas injúrias, nas necessidades, nas perseguições, nas angústias", disse Paulo em 2 Coríntios 12:10, "Porque, quando estou fraco, é que sou forte".

— É isso aí — concordou Linda.

CAPÍTULO 9

Eu estava com sede e quase desmaiando de fome quando a irmã T e eu saímos na prisão. Passamos pelo Josie's, uma espelunca com placas de neon na janela e uma fachada de mosaico. Imaginei meu antigo eu, bebendo uísque barato seguido de uma cerveja estupidamente gelada.

A três quadras do convento, paramos por um instante. Apoiei o violão no chão e balancei o braço enquanto ouvíamos uma banda improvisada de metais usando roupas verdes e douradas. Seus instrumentos vibravam dramaticamente enquanto eles convulsionavam com o som, tocando as buzinas, a música quase incinerando a madressilva vermelha ao longo da calçada. A irmã T dançava com a batida. Até a buganvília parecia se ajoelhar, encantada com a música. Jazz é tudo em Nova Orleans. Não do tipo discreto em que as pessoas se sentam educadamente ou ficam atrás de pódios. O jazz de Nova Orleans faz curvas e desvios. Um mapa tão sinuoso que só pode ser real. Dedilhando banjos, batucando em *washboards*, batendo em teclas de piano, soprando trompetes e trombones e sabe-se lá mais o quê. Tudo se mistura e as pessoas não se cansam.

Chegamos ao convento, exaustas e encharcadas de suor, contudo, em vez de continuar na cozinha para o jantar, na cacofonia dos pratos e na tortura do olhar crítico da irmã Honor, eu me despedi da irmã T e fiquei vagando pelo campus.

Yasmine havia dito: "Incendiários voltam à cena do crime. Eles gostam disso". Talvez eu pudesse pegar o cretino — ou cretinos — no flagra. Havia mais pistas para encontrar.

Uma pomba arrulhou. Senti uma presença se aproximando, como se eu estivesse sendo rastreada. Um sapo-boi coaxou do leste. Outro respondeu do oeste. Recitei uma oração de agradecimento pelos pequenos seres que eu nunca via, mas que sempre me mostravam que não estava sozinha.

No pátio, subarbustos de jasmim pingavam na brisa. Uma centopeia correu com suas pernas peludas diante de meus pés, depois desapareceu em uma rachadura na calçada de ardósia. O banco de madeira tinha começado a lascar devido à umidade insistente. O ar um calor exigente, uma exigência quente. Bati em um mosquito que pousou sobre minha calça preta. Os mosquitos de Nova Orleans eram capazes de atravessar metal.

Analisei as sarjetas e bocas de lobo e vasculhei em meio a arbustos, onde vi papéis de doces, um saco de M&M's vazio e uma máscara de Carnaval. Olhei debaixo dos bancos de pedra. Nada. Uma lata de lixo na esquina da Prytania com a Primeira Avenida estava lotada. Verifiquei se ninguém estava olhando, depois fui até aquela bagunça fumegante. Havia uma garrafa cheia de xixi. Um pacote de salgadinho sabor lagostim. Pizza congelada. Maços de cigarro, vazios. Nada pareceu estranho em minha análise, mas eu estava atenta. Os primeiros instintos eram suspeitos.

Pássaros noturnos piavam. Vodu enrolou sua cauda preta em minha panturrilha. Ela me olhava com olhos travessos. Um falcão da cidade nadou sob a luz mutante antes de mergulhar na grama alta, com os olhos fixos em uma presa. Peguei Nina me olhando assim uma vez, como um predador observando carne em movimento antes de acabar com ela. Meu sangue se agitava de lembrar.

Há uma totalidade sublime em abraçar, encaixar em outro corpo. Nós comemos o corpo de Cristo. Bebemos o sangue. Tantos anos depois, o sabor de Nina ainda estava em minha boca — champanhe, suor, grafite lambido de um polegar.

"Nicholas é meu marido — Nina disse uma vez —, mas eu te amo."

De repente, um bando de estudantes seguiu na direção das portas principais da ala central da escola, usando máscaras e coroas. Meia dúzia de adolescentes, transformados com maquiagem e fantasias extravagantes. Na confusão daquela semana horrível, eu tinha esquecido do baile dos alunos, o baile de fim de verão dos estudantes de escolas católicas de nossa região. Um mini Mardi Gras sem bebida alcoólica.

A irmã Augustine prometeu manter o baile na programação, apesar do fogo e da polícia no campus, da interrogação de alunos e funcionários e dos protestos dos pais. Apesar da morte de Jack. A Diocese, que esteve rodeando como abutres desde segunda-feira, concordou de má vontade, gastando tempo e energia no processo. O Don e sua cabeça de balão tomava a maior parte das decisões referentes ao currículo, admissão e fechamento de nossa escola, com o Defunto e o Barba o encorajando. O baile precisava continuar porque os alunos precisavam da *expressão criativa*, alegou a irmã Augustine.

O baile aconteceria no auditório, com John Vander Kitt e cinco pais e mães supervisionando. Os estudantes raramente apareciam na hora certa para as aulas, mas quando se tratava de farra, chegavam até antes. Gargalhadas barulhentas irrompiam de um grupo que se aproximava. Meninos e meninas usavam perucas cacheadas e longas barbas verdes.

Mas nada de Prince Dempsey. O durão da São Sebastião, notavelmente ausente.

Uma aluna usava um vestido de veludo e meia arrastão. Chiffon. Seda. Cetim. Outra usava uma máscara de pássaro, espartilho e sapatilhas vermelhas. E outra estava vestida como uma aristocrata de uma corte de Versalhes — peruca longa cor-de-rosa e base branca no rosto.

De longe, vi meus alunos se divertindo em suas fantasias de baile, pairando com a euforia quase narcótica de ser outra pessoa por uma noite. Mais alunos se reuniram no pátio onde, dois dias antes, eu estava em uma maca, respondendo perguntas da investigadora Riveaux. Não dava para saber quem eram os alunos mascarados, mas Ryan Brown foi fácil de identificar, usando meia-calça verde e uma jaqueta comprida com cauda. Em sua cabeça havia um enorme par de chifres de veado de papel machê.

Ryan saiu do meio da multidão e foi até mim e Vodu, que cochilava atrás de um banco.

— Irmã Holiday, hoje é o baile!

— É mesmo.

— Por que não está usando fantasia? — indagou.

— Eu estou.

— Já que diz.

Eu nem imaginava como ele conseguiria dançar com aquela vestimenta, mas ele não parecia se importar. Ninguém se importava com muita coisa naquela cidade, além de viver bem. Nas cartas pouco frequentes que eu escrevia a Alce, que raramente respondia com mais do que um "se cuide", e ao meu pai, que nunca respondia, eu tentava descrever os costumes de minha nova cidade. Árvores antigas sempre florescendo. Certos bairros correndo risco de alagamentos catastróficos. Nova Orleans era enfeitada em todos os sentidos, especialmente na punição. Como uma fina fibra de vidro, a cidade não parece pertencer a este mundo, alienígena bizarro, então é impossível não a tocar. No entanto, quando você a segura com força, ela o destrói com seus dentes invisíveis.

Naquele exato momento, soou o alarme de incêndio.

O ar se ondulou como metal corrugado.

Vapores. A fumaça arranhava o fundo de minha garganta.

De novo não.

— Irmã! — gritou Bernard de uma janela da cantina da escola. Ele acenava com as mãos como um lunático. — Fique aí! Diga para os alunos se afastarem!

— Que porra é essa, Bernard?

— Pegou fogo na cantina!

— O quê?

— Eu resolvo. Já liguei para a emergência. — Bernard estava ofegante. — Eles estão a caminho. Fique aí!

Bernard desapareceu da janela. Os alunos corriam em círculos, confusos.

— Se afastem! — gritei para eles. A peruca de Fleur caiu quando ela correu. Ryan Brown segurava seus chifres na pressa.

Levei os alunos fantasiados para a rua.

Com os jovens a uma distância segura, fui até a entrada da cantina. Precisava ter certeza de que Bernard não terminaria como Jack.

Bernard apareceu na porta, segurando um extintor de incêndio.

Começou a sair fumaça pela porta.

— Fora! — Ele cuspiu ao gritar. — Fique longe!

— Bernard — eu passei por ele —, preciso fazer isso.

Corri para dentro, pela porta da cantina. Tinha de haver uma pista lá dentro. Provas. Ou mesmo o incendiário, escondido, observando, intoxicado por sua arte.

Não havia chamas à vista. Este incêndio não era nada em comparação ao inferno da ala leste. Mas a fumaça queimava meus olhos e me sufocava da mesma forma.

Ave Maria. Espírito Santo, me dê um descanso, porra.

No fim da alta escadaria que ligava a cantina do subsolo ao corredor central da escola, vi um cobertor branco e preto formando uma pilha enrugada.

Mas não era um cobertor.

Era a irmã T, de rosto para baixo, ao pé da escadaria íngreme.

— Irmã T! — Corri até ela. — Não! Irmã.

Seu véu tinha caído, assim como um dos sapatos. A meia preta furou no dedão.

Levei os dedos ao pescoço dela. Sem pulso. O tornozelo esquerdo estava torcido, dobrado para trás de um modo impossível. Ela estava imóvel, tão inerte quanto o solo sob seu corpo.

Meus olhos se reviraram. Ajoelhei com a irmã T, coloquei a mão em seu ombro, rezando, xingando Deus. Por quê, porra?

Como pôde deixar isso acontecer?

Deus Todo Misericordioso, desfaça isso. Volte atrás.

É por isso que todo mundo acha que Você não passa de uma ladainha barata.

Se Você é Todo Poderoso, então desfaça isso.

Observei a cena aturdida, procurando alguma coisa — qualquer coisa — que ajudasse a preencher os espaços em branco. Avistei uma forma conhecida perto do corpo abatido da irmã T. Minha palheta. Devia ter caído do bolso da túnica dela. Ou tinha sido colocada ali. Eu a peguei. Se ela estava com minha palheta, podia estar tentando me incriminar. Será que a irmã T causou o incêndio e depois caiu das escadas? Mas o fogo foi contido no andar de baixo e ela estava nos degraus, de cara no chão. Ela não estava com cheiro de nenhum acelerante. E ela me amava. Eu sentia que sim.

Menos de uma *Ave Maria* depois, chegaram os paramédicos e um rosto com covinhas que reconheci da noite de domingo.

— Qual é a situação? — perguntou Covinhas.

— A irmã Therese... ela não se mexe.

— Vá para fora.

Com um rápido movimento, ele me tirou do caminho e começou a examiná-la. Antes de sair da cantina, ouvi-o dizer pelo rádio:

— Pescoço quebrado, sem pulsação.

Quando saí no ar noturno, o caminhão de bombeiro nº 62 tinha chegado, uma enorme e quadrada baleia vermelha, junto com outro caminhão.

Riveaux entrou em foco. Sua cabeça e seu corpo estavam fora de sincronia, balançando em direções diferentes, como um boneco com cabeça de mola.

Sirenes soavam. Meu coração estava acelerado, um metrônomo marcando um ritmo impossível.

— Riveaux! — gritei.

Ela passou correndo por mim, suando através da camisa de botões de manga curta, e desapareceu na cantina.

— Riveaux — repeti enquanto ela sumia na fumaça.

Quando voltou para fora, um minuto depois, estava praguejando no rádio.

Pessoas se aglomeraram na rua, como haviam feito no domingo à noite para ver as chamas devorarem a ala leste como se o próprio inferno chovesse. Uma lança de fumaça saía pela janela da cantina. O que eles esperavam ver, mais um show grotesco? Pais frenéticos chegaram para pegar os filhos que tinham ido ao baile. Alguém tinha chutado duas velas do santuário memorial de Jack, estilhaçando vidro.

O investigador Grogan e a sargento Decker apareceram, correndo para a cantina, onde os bombeiros estavam domando as chamas.

No pátio, o pescoço e o queixo de Riveaux pingavam de suor. Ela cheirava a cinzeiro e cascas de laranja enrugando no sol. Empurrou os óculos com armação de metal para cima no nariz. Quando voltou a andar na direção da cantina, eu a segui.

— Fique do lado de fora! — Seu volume era alto, mas a voz era frágil, precária. — Déjà vu. Por que você fica correndo para cenas de crime? Onde você estava, ponto de interrogação.

— Voltei para o campus com a irmã T há dez minutos.

— Viu mais alguém nos arredores, ponto de interrogação.

— Bernard nos alertou da cantina...

— Ele estava lá dentro? — cortou Riveaux.

— Sim! Ele estava gritando "fogo!" enquanto os alunos chegavam.

— Aqueles alunos bizarros? — Ela apontou para o chifrudo Ryan Brown.

— Estávamos todos no pátio quando soou o alarme. Era para o baile estar começando agora.

— Ah, ótimo, uma festa. — Riveaux correu para a cantina de forma robótica, mínima articulação nos braços e pernas. Ela parecia exausta ou de saco cheio. Ou as duas coisas.

Quando me virei, as irmãs Honor e Augustine apareceram.

— Ela morreu, não é? — indaguei com raiva. — A irmã T?

A irmã Augustine juntou as mãos com força em oração.

— Os policiais disseram que os paramédicos fizeram todo o possível — contou ela com dor no olhar e os olhos marcados com veias vermelhas. Havia chorado.

Ficar parada ali com as irmãs Augustine e Honor foi horrível. Vazio.

Nossa Ordem fora de ordem.

A irmã Augustine era nossa Madre Superiora, nossa rocha, mas a irmã T era a leveza que nos elevava. As pequenas faíscas de consolo de que eu precisava para continuar. Os figos maduros que ela deixava em minha mesa. As pequenas oblações que deixava para Deus no altar, e notas de afirmação que escrevia em minha lousa, às vezes em forma de haicai. As mãos que me ensinaram como benzer leite.

A irmã Honor balançou a cabeça.

— Pai nosso que estais no céu. — Lágrimas correram por seu rosto. Ela estava tão desamparada que nem conseguia colocar a culpa em mim. — Perdoai as nossas ofensas — continuou entre lágrimas e um catarro grosso — assim como nós perdoamos a quem nos tem ofendido; e não nos deixeis cair em tentação, mas livrai-nos do mal.

Abstive-me de me juntar à oração. Eu raramente rezava o Pai Nosso. Embora amasse sua cadência, eu rogava apenas a Maria — apenas a mulheres — por perdão.

Quinze minutos depois, o fogo na cantina foi extinto, mas uma fumaça marrom continuava a sair pelas janelas e portas. Riveaux aproximou-se da entrada da cantina, trocou palavras com um bombeiro e depois fez sinal para eu ir até lá. Eu me afastei das irmãs Augustine e Honor que estavam orando. A irmã Honor estava com as mãos sobre os joelhos, a túnica esticada sobre sua forma arqueada. Imaginei-me erguendo meu sapato preto genérico alto o bastante para dar um chute em sua bunda e vê-la cair. Então rapidamente rezei para extirpar aquele pensamento de meu cérebro.

— Querosene foi o que iniciou o fogo. — Riveaux olhou para a esquerda e para a direita e abaixou a voz. — Incendiou uma pilha gigantesca de guardanapos na bancada da despensa.

— Preciso ver.

— Boa tentativa, irmã. Nem pensar.

— Como está lá dentro? — questionei, desesperada para entrar.

— Apenas queimaduras superficiais. A bancada está tostada. Um eletrodoméstico queimado, a torradeira.

— O cheiro está péssimo daqui.

— A equipe vai desodorizar o prédio usando um tratamento com ozônio. — Ela tirou os óculos, massageou as têmporas úmidas. — Se o fogo tivesse sido iniciado perto de uma daquelas fritadeiras, com toda aquela gordura, o cômodo inteiro teria queimado. Isso foi restrito. Contido. Alguém deixando um recado.

— Dizendo "pegue-me se for capaz"?

— Arrogante. A cantina vai estar habitável em uma semana, mas temos um incendiário aqui. Precisamos fechar a escola.

— Por quê? Você disse que foi um incêndio pequeno.

— A localização baixa e central deixa a fumaça se espalhar para as outras alas. É preciso tratar o ar na escola toda. É uma questão de segurança. E os alunos precisam de algum lugar para comer.

— Eles podem comer do lado de fora.

— Neste calor? — Ela inclinou a cabeça. — Você não está causando esses incêndios, está?

— *Eu?* Sou a única procurando pistas.

Riveaux zombou:

— Ou escondendo seus rastros.

Bernard apareceu com uma grande atadura na testa.

— Bernard! — gritei. — O que você viu lá embaixo? Ouviu alguma coisa? Avistou alguém?

— Não. Nada. Ninguém. Eu estava trazendo o esfregão quando senti cheiro de fumaça.

Riveaux colocou as mãos em meus ombros como um técnico durante um discurso motivador e me virou na direção do convento.

— Vá para casa, irmã. Deixe isso para os profissionais.

— Mas eu tenho uma informação para você.

— Que informação?

— Encontrei uma blusa preta com uma manga queimada ontem de manhã.

— Onde ela está?

— Em minha sala de aula. Em minha mesa, na última gaveta da esquerda. E uma de minhas blusas sumiu. — Peguei minha palheta vermelha. — E isto estava perto do corpo da irmã T. Alguém está tentando me incriminar.

— Você tirou provas da cena do crime? *Duas vezes?* — Ela fez cara feia ao pegar a palheta com um lenço e colocá-la em um saco plástico. Fechou-o bem e colocou o saco de provas dentro de outro saco.

— Estou entregando a você.

— Você não pode... — Riveaux parou no meio da frase. — Vá para casa. Deixe isso conosco. Vou registrar a palheta e pegar a blusa. Vamos examinar ambos para ver se há DNA, se é que você já não comprometeu tudo.

— Luvas. — Ergui as mãos, mas Riveaux não ficou convencida. Ver minha palheta em seu saco de provas foi como levar um choque. Meu estômago afundou. — Alguém está tentando armar para mim.

— Quem?

— A irmã Honor? Rosemary Flynn? Prince Dempsey? Sei lá, mas vou descobrir.

— Talvez seja seu amigo Bernard. — Os olhos violeta de Riveaux movimentavam-se com suavidade, como água do lago ao anoitecer.

— Ele estava gritando por causa do fogo. Que tipo de incendiário se acusa no meio do incêndio?

— As pessoas têm motivos para tudo.

— O álibi de Bernard é forte — rebati — para o incêndio de domingo.

Riveaux me interrompeu.

— Você já pode ter comprometido peças-chave entre as provas. Fique na sua, irmã. — Ela entrou em sua picape de merda e acelerou.

Ela tinha dito "deixe isso conosco", mas Jack estava morto. E a irmã T também. Ambos talvez assassinados. Fosse lá quem estivesse mexendo os pauzinhos do terror só estava começando. Bernard era charmoso como um líder de culto, mas era inofensivo. Vi o medo vermelho em seu rosto quando ele alertou para que nos afastássemos da cantina. Emotivo demais, sem um pingo de dogma. Desbravando o mundo, guiado por seu coração. Um pouco solitário, um desajustado. Andando por aí segurando uma chave, esperando ela clicar. Como todos nós.

Caminhei até a igreja e desmoronei sobre o banco, enterrei o rosto nas mãos abertas e chorei. O genuflexório balançou quando o chutei. As lágrimas eram como um hidrante enquanto eu rezava pela irmã T e por Jack. Por mim. Dedicando minha vida a um Deus que deixaria isso acontecer. Deixaria isso continuar acontecendo. Foda-se tudo.

Lá de onde eu estava escondido, na tempestade, eu lhes respondi. Salmo 81:7.

Era Deus a voz no trovão e na própria tempestade?

Claro e escuro são pilares opostos que flanqueiam o portão da redenção.

Você encontra resolução ao passar, restaurando a ordem. Como solucionar um caso.

Você tem de dar o primeiro passo, sair de si mesmo. Mas eu estava decepcionando as pessoas, mesmo em minha nova vida, como fazia antes. Havia sabotado minha família, minha banda, meu relacionamento com Nina e a mim mesma, levando-nos à beira de algo extraordinário, apenas para jogá-lo fora.

Nós tínhamos futuro, a banda. Nina, Hannah, eu e Sorriso — nossa vocalista ganhou esse apelido porque nunca sorria. As quatro mulheres da Pecado Original. Eu escolhi o nome de nossa banda. Escrevi as músicas e o encarte do álbum. Sorriso acertou em cheio na personalidade durona e sexy da vocalista e me ajudou a fazer o teatro da guitarra principal. Rasgamos nossas cordas vocais. Quebramos nossos corpos nos apresentando, abrindo para bandas muito inferiores para ter prática no palco. Um lugar mais putrescente que o outro. Agulhas e saquinhos de drogas no chão grudento. Copos de plástico sob os pés. Fantasmas de papel de panfletos rastejando pelas paredes.

— Holiday Walsh na guitarra! — Sorriso se permitia dar um sorriso sutil sempre que me apresentava no palco, que normalmente ficava no canto de uma espelunca úmida.

Na irmandade da banda, no êxtase depravado de nossos shows ao vivo, eu tinha uma sensação de pertencimento que nunca tinha sentido antes.

Talvez tenha sido por isso que estraguei tudo.

Depois de um show de inverno no Brick, voltamos para os nossos corpos na sala verde, era verde-vômito, mas quase nem era uma sala, e tinha cheiro de esgoto.

Nina respirou fundo depois de beber uma garrafa de água.

— Por que Hannah está sentada no colo do cara do som?

— Ela está chapada e fora de si. — Sorriso franziu a testa.

— Você não fez isso? — Nina olhou para mim com desdém escorrendo de seus olhos descombinados.

Tirei meus protetores de ouvido. Escorria suor de meus canais auditivos.

— Só um tiquinho. — Eu tinha dado a Hannah um teco de cocaína. — Não sou mãe da Hannah. Ela pode fazer o que quiser.

— Holiday, você está me matando. — Nina jogou o cigarro aceso em minha direção, e eu abaixei.

Precisei me concentrar no rosto não sorridente de Sorriso para parar com os tiques. Eu também estava chapada. Estava pegando pesado havia semanas. Meses. Drogas me entorpeciam o suficiente para aquietar meu cérebro agitado.

— Irmãs, parem de brig... — Hannah estava chapada demais para terminar a frase. O cara do som, Robbie, reajustou o corpo elegante dela em seu colo e sentou mais reto, com orgulho, como um Papai Noel predatório.

Robbie e os outros engenheiros de som do Brooklyn — uma espécie suspeita de magrelos que vestiam jeans — chamavam-na de "Hannah Amassos", mas ela não tocava em nenhum deles. Exceto aquela noite, que Hannah estava chapada e trêmula como um satélite velho, passando as longas unhas cor-de-rosa com francesinha branca nos cabelos ensebados de Robbie.

— Você não *ama* o cabelo dele? — Hannah disse, movendo rapidamente os olhos pela sala imunda. — Ele parece Jesus! — Queimaduras de cigarro marcavam a camisa de flanela de Robbie.

— Hum, não. — Fiz o sinal da cruz. — Esse cara não se parece nada com Jesus.

— Como você sabe como era Jesus? — questionou Nina levemente enquanto reaplicava o lápis de olho que havia saído com o suor. — Se é que Jesus existiu mesmo. Ouça a si mesma, Hols, sendo demagoga em relação a Jesus. O Cristianismo é um culto.

— Jesus foi uma pessoa *real*. — Eu estava com a boca seca por cantar gritando e fumar um cigarro atrás do outro a noite toda. — Jesus foi uma alma bela e gentil com longos cachos e grandes sonhos, que se mudou para a cidade grande com grandes planos, como Patti Smith.

— E se Jesus e os santos eram, tipo, alienígenas do espaço sideral? — Os olhos de Robbie mal estavam abertos. — Quer dizer, em todos os quadros, anjos estão descendo em raios tratores. Isso é coisa de alienígena.

Apaguei meu cigarro no batente da porta.

— Religião é como arte, cada um pode ter a própria interpretação.

— Hum, olá, Dez Mandamentos — rebateu Nina. — Dez leis sobre como viver, o que fazer, como pensar. Não há muito espaço para interpretação ali. Oi, Joana D'Arc, queimada na fogueira. Bem-vindas à festa, cruzes de fogo da KKK. Ei, Igreja Batista de Westboro. Religião é do mal. Eu não acredito que estamos tendo essa conversa *de novo*.

Eu não deixaria passar.

— Uma cruz é um símbolo. Ela não foi *feita* para ser queimada. São os malucos que distorcem a religião a mutilam de forma egoísta para...

Sorriso me interrompeu.

— Já entendemos, já entendemos. Você é um desastre devoto, Holiday Walsh, mas eu te amo mesmo assim. Não, NÃO se atrase amanhã. Jura por Deus?

— Eu juro.

— Repita comigo, "eu não vou me atrasar amanhã".

Eu sussurrei:

— Eu não vou me atrasar amanhã.

— Ótimo. — Sorriso deu um beijo em minha bochecha suada. — HANNAH — ela gritou na direção dela, mas Hannah estava em outro planeta. — Levem Hannah para casa em segurança. Levem ela para casa logo, *sozinha* — balbuciou. — Johnny não vai nos dar uma segunda chance.

No dia seguinte, era para nos encontrarmos no estúdio de Johnny Love para gravar nosso primeiro álbum completo, *Red Delicious*. Havia massacre, salvação e estranheza em todas as músicas. Quase senti que ser queer era inerentemente punk rock. Você se dá conta de sua condição de queer conforme a vive. O mesmo com o punk. E com epifanias religiosas.

— Não se atrase — ecoou Nina enquanto arrumava o equipamento. — Vou te carregar até lá se for preciso.

— O que for necessário para acabar nos seus braços. — Eu sorri.

— Você é impossível. — Nina jogou um cigarro para trás ao sair, e eu o observei cair com propósito no chão de concreto.

Típico da Pecado Original. Se apresentou bem no palco e quase se desmontou nos bastidores. Passando fita adesiva nos estojos dos instrumentos, junto com nossa sanidade e relacionamentos. Mas tínhamos uma chance de progredir com esse disco.

Em vez de guardar as coisas, dar um jeito em Hannah e pegar o trem para casa, eu passei oito horas na sala verde do Brick, lambendo e cheirando drogas na ponta de chaves e bebendo uísque com Hannah e o Jesus ensebado.

— Pisque — instruí Hannah.

Hannah piscou.

— Ok.

— Piscar é estranho, se parar para pensar. É mais difícil que respirar. — Eu bebi meia garrafa de água de uma vez. Meus joelhos pulavam. Eu não conseguia ficar parada. A cocaína estava correndo em minhas veias.

— Nada é mais fácil do que respirar — retrucou Robbie.

Mentir é mais fácil do que respirar, pensei. Eu mentia com tanta facilidade. Com tanta frequência. O engano era mais fácil, mais seguro, do que compartilhar meus sentimentos e pensamentos. Mentir me mantinha por cima. A cocaína também ajudava.

Já tinha amanhecido àquela altura. Nenhum de nós tinha dormido. Robbie saiu, de alguma forma era capaz de andar e falar. Ele voltou com duas sacolas — bagels e café.

Finquei meus dentes em um bagel com tudo dentro. A comida é transcendental quando se está delirando.

Hannah mordeu seu bagel fresco.

— É tão macio, como comer um bebê.

— Quando foi a última vez que você comeu um bebê? — Robbie indagou.

— Não temos de estar no estúdio logo? — Hannah parecia preocupada.

— Não — menti. — É amanhã.

Não aparecemos para gravar às dez. Não aparecemos hora nenhuma.

Eu estava com medo do sucesso ou apenas acostumada a decepcionar?

À uma da tarde, verifiquei meu celular. A voz trêmula de Nina irradiava de meu correio de voz. Em prantos, ela gritou:

— Você estragou nossa única chance. Eu fui burra por um dia ter acreditado que você mudaria. — As palavras dela perfuraram o ar como pregos enferrujados, e meu corpo se encolheu com cada perfuração.

— Me perdoe — falei para mim mesma, mas não liguei de volta para ela por semanas, deixando a distância se alongar.

Fiz mais uma oração pela irmã T. A igreja estava vazia quando levantei os olhos. Apenas os rostos no vidro, embotados pela noite. Vigiados, mas sozinhos. Meu destino. Uma loba solitária espreitando na escuridão.

CAPÍTULO 10

A escola estava fechada por uma semana enquanto equipes limpavam a cantina e desintoxicavam o ar. Riveaux disse que havia pegado a blusa queimada de minha mesa e a registrado, além da palheta, entre as provas.

A semana foi infeliz. Tensa. Dormia duas ou três horas por noite enquanto repassava os acontecimentos, as pistas, os suspeitos. A vigilância foi reforçada. Eu não podia entrar nas alas leste ou oeste, não podia acessar minha mesa nem minhas anotações sobre o caso. A Diocese, praticamente acampada, estava fungando em nossos cangotes, dando ordens. Não queriam que pensássemos com nossas próprias cabeças. Ou não achavam que fôssemos capazes, como se estivessem nos salvando com suas necessidades divinas, da forma com que os homens sempre subestimavam as mulheres.

Perto das flores abundantes e do ferro fundido retorcido do portão do pátio, a irmã Augustine rezava todas as manhãs. Jeremias 17:14 "Cura-me, ó Senhor, e serei curado; salva-me, e serei salvo; pois Tu és meu louvor". A irmã Augustine erguia as mãos para o alto todos os dias.

Um cartaz de VIGILÂNCIA DE CRIME estava afixado no poste de telefone na rua Prytania. Os vizinhos estavam assustados. Os pais, preocupados. Duas mortes e nenhuma prisão. Eu estava péssima, ansiedade misturada com adrenalina — um coquetel diabólico que não conseguia parar de tomar.

Sem aulas, eu podia ter ficado quieta, orado e tocado música no convento, mas eu saía todas as manhãs, bisbilhotando até um policial resmungar e me pedir para "ficar em segurança", o que significava dar o fora dali.

Como um chapim mergulhando sobre um falcão, eu seguia e perturbava a Irmã Augustine até ela dar sua bênção e o dinheiro do bonde para visitar Jamie, que ainda estava no hospital. Lamont já tinha recebido alta, mas eu iria atrás dele quando as aulas recomeçassem.

A irmã T se fora. Jack também. Eu sentia vergonha de suspeitar deles, mesmo por um segundo. Mas traição e culpa eram caminhos muito usados no ferro-velho de meu cérebro. Tanto tempo perdido. Eu precisava de respostas.

Na terça-feira, antes que pudesse ir ao hospital, tinha meu turno semanal no Centro de Atenção a Mães e Gestantes da Prisão. Caminhei sozinha com meu violão, e a carcereira Janelle quase me deu um abraço, mas se conteve. Ela devia ter ficado sabendo da irmã T. Apesar dos detectores de metal, do mofo e da brutalidade bizantina — sem bebês, nada macio, apenas luzes fluorescentes duras indicando noite e dia —, era um estranho tônico estar ali. Eu podia sentir o espírito da irmã T em todos os lugares.

— Quando é o velório? — indagou Renee sobre a irmã T, piscando seus olhos grandes.

— Ainda estão investigando a morte dela. — Balancei a cabeça. — Quando for possível, a cerimônia será em Idaho. É onde está sua família. Ela será enterrada em Nova Orleans.

— A irmã Therese era como membro da família para mim — disse Yasmine.

— Para mim também. — Linda estava com uma tosse úmida de fumante, levando a mão pálida à boca.

— Ela parecia minha vovozinha April. — Peggy fez um comentário raro.

Renee não disse nada. A irmã T ajudou a consolá-la durante seu parto prematuro. Ajudou-a a trazer duas novas vidas ao mundo, manteve-a composta depois que seus filhos foram arrancados dela.

— Sou abençoada por ter conhecido ela — falei, segurando as mãos fortes de Renee em minhas pequenas mãos enluvadas.

Como eu apreciava o sorriso fácil de Mel. A cabeça raspada de Yasmine. Os longos cabelos ruivos de Peggy. As cutículas roídas de Renee. Os cachos loiros de Linda. Eu me via nelas também.

Todas nós tínhamos tatuagens, segredos e perdas. Todas queríamos ser perdoadas.

Deixei a prisão com meu violão e parti para ver Jamie. Rosemary Flynn, John Vander Kitt e eu tínhamos planejado visitar o hospital juntos. Uma demonstração de solidariedade da escola, na cabeça deles. Para mim, no entanto, tratava-se de uma oportunidade de interrogar Jamie a respeito do que ele tinha visto na noite do primeiro incêndio.

Enquanto eu procurava no estojo do violão as moedas que a irmã Augustine tinha me dado, notei a régua de Rosemary. Não me lembrava de tê-la pegado emprestada, mas lá estava ela, com seu nome etiquetado em sua meticulosa caligrafia. A intriga e o choque da estranha descoberta fizeram meu coração dançar de maneira grotesca dentro do peito. Juntei quatro moedas para o bonde na palma da mão. O peso delicado e a música das moedas, metal sobre metal, forma em um mundo sem forma.

O bonde chegou no horário, uma raridade. Subindo dois degraus de uma vez, embarquei, deixando o dinheiro na caixa.

O vagão estava lotado. A cada viagem, eu tentava decifrar uma pista sobre cada passageiro — seu bairro de residência ou emprego. Um pequeno jogo de investigação para me manter ocupada. À minha direita havia um tocador de sousafone, provavelmente a caminho de tocar no Bairro Francês. Dois jovens trocavam fofocas. Imaginei que fossem estudantes de direito da Universidade de Tulane. Depois que um grupo de turistas desceu do bonde, um assento vagou perto da janela e eu me sentei.

Vestindo calça preta, blusa preta, lenço preto amarrado no pescoço e minhas necessárias luvas pretas, itens fornecidos pela Ordem, eu me perguntava se, para olhos não treinados, eu não parecia mais uma garçonete de bufê do que uma freira prestes a fazer os votos permanentes.

O banco de madeira balançava enquanto seguíamos na direção do Hospital Municipal de Nova Orleans. Eu gostava do barulho de baixo do bonde em seus trilhos elétricos. Cada conjunto de trilhos de trem era um sinal de igual.

Três carros de polícia passaram por nós. A frequência das patrulhas estava aumentando, assim como a tensão na cidade.

Na rua Canal, eu saí, saltando no canto sul. O sol vermelho-ferrugem ainda estava forte quando caminhei as poucas quadras até o hospital. Floxes curvavam-se ao vento. Não havia fios de eletricidade no alto. Cabos e fios eram enterrados no subsolo devido a furacões e vendavais. Tudo em Nova Orleans está atrasado, coberto de mato, pingando. Os carvalhos eram enfeitados com jiboias de barba de velho. Sapos coaxavam e espiavam até a lua se pôr. As vinhas de glória-da-manhã estrangulavam os telhados cor-de-rosa e os tentáculos das glicínias balançavam na brisa cruzada. Uma fileira de casas tradicionais de Nova Orleans de um andar: esquadrias de janela laranja-forte, persianas de madeira verde-menta, e colunas brancas. Um gato miava em uma varanda próxima.

Do outro lado da rua, dois rostos familiares olhavam para mim. Prince Dempsey e BonTon. Eu me aproximei. O pelo branco de BonTon parecia mais brilhoso. Suas orelhas eram dois triângulos caídos. Eu tinha visto inúmeros pitbulls com as orelhas mutiladas. As pessoas as cortavam porque as orelhas naturais, caídas, dos pitbulls os faziam parecer adoráveis. Assassinos não podem ser fofos. Eu estava dizendo que Prince não tinha cortado as orelhas de BonTon.

— Você está me seguindo? — perguntei. — Precisa de mentoria ou orações vespertinas?

Prince jogou o cigarro, fumado apenas pela metade, na rua. BonTon expirou por seu grande focinho rosado.

— *Você* está *me* seguindo — concluiu ele.

— O que você está fazendo do outro lado da cidade?

— Eu e minha garota saímos para uma caminhada.

— Está fugindo?

Ele riu.

— Só estou aproveitando as férias extras, uma pequena diversão ao sol.

— Duas pessoas morreram. Eu não abriria a boca se fosse você, a menos que tenha algo a confessar. Tem?

— Os policiais e vocês estão me mantendo em uma coleira mais apertada do que a de minha garota aqui. Mas quando se encurrala um cão em um canto, ele vai morder.

— Está me ameaçando? — Apoiei o estojo do violão no chão.

— Calma, irmã. Calma. Não estou atrás de briga. Não tem atividade criminosa aqui, exceto sua tentativa ridícula de tingir o cabelo.

— É você que tem ficha criminal.

Ele abriu os braços, imitando a crucificação.

— Sou um santo, caralho.

— Ah, é? Desculpe por ter perdido a canonização. — Eu não conseguia olhar para ele. — Diga o que sabe sobre os incêndios, sobre Jack e a irmã T.

— O que eu ganho com isso?

— Créditos de santo.

— Eu passo — disse ele. — Já tenho muitos.

— Me diga, Prince!

— Me dê um incentivo — insistiu ele — e talvez eu possa pensar a respeito. — Os olhos de Prince eram de um azul turvo como curaçau e sua expressão era tão amarga quanto a bebida.

Ele sabia de alguma coisa.

Talvez a irmã Honor estivesse certa. Pensei no corpo da irmã T, um destroço enrugado no chão. Na queda livre ardente de Jack. No sangue de Jamie e na angústia de Lamont. Eu me estabilizei.

— Me diga agora, seu merdinha.

— Irmã, você é hilária quando está nervosa, mas temos compromisso — emendou ele. Antes de se virar para caminhar pela rua, ele soltou: — A escola está com poucas freiras. Não se esqueça de rolar no chão caso estiver pegando fogo.

Cuidando para que ninguém estivesse olhando, eu empurrei suas costas com força, tanto que ele bateu a cabeça em uma cerca e caiu. BonTon ficou furiosa.

Prince se virou para mim com raiva nos olhos. Enfiei a mão no bolso lateral de meu estojo e peguei a régua de Rosemary.

Crec.

Bati em seus joelhos com ela. Com toda a minha força. *Ave Maria.*

— Puta que pariu! — Prince uivou e BonTon uivou também. — Você fodeu tudo agora. Bater em um aluno. Um adolescente! — Ele limpou o sangue de sua testa. — O que é isso? Uma chave de roda?

— É só uma régua.

— Você vai perder o emprego!

— Você tem dezoito anos, tecnicamente é adulto. E eu não bati em você.

— Sou um adolescente com problema de saúde. — Ele levantou o monitor de diabetes com o braço magro.

— Não há testemunhas.

— Eu mostro meus joelhos — protestou.

— Eu digo que está inventando, que caiu andando de skate. Da próxima vez, talvez você me ouça. Isso não é um jogo. Duas pessoas estão mortas e você está escondendo alguma coisa.

Ele colocou o dedo ensanguentado na boca e se encolheu. Talvez o gosto de cobre do próprio sangue o tenha surpreendido.

— Você já era — ameaçou ele.

— Pode vir. — Sorri, mantendo minha posição. Mas sabia que havia passado dos limites.

De novo.

Alguma coisa havia se desalojado dentro de mim. Empurrar Prince Dempsey, sabendo que eu poderia machucá-lo, até mesmo quebrá-lo — foi maravilhoso. E horrível.

Ele cuspiu na calçada empoeirada e rachada, murmurou "vaca" consigo mesmo, depois voltou a assobiar enquanto ele e BonTon viravam à direita, saindo da rua Canal.

Dei meia-volta e caminhei pela Saint Charles na direção do Hospital Municipal de Nova Orleans. O sol era como um pavio aceso no céu.

Deus me perdoe, mas eu era *boa* de briga.

Ainda melhor antes. Antes de me abrir para a luz.

Nós tínhamos terminado nosso primeiro set. Estava me sentindo ótima, tonta de uísque, mas totalmente presa ao momento. Tocar guitarra não é tanto como domar um instrumento, mas sim pilotar um tsunami. Uma palheta sônica — empurrando e puxando. Tocando acordes poderosos. Distorção, dissonância. Oração cinética.

Nina se aproximou de mim, um uísque em cada mão.

— Aquele cretino do bar apertou minha bunda — contou ela, enojada. — Eu me sinto mil por cento mais queer. Homens são nojentos.

— Aquele cara fez o quê?

O uísque desceu em um gole.

Gritei:

— Quem pegou na bunda dela, porra? — E apontei para Nina.

— Não me vingue, Holiday — Nina suplicou. — Não sou sua donzela em perigo.

Mas alguém tinha de pagar. Aproximei-me do bar, onde um cara alto com uma jaqueta vermelha que o declarava *linebacker* de um time de universidade olhava para baixo, gargalhando muito. Cutuquei seu peito grande.

— Por que que você não vai pra puta que...

— Ir pra puta? Foi o que eu acabei de fazer. — Ele caiu na risada com seu amigo que tinha a baixa estatura e a beleza de uma gárgula quebrada. O *linebacker* era tão alto que tive de pular e socar simultaneamente pelo elemento surpresa. Mas fiz contato. Minha raiva explodiu em mim, escapando de meu punho quando soquei seu queixo. Com uma piscada rápida, ele tocou o rosto. Em seguida, me empurrou com toda sua força na parede.

— Merda. — A parte de trás de minha cabeça havia batido no tijolo. Vi triplicado.

— Essa vaca está querendo arrumar confusão — disse a gárgula, rindo.

Era inútil brigar com um cara feito de titânio. Ele era trinta centímetros mais alto e pelo menos quarenta e cinco quilos mais pesado do que eu. No entanto, como sempre acontecia, eu não pensei direito. Estava tonta de vingança e provavelmente com uma concussão. Aquele predador com sua camisa engomada, sapatos caros e jaqueta de futebol americano precisava ser sacrificado. E Deus estava comigo. Uma Davi sapatão contra o patriarcado de Golias.

Girei para a esquerda, peguei um copo cheio de cerveja na beirada do balcão e joguei na cara dele, ensopando sua jaqueta ridícula. O celular dele caiu aos meus pés — eu o peguei e o joguei dentro da vodca com cranberry e gelo de uma mulher desavisada.

— Parece que você vai precisar comprar outro — falei —, e aproveite para ir tomar no cu enquanto isso.

Ele tentou tirar o celular de dentro do coquetel, derramando metade da bebida no balcão do bar.

— Sua vadia.

Assim que a cerveja foi jogada e o celular destruído, senti meu corpo voar de novo. Por trás, dessa vez. Eu estava sendo carregada para fora do bar imundo por um policial, cujo colete à prova de balas apertava minhas costas. As mangas de sua jaqueta azul-escura levavam a colônia de cedro do ar do inverno. Não chutei nem briguei. Ser carregada era um alívio.

— Fique de boa — ordenou o policial enquanto saíamos. — É isso. Acabou para você.

Na calçada, a algazarra do bar desapareceu quando o policial me colocou em pé, em silêncio. Ao lado dele estava sua parceira, a policial Keating, uma loira levemente atraente. Eu já a havia notado mais de uma vez ao visitar meu pai, o chefe de polícia da décima nona delegacia do Brooklyn.

— Não acredito! — exclamou a policial Keating em tom incrédulo ao passar os olhos por minha identidade. — Angelero, venha ver. Esta é Holiday. A *filha* do Walsh.

— Tem alguma ideia do que está fazendo com seu velho? — perguntou a policial Keating. — O chefe Walsh é um bom homem. Você está acabando com ele.

— Pelo menos sou consistente.

— É, em fazer merda. — O olhar do policial Angelero foi um golpe no queixo.

Uma multidão tinha saído do bar, alguns com casacos, mas a maioria sem, para ver o drama se desenrolar.

— A filha do Walsh — disse Keating. — Não faz sentido. Que desperdício.

— Talvez a mulher dele estivesse dando para o leiteiro. — Angelero sorriu.

— Está mais para o lixeiro — respondeu Keating com sarcasmo.

Se eu tivesse ficado de boca fechada, o encontro teria acabado ali.

Mas, em vez disso, eu cuspi no olho direito de Keating. Ela limpou o olho com a mão inteira, como um palhaço que acabou de levar uma torta na cara.

Angelero me virou de frente para o carro da polícia, colocando algemas em mim. Eu me contorci, tentando escapar das mãos dele, e bati o lado direito do rosto no teto do carro. O estalo de minha cabeça contra a viatura foi tão alto que até o pessoal do bar ficou em silêncio. A terra tremeu sob minhas botas com salto agulha. Angelero puxou minhas mãos com força atrás das costas. Parecia que meus ombros iam quebrar.

A policial Keating agarrou um punhado dos meus cabelos e bateu meu rosto no teto de novo.

— Vá com calma — alertou ela. Depois fez de novo. *Bam*. Fogos de artifício atrás de meus olhos. — Calma. Não resista.

— Pare! Ela não está resistindo! — gritou Nina, e quase pude sentir o fogo em sua voz. Ela apagou o cigarro e filmou a agressão com o celular. — Vou chamar a Assistência Jurídica. Todo vocês, olhem. Isto é crime de homofobia!

A polícia me virou de frente para a multidão.

— Chame a polícia — disse um observador, cujas palavras saíram coladas devido à bebedeira.

— Idiota, eles *são* policiais — respondeu alguém, frustrado.

Eu estava fraca, quase desmaiando, mas podia ver que as pessoas estavam filmando a interação com seus celulares. Nina continuou entoando:

— Crime de homofobia!

O calor salgado fervia no canto de minha boca. Quando Keating me bateu pela última vez, eu havia mordido forte a ponta da língua. Meu lábio se cortou e um dente quebrou — o canino superior esquerdo.

Os policiais viram minha boca ensanguentada e se afastaram.

— Ela não vale a pena — disse Angelero, balançando a cabeça rapidamente. — Eu preciso de um vídeo meu no YouTube tanto quanto preciso de uma bombinha enfiada no meu cu.

Os policiais tiraram as algemas, viraram meu corpo abobado para o outro lado. Eles voltaram para o carro enlameado e foram embora antes mesmo de Keating fechar a porta.

Nina correu até mim, tirou os cabelos melados de sangue dos meus olhos. Ela beijou meu rosto e eu me encolhi. A multidão diminuiu. Pessoas com jeans justos e casacos de pele falsa com estampa animal foram embora como se nada tivesse acontecido.

— Ah, querida — sussurrou ela. — Você nunca sabe quando parar.

No bálsamo do ar de inverno, eletrizada pela dor na boca, caminhei com Nina na direção do metrô. O zumbido desapareceu com a mesma rapidez com que minha boca sangrava, pingando como um sacramento. *Porque isto é o meu sangue*, rezei, *que é derramado por muitos, para remissão dos pecados.* Mateus 26:28.

CAPÍTULO 11

Prendi a respiração quando entrei no hospital. Era minha chance de interrogar o garoto, de revisitar a noite da morte de Jack, de entender por que Jamie e Lamont estavam dentro da escola quando o fogo começou.

Ver os jalecos brancos dos médicos e as macas me desconcertou, provocando-me um curto-circuito. Encostei na parede fria e fechei os olhos, com o pânico se agitando dentro de mim.

— Oi, irmã Holiday.

Voltei ao presente e vi John Vander Kitt, nosso sério professor de história. Ele estava perto do balcão de informações do hospital, uma tira ondulada de madeira curvada com uma faixa de mosaico. Ele bebia da garrafa térmica verde-militar.

— Ah, e aí está Rosemary.

Rosemary Flynn caminhava em nossa direção. Ela era rígida e distante com os alunos — com todo mundo —, então era estranho vê-la fazer um esforço para visitar Jamie no hospital.

Talvez ela também tivesse uma motivação oculta.

Pegamos crachás de visitantes e subimos as escadas devagar até o quarto andar, onde um posto de enfermagem — uma ilha estéril comprida, da altura de uma bancada — estava bem movimentado. Dois monitores de computador para seis enfermeiros. Notei um deles esperando uma folha de papel sair da impressora, com a mão sob o suporte. Havia enfermeiros e enfermeiras, altos e baixos, de muitas raças e idades diferentes, mas todos estavam unidos pelo mesmo uniforme azul-claro.

O ar-condicionado estava forte. Os dentes de Rosemary batiam. Pela primeira vez, fiquei feliz por estar usando luvas.

Enquanto seguíamos pelo corredor, John recitava números — catorze, dezesseis, dezoito — até encontrarmos o quarto de Jamie, o vigésimo.

— Sr. LaRose — falou John, sorrindo ao ver Jamie depois da porta de seu quarto de hospital, que estava entreaberta.

Entramos no quarto. Perto da cama de Jamie, concentrei-me nele e tentei ignorar os fios. Cabos enrolavam-se nos braços de metal dos monitores que piscavam e registravam seus sinais vitais. Uma máquina apitava com um ritmo lento e persistente.

— Ei, Jamie.

Alívio e terror brilharam em seus olhos enquanto ele tentava se sentar sobre a cama. O garoto que quase havia tido uma hemorragia em meus braços, que precisara de enxerto de pele e transfusão de sangue. Minhas mãos escorregando ao redor de sua perna cortada. Éramos como soldados que haviam sobrevivido a uma cortina de fogo, cruzado um campo de batalha juntos.

— Como você está se sentindo? — perguntei.

— Bem — respondeu Jamie. — Mas a gelatina é nojenta. Já estou enjoado.

— Aposto que sim.

Sentei ao lado da janela, em uma cadeira marrom, manchada onde o sol havia desbotado o tecido. Mantive o olhar em Jamie para analisar suas reações, mas, de canto de olho, notei um jornal no chão. Peguei-o e vi uma tentativa de preencher as palavras cruzadas; a palavra HANÓI estava escrita em caneta azul. Quem estava visitando o quarto dele?

Com John e Rosemary tão perto, eu tinha de ser estratégica em meu interrogatório.

— Qual a coisa mais maluca que você já viu aqui? — perguntei.

Jamie se virou de repente.

— Vi um coelho na cabeça de um enfermeiro, mas eu estou, tipo, viajando por causa dos analgésicos.

— Não há vergonha nisso.

Ele bocejou.

— Não sei dizer se é dia ou se é noite. Na UTI, vi um cara ser levado com uma chave de fenda de ferro enfiada no olho.

— Então esse aí se ferrou mesmo.

— Irmã! — reprovou Rosemary Flynn.

Jamie abriu um sorriso velado.

— Pegaram quem botou fogo na escola?

— Não. Os policiais são imprestáveis. Eu sou a única que parece ter encontrado alguma prova.

— Aposto que os policiais estão adorando ter você trabalhando no caso — alfinetou Rosemary, permitindo que um tanto do sotaque sulista lhe escapasse na fala.

— Estão adorando — repeti. Um gancho de esquerda no queixo.

John tomou mais um gole de café.

— A ala leste vai ficar interditada por dois anos, pelo menos. Provavelmente vai precisar ser demolida. — Ele fez um arco suave e nivelado com a mão. — Mas o incêndio no porão não causou muito estrago na cantina. Se atingisse uma fritadeira, teria sido... — Ele se interrompeu.

Como John sabia tantos dos detalhes que Riveaux havia compartilhado comigo? Ela estava contando informações confidenciais a todos no campus?

Jamie virou a cabeça na direção da janela, ainda evitando meus olhos.

— Eu vi mais alguém aquela noite. Na escola.

— Como assim? — John roubou minha pergunta.

— Eu vi uma pessoa — esclareceu Jamie — bem no fim do corredor. Comecei a gritar para que ela nos encontrasse, mas não veio ninguém além de você.

O Espírito Santo. Jamie viu o espectro também.

— O detetive Grogan e a sargento Decker interrogaram você? — questionou Rosemary, dando ênfase extra aos *ts*.

— Veio alguém uns dias atrás. Não sei bem quem era. — Com a barba incipiente, a camisola do hospital do azul frio do arrependimento, Jamie LaRose parecia mais um homem do que um garoto, e mais frágil do que eu jamais o havia visto. Virei as costas para ele e caminhei até a janela. Saía vapor do asfalto de um estacionamento, trançando o ar em uma tesselação.

Vi seriedade escrita nas sobrancelhas de Jamie. Algo o atormentava. Ele queria falar, mas não sabia como. Como alguém que havia cultivado minhas habilidades como guardiã de segredos quando estava no armário, e agora, como irmã praticante, eu estava sintonizada com a inteligência emocional dos outros. Os olhos dele foram parar nas placas de isopor do teto do hospital, que tinham um milhão de perfurações. Não maiores do que os pontos pretos de um dado. Pequenos olhos, sempre observando.

— Me conte mais sobre a noite em que Jack morreu. Quando foi o *exato momento* em que você sentiu cheiro de fumaça?

— Aconteceu tão rápido. — Os olhos de Jamie eram sinceros, mas ele também parecia confuso. — Eu não lembro.

— Lamont esteve por aqui?

Jamie murmurou:

— Ele está com a família, eu acho.

Abaixei a voz.

— Jamie, você pode confiar em mim. Tem alguma coisa que precisa nos contar?

Ele fez que sim com a cabeça.

Finalmente, estávamos chegando a algum lugar.

Ele mordeu o lábio.

— Eu queria te agradecer, irmã, por ter chegado daquele jeito e nos salvado. O que você fez foi de milhões.

— *De milhões* significa "legal" — traduzi para Rosemary.

Ela suspirou, tentando com afinco combater o divertimento ou o aborrecimento.

John saiu do quarto para pegar café. Ele já tinha acabado com sua garrafa térmica. Rosemary logo se juntou a ele, provavelmente para ficar um pouco longe de mim.

Eu me aproximei de Jamie e sussurrei:

— Ei, eu acho que você e Lamont viram alguma coisa aquela noite. E não tem problema nenhum.

— Não sei do que você está falando.

— Você viu Jack antes de ele cair? Acha que Jack causou o incêndio?

Ele sussurrou:

— Minha cabeça está doendo muito.

— O que você e Lamont estavam fazendo lá, para início de conversa?

— Falar faz minha cabeça doer — respondeu Jamie com os olhos fechados.

— Você pode me contar qualquer coisa. — Tentei segurar a mão de Jamie com minhas mãos enluvadas, mas ele se afastou e cruzou os braços. As pessoas se contraem quando têm algo a esconder. O corpo encolhe, tenta desaparecer. — Dá para ver que você quer compartilhar alguma coisa, mas não sabe muito bem como. Me deixe te ajudar.

— O horário de visita acabou. Ele precisa descansar — anunciou uma enfermeira que havia chegado ao quarto de Jamie com uma prancheta e um copo de papel cheio de água. Seus tênis brancos rangeram quando ela entrou no inóspito quarto de hospital. — Tchau e obrigada — despediu-se a enfermeira sem rodeios enquanto fazia rápidas anotações na prancheta. Para Jamie, ela perguntou: — Como está nosso paciente preferido?

Mas ele não respondeu. Seus olhos estavam fechados como se ele tivesse pegado no sono, mas eu sabia que estava fingindo.

Bilhetes de ausência chegaram na quarta-feira, dia em que as aulas foram retomadas. Quatro alunos já tinham se transferido para a Santa Ana, segundo Shelly Thibodaux, a recepcionista, uma mulher irritante e extremamente alegre cujos brownies de chocolate duplo eram secretamente cobiçados pela irmã T.

Havia um policial posicionado dentro da escola, mas os pais estavam apavorados. O moral estava baixo, a ansiedade estava alta. Os ânimos estavam se quebrando. As turmas estavam ficando menores, mas a missa diária nunca esteve tão cheia. O padre Reese acrescentou duas novas cerimônias no calendário semanal para acomodar as multidões.

Aquela manhã, sentei nos degraus da igreja no calor difuso. O santuário de velas na calçada havia expandido. A cada dia apareciam novas velas, flores, bilhetes ou cartões com orações para Jack e a irmã T. A irmã Augustine frequentemente ficava em silêncio na janela de sua sala, olhando para a exibição luminosa. O luto nunca se vai totalmente, mas pode ser compartilhado, pode ser gerenciado.

Pais apareceram antes do início das aulas, de mãos dadas, orando.

— Precisamos de garantias de que nossos filhos estão a salvo. — A mãe de Ryan Brown perfurava o ar com o dedo enquanto gritava.

Com as aulas retomadas, a polícia estava de volta. A investigadora Riveaux, o detetive Grogan e a sargento Decker estavam por perto, conversando em voz baixa perto de uma viatura. Eles estavam discutindo os dois incêndios — suas similaridades e diferenças.

Não pareciam ter nenhuma pista além daquelas que eu havia dado a eles. Observei os grandes olhos de Grogan passarem pela escola. O olhar fixo de uma coruja. Cheguei mais perto. Não precisava me esconder enquanto escutava a conversa deles.

Nova Orleans conhecia bem o crime. Bem mesmo. Mas incêndios criminosos eram relativamente raros.

— Foram menos de cinquenta casos de incêndio criminoso no ano passado — relatou Riveaux a Decker. A maioria em carros, lixeiras, pneus e, ocasionalmente, casas vazias. Mas a São Sebastião teve dois incêndios e duas mortes, o que era notável por si só, e potencialmente o início de um padrão.

— Em que pé estamos com os interrogatórios? — questionou Grogan. — Quantos depoimentos?

— Estamos na metade — constatou Decker. — Cento e trinta, mais ou menos.

— *Metade?* — Grogan não estava satisfeito. — Mais de uma semana, e só metade? Qual é. Temos de acelerar.

Grogan e Decker eram parceiros, mas era Decker que carregava a carga da logística. Típico.

— A escola estava fechada — justificou Decker. — Os pais não queriam trazer os filhos até aqui ou levá-los à delegacia. Estão assustados.

— Faça pressão e acabe com isso, Decker. — Grogan cuspiu sumo de tabaco no chão.

Riveaux virou e me notou ali parada.

— Você estava aí o tempo todo, ponto de interrogação — perguntou ela a seu modo confuso.

— Sim.

Ela me olhou de cima a baixo, secou o suor da testa.

— O que você quer?

— Quero saber quem fez isso. O que *você* sabe?

— O que *você* sabe? — Riveaux me imitou com a voz aguda. — Irmã Dourada, detetive particular.

A sargento Decker e o detetive Grogan terminaram a conversa e se viraram para mim. O corpo alto e magro de Grogan e a forma redonda de Decker os fazia parecer o número dez quando estavam lado a lado. Grogan secou suor do dorso do nariz.

— Acho que Prince Dempsey sabe de alguma coisa — supus, mantendo a atenção afiada de Decker, Grogan e Riveaux.

— Nós já o interrogamos. — Grogan abaixou o corpo musculoso, de modo que nossas cabeças ficaram no mesmo nível. — Ele ainda é um suspeito.

— Verifiquem o álibi dele para o segundo incêndio.

— O mesmo que o primeiro — contou Grogan —, passeando com a cachorra.

Chutei o cascalho.

— Prince pode muito bem ter visto alguma coisa. Ou feito alguma coisa. Ele está jogando, só não sei qual é o joguinho dele. Só que não combina com o perfil de um assassino incendiário típico.

— Ah, "perfil", é? — Grogan riu. — Você está falando coisa que não sabe.

— Vocês só ficam aí parados. Alguém tem de agir.

Decker pigarreou.

— O transgressor típico estaria fazendo muito barulho e apontando o dedo. Um mestre do desvio de atenção. Normalmente um misantropo, com um machado e...

— Diga logo o que realmente quer dizer — cortei o solilóquio passivo-agressivo de Decker. — Se acha que fui eu, diga logo.

Decker riu sem nenhum indício de alegria na voz. Ela e Grogan saíram na direção de um policial que acenou de uma viatura estacionada na rua Prytania.

— Aqueles dois são maníacos — comentou Riveaux —, mas a Homicídios vai desvendar isso. — Com as mãos nas costas, ela disse: — Grogan e Decker têm suas dúvidas, mas eu confio em você.

— E eu posso confiar em *você*?

— Se você me ajudar — disse ela —, eu vou te ajudar. Venha falar comigo se quiser, uma ou duas vezes. Você me diz o que ouve e vê. Preciso de alguém dentro da escola.

— Ainda sou uma intrusa, acredite. Só estou aqui há um ano e não fiz meus votos permanentes.

— Você quer saber o que eu sei ou não?

— Quero — respondi, admirando sua sinceridade.

— Temos incêndios intencionais na ala leste e na cantina da escola. Temos um padrão em v preto no segundo andar da ala leste, e indícios de combustão súbita generalizada na sala de onde Jack caiu. Temos querosene na cantina. Temos uma blusa queimada na sua lata de lixo. Uma luva na rua. A sua palheta de violão perto do corpo daquela freira.

— A irmã T. Quer dizer, Therese, a irmã Therese, um ser humano, não "aquela freira".

Ela deu de ombros.

— Você sempre chegou muito rápido à cena do crime. Então, no momento, muitas evidências apontam para você, irmã.

— Mas eu te entreguei todas as provas.

— É por isso que estou sendo sincera com você.

— E quanto aos depoimentos dos alunos? — indaguei. — Alguma coisa útil?

— A maioria estava em casa quando aconteceu o incêndio na ala leste, à exceção de Jamie e Lamont. Os alunos que estavam andando por ali disseram que não viram nada.

— Como *exatamente* começou o incêndio na ala leste?

— Um fósforo comprido queimou e acendeu um bolo de tecido ensopado com gasolina. Não demorou mais de um minuto para a pequena fogueira no canto da sala de aula de história se espalhar — explicou Riveaux. — Todo o segundo andar... já era. Os dutos de ventilação deixaram o fogo correr solto. Esse trabalho foi *limpo*. Extremamente preciso. Alguém praticou ou pesquisou isso muito bem. E aposto que foi alguém de dentro.

— Alguém de dentro? — perguntei.

— Provavelmente alguém que você conhece.

— Prince Dempsey é um circo ambulante. Eu não duvidaria dele, mas o garoto é caótico demais para conseguir fazer isso sozinho. Pode ter tido ajuda, mas é um solitário, até onde eu sei.

— Algum docente? — perguntou Riveaux.

— Rosemary Flynn é cientista. Professora de ciências, pelo menos.

Riveaux se animou.

— Cientista maluca?

— Quem sabe. Ela se considera um gênio da química subestimado.

— Ela compreenderia o funcionamento do fogo, as reações em cadeia. — Riveaux anotou algumas palavras no bloco de notas.

— Mas Rosemary é tão certinha, e odeia qualquer tipo de bagunça.

— Foi um trabalho limpo — relembrou-me Riveaux. — Algum outro professor?

— John é ansioso, fica remoendo as menores coisas.

— Interessante. — Ela estava absorvendo tudo e fazendo rápidas anotações. Dava para ver sua mente funcionando, girando um cubo mágico de detalhes e pistas. — Verificamos os álibis de Bernard Pham. Decker comprovou que três de seus companheiros de banda confirmaram seu paradeiro na noite de domingo.

— Como eu disse. — Meu cérebro ficou inativo por um instante. Fiquei aliviada ao ouvir Riveaux confirmar isso. Apesar dos pesares, de minha vitrine de erros sólidos e delitos sórdidos, não poderia ser meu amigo no centro de nosso horror.

— Você está aqui há quanto tempo? — ela perguntou.

— Já faz um ano e pouquinho.

— E suas irmãs, Honor e Augustine?

— Elas dedicaram a vida a esta escola, à nossa igreja, à nossa Ordem. Esta é a casa delas. É minha casa também. — Mas qualquer um faria qualquer coisa para sobreviver ou começar de novo. Eu era prova viva. — Você está investigando a Diocese? Quer dizer, o bispo e os vigários.

Riveaux confirmou com a cabeça.

— Botar fogo no próprio imóvel, para depois chegarem e serem os heróis.

— Ou para nos manter na linha — acrescentei.

O rádio do departamento de bombeiros ganhou vida com uma voz distante e anasalada.

Riveaux respondeu.

— Estou a caminho. Não, fique *aí*, porra.

Ela saiu correndo na direção de sua picape vermelha com a velocidade segura de um cavalo quarto de milha, com marcas de suor nas costas. Riveaux era forte, mas seu cérebro estava em outro lugar, talvez dois passos à frente. Ou em algum lugar fora de seu corpo.

Novamente, senti olhos sobre mim. Detectei um movimento torto. Prince Dempsey falava com BonTon enquanto se aproximavam da escola, com um cigarro aceso entre os dentes. Ele sorria e caminhava casualmente.

A luz que passava por entre as folhas criou uma renda de sombras conforme Prince se esgueirava bem ao meu lado. Ele coçou entre as orelhas de BonTon. Depois balançou um rosário sobre o nariz dela, fazendo-a morder. Uma brincadeira que faziam com regularidade, sem dúvida. Algumas das contas brancas estavam queimadas.

— Belo rosário. — Eu me aproximei mais de Prince. Seu cabelo seboso tinha um cheiro tão forte que meus olhos lacrimejaram.

— Foi a irmã Augustine que me deu — disse ele. — Ela é uma boa professora, ao contrário de você. — Prince se aproximou de mim e ficou encarando a cruz em meu pescoço. — Vou arrumar um daqueles crucifixos enormes. Cristo está dizendo "ainda estou aqui, seus putos. Ninguém me supera!". — Ele cuspiu ao falar. — Isso mesmo, irmã. Vou arrumar uma cruz bem grande e usar todos os dias.

— E deveria mesmo. Faria bem para você.

Prince sorriu e bateu a cinza do cigarro na Primeira Avenida, me encolhi quando o calor passou perto da minha orelha.

— Foi por pouco. — Ele riu. — Tome cuidado, irmã. — Ele assobiou para BonTon, branca como pérola, e eles passaram pelo santuário da calçada, derrubando uma vela. Espirrou cera no meio-fio, na boca de lobo.

Eu conhecia a saga de Prince. Trauma de tempestade. Drama familiar. Diabetes juvenil, depois diabetes tipo 1. Cuidadores adotivos. Abuso. Pobreza. Ruína. Se ele fizesse algo digno de suspensão, éramos instruídos a ter paciência e o trazer de volta ao momento. Fazê-lo medir a glicemia. Orar. Por mais que tivesse o temperamento de um trem desenfreado, Prince Dempsey era uma boa história para a escola. O comitê de captação de fundos precisava de boas histórias. Expulsá-lo seria um mau exemplo para uma das poucas escolas católicas que restavam na cidade.

Prince tinha apetite pelo caos, mas e quanto a um motivo? Ele precisava de um?

As pessoas eram capazes de fazer qualquer coisa, a qualquer momento.

Mesmo a irmã Honor, sua rigidez e mente fechada deturpada por anos de solidão. Ela poderia ter riscado o fósforo para mexer os pauzinhos por uma mudança. Para virar tudo de cabeça para baixo.

Eu precisava verificar todos os suspeitos, todos que haviam tido acesso à ala leste, um por um. Se eu conseguisse ao menos esvaziar a cabeça, daria um jeito.

Mas estava tropeçando em minha própria sombra. Ainda irritada com Deus.

Uma alma perdida perseguindo o Espírito Santo.

CAPÍTULO 12

Na TV decrépita da sala dos professores, John Vander Kitt e eu assistíamos à Diocese, a sargento Decker e o detetive Grogan participarem de uma patética coletiva de imprensa sobre a investigação das mortes no campus. Era quarta-feira, depois da dispensa dos alunos. A Divisão de Homicídios e os líderes de nossa igreja estavam no saguão desmazelado do movimentado Departamento de Polícia de Nova Orleans enquanto fotógrafos trabalhavam com câmeras enormes.

A nada santíssima trindade chafurdava nos holofotes.

— Em nome do Pai, do Filho, do Espírito Santo — entoou o Don no microfone, tão satisfeito consigo mesmo, apaixonado por seu poder de astro.

Eu podia sentir o cheiro do hálito fétido do bispo pela tela da TV. Com suas correntes de ouro e relógios elegantes, o Don, o Defunto e o Barba podiam ser assassinos profissionais. Minha raiva me deixou confusa, quase com vertigem. Nossos "patriarcas" tinham o destino das irmãs — o meu destino — em suas mãos idiotas.

— Esta investigação sobre a morte de Jack Corolla está em andamento — declarou Grogan, agora visível, depois que a Diocese saiu da frente. O sotaque de Grogan estava ainda mais arrastado, com sua boca aberta tão perto do microfone, como se ele fosse dar um beijo de língua nele. Pelo comportamento calmo e controlado de Grogan, algo nele me incomodava. — Temos uma atualização — continuou. — A morte da irmã Therese foi considerada um acidente. O relatório de autópsia do legista não indica crime. A professora de longa data e Irmã do Sangue Sublime caiu das escadas, e o impacto dessa queda resultou em sua morte. — Ele passou as mãos pelos cabelos grossos e olhou para a câmera. — Que Deus a abençoe — concluiu, como se tivesse ensaiado.

Apertei o botão do controle remoto da TV e balancei a cabeça, suando em minha blusa preta. Imaginei minha tatuagem da Árvore da Vida chorando por todas as folhas de tinta. Fechei os olhos e vi o rosto sorridente e os olhos ternos da irmã T, repassei nossas últimas horas juntas na prisão. Como a arte entrelaçada das teias de aranha, lembranças podiam aprisionar e nutrir. O ato de lembrar é um labirinto.

— Aí está. A irmã Therese não foi empurrada — constatou John, ajeitando os óculos no nariz. — Isso deveria servir para nos sentirmos mais seguros. Foi um triste acidente, não um assassinato.

— Ela foi *empurrada* da escada. Estou dizendo. A irmã T tinha quase oitenta anos, mas era fodon... — Eu me interrompi para não proferir um palavrão. — A violência toda da coisa. Ela estava sem sapato. As pernas para trás e os tornozelos todos contorcidos como uma boneca de pano.

— Não devemos confiar nos policiais? Eles sabem o que estão fazendo.

Sem dizer uma palavra, juntei meus papéis na bolsa e saí no calor, deixando John falando sozinho, tomando café quente no ar quente.

A inocência desajeitada de John era ridícula. Ou não passava de atuação?

Alguém estava tentando me incriminar.

Ou me pregar uma peça de muito mau gosto.

Podia ser qualquer um.

Eu havia me esforçado tanto para deixar as pessoas entrarem em minha nova vida. Só que quando você não se conhece e nem confia em si mesmo, como pode dar a alguém um voto de confiança?

A picape velha de Riveaux estava estacionada na frente da escola. Ela estava xingando uma pilha de papéis no banco do motorista quando abri a porta do passageiro. Pequenos frascos caíram. Muitos para saber o número.

— Cuidado! — Ela me repreendeu como um lojista pomposo. — Pegue eles! Salve eles!

Quando entrei no carro abafado, tive de mover alguns frascos do que cheirava a palo santo, limão e bergamota. Havia um travesseiro na cabine, no meio do banco traseiro. Será que ela estava dormindo nessa picape velha e triste? Havia gotas de suor no queixo de Riveaux.

— O que é isso?

— Eu faço perfumes.

— Que chique.

— Mantém meu nariz alerta. Me mantém no máximo desempenho. Me mantém aprendendo. — Ela tirou um frasco do bolso da frente da calça jeans e segurou no alto. — Moléculas perfumadas são minha especialidade.

— Só sinto cheiro de fumaça.

— O que você quer, irmã? — indagou ela, analisando o líquido transparente.

— Me coloque de volta lá dentro — pedi. — Na ala leste. Na cantina. Para revisar as cenas.

O carro estava ligado, o botão do ar-condicionado estava no máximo. Contudo, só vinha ar quente da saída de ar. Riveaux fedia a cigarros e a desodorante cítrico que não funcionava. Como rum e a espuma viscosa de limões podres. Talvez fosse daqueles perfumes caseiros caídos na picape.

O calor era sólido, úmido e quente. Um vento balançava a copa das árvores, empurrando as nuvens. Riveaux secou a bochecha com o dorso da mão.

— Você é mesmo cabeça dura, hein?

— Pode apostar que sim.

Tirei o lenço do pescoço e usei para secar o suor.

— Isso doeu? — Ela apontou para a tatuagem em meu pescoço, meu pássaro branco, uma pomba recém-emplumada.

— Demais. Foi por isso que eu fiz.

— Uma pomba branca não parece ser seu estilo. Você está mais para uma mistura de unicórnio com texugo. Uma criatura difícil de explicar e...

— Impossível de esquecer. — O espelho retrovisor lateral refletiu meu dente de ouro quando sorri.

Ela revirou os olhos.

— Você pode caminhar comigo apenas se responder minhas perguntas — propôs, saindo da picape. Ela deixou a chave no contato. A velha Chevy era uma lata de lixo sobre rodas, mas deixar as chaves parecia confiança demais. — É conveniente que você estivesse nos dois incêndios exatamente quando se iniciaram — comentou Riveaux.

— Eu moro e trabalho aqui. Com muitas outras pessoas. Inclusive duas que foram assassinadas.

— Fique de boca fechada e me acompanhe — mandou. — Coloque isso.

Colocamos protetores de plástico azul sobre os sapatos para não contaminar a cena do crime. Passei sob a fita amarela da polícia na entrada da ala leste. Riveaux passou por cima. Perna direita, depois esquerda, com a mão na lombar enquanto passava. Ela abriu a pesada porta principal com uma chave mestra e eu entrei atrás dela.

Subimos as escadas devagar. O ar ficava mais venenoso a cada passo. O tempo todo, eu sentia o cheiro de Riveaux andando à minha frente, seu cheiro de limão e podridão. O calor havia derretido as pás do ventilador de teto do corredor, "a antecâmara", como Jack costumava chamar. Ele gostava de usar palavras específicas. As pás apontavam para baixo, como um girassol murcho. A lâmpada havia estilhaçado.

Tínhamos mais ou menos a mesma altura, mas Riveaux caminhava com os ombros erguidos e as costas retas. Alguns dias seu corpo tinha convicção e precisão. Outros dias parecia que ela estava se desmantelando aos poucos. Consistentemente inconsistente. Talvez ela apenas estivesse cansada por dormir na picape. Eu me lembrei de como meu velho ostentava as cicatrizes invisíveis da vida de policial. Trabalhando até tarde em um caso antigo. O relógio correndo.

O segundo andar da ala leste era uma carnificina. Todos os tons de escuridão — do carvão ao ardósia ao preto dos olhos dos pássaros. Ao nada, a cor do vazio. A parede havia descascado em camadas.

— Os dutos de ventilação velhos deste prédio ajudaram o fogo a se espalhar. — Ela apontou para as saídas de ar expostas. Depois apontou com a cabeça na direção de fios queimados pendurados na parede, meio carcomidos, meio intactos, como macarrão regurgitado. — Rock estaria lendo para você a lei por todas essas violações de código.

— Quem é Rock? — perguntei.

— Meu marido crítico. Há anos que está no seu limite.

— Não me surpreendo.

Gostei de saber que Riveaux tinha um companheiro, que ela não era sozinha. Mas estava óbvio que o solo estava abalado. Talvez por isso que ela às vezes estivesse confusa, esgotada. Tentando se manter composta. Riveaux tinha muros altos como eu. Porém, como a maioria das pessoas que não aceitavam minhas merdas, eu estava começando, lentamente, a gostar dela.

Entramos na casca preta que tinha sido a sala de aula de história. Estiquei o braço para tocar a parede queimada.

— Não toque em nada! Ela me repreendeu.

— Estou usando luvas.

— Observe *sem* tocar. Grogan e Decker vão me matar se você mover até mesmo uma partícula de poeira. Acredite em mim, Grogan vai saber. Ele percebe tudo.

— Decker suspeita de mim, dá para perceber. Veja. — Apontei para as faixas de tinta no peitoril da janela e no chão. — O ar-condicionado. O aparelho foi pintado em algum momento. Deve ter sido movido. E onde está o fio? Ele não está ligado.

— Hum. — Riveaux acenou com a cabeça. — Boa observação.

— Ninguém duraria muito em uma sala de aula sem ar-condicionado.

Ela inspecionou o chão, depois olhou para fora, na direção da saída de incêndio.

— Talvez o incendiário tenha entrado por aí. Ele usou a saída de incêndio para entrar e sair. Aposto que o fio está lá fora. — Riveaux ajustou o rabo de cavalo. Sob a luz estranha da ala queimada, tudo e nada pareciam pistas.

— Ou foi assim que Jamie e Lamont entraram — sugeri. — Pode ser uma pista falsa.

Ela riu como uma criança de seis anos.

— O que você sabe sobre pistas falsas?

— Usei muito quando estava no armário — expliquei.

— No armário?

— Longa história.

— A história vai ter de ficar para depois. Veja, o maior padrão de queima está bem ali. — Ela apontou o dedo magro para uma parede. — Encontramos resquícios de um bolo de tecido ensopado de gasolina. — A expressão dela era meio empolgada, meio assustada, a intensidade nua de uma praticante de *base jumping*. Ela pisava com cuidado, tentando evitar pilhas de escombros. Reajustou o protetor de sapato esquerdo, que tinha começado a cair. — Está vendo aqui? Foi onde começou a combustão súbita generalizada.

— Combustão súbita generalizada?

— A transição entre ter fogo no prédio e ter um prédio pegando fogo — explicou.

As vidraças da sala de aula estavam estilhaçadas. Cacos de vidro para todo lado, como se o prédio tivesse sido bombardeado. Algumas lâmpadas tinham ficado deformadas, mas não chegaram a estourar. O ar dentro da ala tostada era sufocante.

— Como você soube tão rápido que o incêndio da ala leste tinha sido criminoso?

— As investigações de cena do crime e a ciência forense mudaram a ciência dos incêndios, isso eu posso te dizer.

Riveaux citou marcos da pirologia, comparando-os aos progressos em sua prática de perfumaria.

— Proust disse que o olfato é o sentido humano mais conectado à memória. Como viajar no tempo. "O imenso edifício da memória." Ler essa merda me fez querer entender ciência.

— Ler mistérios me colocou nessa bagunça.

Ajoelhei em uma pilha de cinzas e examinei o chão.

— Esta velha sala de história é o ponto de origem — constatou ela.

Aquilo significava que havia mais pistas ocultas. Talvez algo estivesse escondido aqui antes do fogo.

Ouvi Riveaux estalar as costas. Levantei.

— O fogo, como todas as coisas, tem uma história. Você precisa ouvi-la. Não tenha pressa. Observe. — Riveaux estava ficando elaborada. Sua perícia era tão fluida, como se ela tivesse nascido conhecendo todos os fatos. Era muito mais interessante do que as diatribes de ciência que eu precisava aguentar de Rosemary Flynn. — O odor da fumaça dá pistas. O som dá pistas. Como ele se movimenta pela parede, teto ou chão. Faça perguntas aos resíduos. Trate-os como uma pessoa com algo a esconder. Observe seu comportamento com atenção.

— Parece um encontro divertido — falei.

— Rock e eu sempre estamos ocupados demais para encontros.

Riveaux estava baixando a guarda. Talvez sentisse que podia ser ela mesma comigo.

— Qual a história de Rock? — perguntei.

— Rockwell tem muitas histórias — disse ela, inclinando a cabeça e piscando para a parede como se fosse um espelho —, e cada história tem muitos capítulos.

Riveaux se virou para mim, pegou o celular, e me mostrou uma foto de seu marido, Rock, com o dedo do meio esticado e a língua para fora.

Peguei o telefone e olhei para a foto, analisando o cara que claramente havia falhado. Um *bad boy* clássico. Um cara branco e tatuado, de camisa havaiana, com tantas tatuagens baratas que parecia um banheiro de bar. Um tipinho barato de esquerdomacho que acha que casar com uma mulher negra o exonera de qualquer infração, de precisar pensar ou evoluir.

Olhei para aquele cara asqueroso de novo.

— Ele é chefe de cozinha, ou algo assim, com todas essas tatuagens?

Ela riu sem sorrir.

— Que nada. Rock não sabe nem ferver água. Ele era do setor de tecnologia do DPNO. Foi assim que nos conhecemos. Ele me perturbou até eu sair com ele. Agora, é um desses caras de TI que ficam viajando, instalando redes e torres de servidores. Queria que ele fosse pago por todos os videogames que joga. É um criançuo.

— Amor é uma distração mesmo — falei, devolvendo o celular.

— É por isso que você é freira?

— Clareza é um benefício extra.

— Olhe. — Ela apontou para o canto, onde o fogo havia devorado a estante de livros. — Um incêndio ao pé da letra. — Ela riu consigo mesma. — Mas, sério, o que o fogo leva pode dizer tanto quanto o que ele deixa para trás. Dê uma cheirada nisso.

— Horrível.

— Um tipo específico de acre. Como carne em decomposição. Provavelmente do isolante.

Era tão nauseante lá dentro que tive de me conter para não vomitar. O ar tinha um quê enjoativamente doce. Fazia mais de uma semana desde o incêndio, mas a fumaça ainda estava viva. Eu ainda podia sentir aquela brasa em meu olho.

Riveaux ficou incomodada, como se estivesse dizendo muito.

— Se não há dúvidas de que os dois incêndios foram criminosos — eu a interrompi —, por que a investigação está demorando tanto?

— Temos mais trabalho a fazer. E não existe um motivo claro ainda — concluiu Riveaux.

Eu pressionei.

— E não é o seu trabalho descobrir isso? Muitos alunos odeiam a escola — apontei. — Professores também.

— O bastante para botarem fogo nela? Arriscarem serem presos? Morrer? — Riveaux entrelaçou as mãos. — Incendiários atacam por vingança, controle ou dinheiro.

— E quanto ao tédio?

— Não. Quem fica entediado apenas perturba seus alvos na internet. — As palavras dela cortaram com bordas afiadas. — Mesmo que um aluno esteja zangado com uma nota, com bullying, ou seja o que for, emoções não são motivos.

— Emoções são as raízes dos motivos. Pense em todos os atiradores em escolas, seus manifestos.

— Fogo é diferente — foi sua resposta irritante. — Os motivos para incêndios criminosos quase sempre são fraudar o seguro ou vingança. Por isso as investigações levam tempo e demandam conhecimento. Portanto, você nem deveria estar aqui.

— Você me deixou entrar. Eu preciso dar sentido a isso.

Ela riu.

— "Sentido". Não perca seu tempo tentando dar qualquer tipo de sentido a isso.

— Tempo é a única coisa que eu tenho.

CAPÍTULO 13

A quinta-feira de manhã estava calma. Pais em pânico continuavam mantendo os filhos em casa. O lado bom era que minhas aulas, normalmente turbulentas, estavam gerenciáveis.

Depois do sinal, os alunos fecharam os estojos dos violões e penduraram mochilas nas costas. Eles passaram pela porta devagar, em grupo. Olhei cada um deles com cuidado, como se alguém fosse soltar uma pista do nada.

Eu precisava de um progresso no caso.

E de um descanso.

Minha dobradinha professora-investigadora era difícil de sincronizar. Há a constante ameaça de um alçapão se abrir diante da cortina.

— Vocês precisam de extintores de incêndio em todas as salas e em todas as escadarias — disse um policial em patrulha naquele dia à irmã Augustine.

O DPNO patrulhava o campus durante o horário escolar para tranquilizar os pais preocupados. Eles tinham concluído a busca nos armários durante o fechamento. Um processo tedioso, com certeza, mas duvido que eles pudessem ser mais lentos. Além disso, os alunos eram espertos demais para deixar algo incriminador nos armários.

Rosemary Flynn estava discutindo a nota de uma prova com um aluno do outro lado de nossa sala de aula compartilhada enquanto eu recolhia uma pilha grande de papéis de minha mesa — meu escritório.

— Sra. Flynn — gritei —, tranque a porta quando terminar.

— Algumas pessoas ousam pedir "por favor". — Ela projetou a voz como uma atriz de teatro.

— Bom saber. Tranque quando terminar.

Saí às pressas da sala para o corredor barulhento, desviando de alunos que mandavam mensagens pelo celular, em transe. Cada amassado de cada armário parecia brilhar. A São Sebastião estava do lado irregular, sem dúvida. O prédio tinha mais ou menos a mesma idade da irmã Augustine — oitenta anos. Os pais estavam pagando pela bênção de Cristo, não por comodidades luxuosas. O dinheiro estava apertado sem a rede de segurança dos dólares dos impostos. A Diocese amava brincar conosco, dizendo quais fundos ou programas seriam os próximos a serem cortados. As raras famílias que podiam pagar a anuidade plena mantinham as luzes acesas, alunos pobres como Prince Dempsey e nossa cantina com estoque de pizza congelada e bolinhos de batata. No entanto, nosso ensino era de primeira — o melhor do estado —, graças aos altos padrões da irmã Augustine. Rosemary, John, a irmã T e até mesmo a irmã Honor e eu éramos todos excelentes professores, ou loucos.

A voz da irmã Augustine no sistema de autofalantes anunciou uma assembleia dos docentes para as quatro da tarde naquela quinta-feira. Eu me ressentia dos interrogatórios, da presença da polícia, das aulas canceladas, dos sussurros dos alunos e das reuniões com os investigadores da Divisão de Homicídios, principalmente Grogan, cuja gentileza melosa estava começando a parecer forçada. Antes de o incêndio reescrever meus ritmos, eu me esforcei para aceitar os padrões diários como Irmã do Sangue Sublime. Missa, refeições, aulas, oração, sono. Repete. Levou mais de um ano, mas passei a apreciar a uniformidade. A pureza do ritual. Queria isso de volta.

Virei à esquerda, na direção da sala da irmã Augustine. Precisava de permissão para ler os arquivos escolares de Prince.

— A irmã Augustine está? — perguntei a Shelly.

— Sinto muito. Ela acabou de sair. Como você sabe, irmã, o trabalho do Senhor nunca acaba. — Seu sorriso cheio de dentes me deixava ansiosa.

O telefone tocou e Shelly correu até sua mesa.

— Não para de tocar. Pais com todo tipo de preocupação. Perdoe-me, irmã. "Sala da diretora da São Sebastião, aqui é Shelly falando. Como posso ajudá-lo nesta manhã abençoada?" — Ela colocou a mão sobre o fone e apontou para mim com o queixo. — Irmã Holiday, por que não volta em uma hora? Ela já vai ter voltado.

Concordei com a cabeça, mas, quando Shelly se virou para remexer em sua correspondência, voltei a coloquei a mão direita enluvada na maçaneta da sala da irmã Augustine. Entrei e não encontrei minha diretora, mas a investigadora Riveaux sentada à sua mesa.

— Eu era uma péssima aluna. — Ela levantou as pernas e apoiou os pés sobre a mesa. Seus sapatos eram de couro preto gasto.

— Pessoas inteligentes se entediam muito rápido.

— Certo. — Seus olhos violeta se animaram. Ela se virou de costas para mim para olhar pela janela atrás da mesa da irmã Augustine. — Preciso ir lá fora falar com a Decker. Fique aqui. Não vá a lugar nenhum, irmã Dourada. — Riveaux apontou para seu canino esquerdo.

Meu dente de ouro era meu cartão de visitas, um lembrete sempre presente de minha vida anterior.

— Você é um lindo desastre — comentara Nina depois de meu atrito com os policiais. Ela estendeu a mão por cima do braço do sofá de dois lugares que provavelmente estava lá desde que o pai de CC abriu a farmácia, em 1982. Ela beijou suavemente minha têmpora esquerda machucada.

— Que dia é hoje? — Lembro de ter tocado meu maxilar dolorido. Uma dor profunda e crua. Tão familiar. Às vezes me pergunto se eu me apaixonei por ela, pela batida constante da dor.

— Dias são arbitrários — constatou Nina. — As pessoas que fazem calendários inventaram os nomes dos dias para nos manter viciados em comprar calendários.

— Você sabe de tudo. — Coloquei a mão sobre a coxa dela e nós nos beijamos. Embora doesse, sua boca na minha também dava uma sensação boa. Os lábios dela tinham gosto de doce problema, como uísque com coca.

— Eu sei que te amo, Holiday Walsh, detetive particular.

Nina pigarreou. Sei que ela ficou decepcionada porque eu não disse o mesmo — que eu a amava. Eu não podia dizer aquelas palavras *justamente* porque a amava. Mais do que chamas amam escalar paredes. Mais do que o anoitecer ama acabar com o dia. Em vez disso, fiz uma piada idiota:

— Se eu fosse *sua* detetive particular, estaria vibrando.

Nina entrou na onda:

— E como a boa mulher queer que sou, eu te deixaria guardadinha na minha cômoda.

Ambas rimos. Minha concussão e ressaca irradiavam meu crânio como os dentes serrilhados de um raio.

Coloquei a cabeça no ombro dela, respirei sândalo ao beijar seu pescoço. Sua pele era suave e macia.

— Nós ganhamos, não é?

— Nós ganhamos — ecoou ela. — Estamos ficando mais empolgantes com a idade. Como um bom vinho.

— Está mais para uma multa de estacionamento que não foi paga.

Nina envolveu minha mão com as dela, com suas unhas douradas, da cor da areia de uma praia ensolarada, um contraste forte com minhas calças de couro preto e com o sofá desmazelado de cc.

Embora meu rosto doesse, sorri para ela. Nina Deslumbrante.

Parecia impossível agora que não ficávamos na mesma sala havia mais de um ano.

Meu amigo cc — farmacêutico de dia e dentista amador à noite — fez minha coroa dourada.

— Você só pode estar brincando. — Ele não escondeu sua irritação com minha presença em seu consultório. Os óculos pesados, de armação preta, cobriam a maior parte de seu rosto.

— Ouro hoje à noite, cara. Então estamos quites. Eu juro.

— Venha comigo.

Riveaux bateu na porta quando retornou à sala.

— Tem alguma coisa para confessar à sua Madre Superior, irmã? Algum peso na consciência?

— Só estou rezando para que alguém solucione o caso neste século.

— Estamos investigando tudo e todos. Alunos, funcionários, professores. O que você sabe sobre Rosemary Flynn?

— Além de seu conhecimento de química, os casaquinhos combinando com a blusa e a seriedade? — Dei de ombros. — Eu diria para ficar de olho nela.

— Fique você de olho nela. — Riveaux olhou para o grande crucifixo na parede da irmã Augustine. — Veja o que descobre.

Confirmei com a cabeça.

O rádio de Riveaux ganhou vida com um endereço.

— Bairro do Renaissance Village, 14. — Seguido de uma série de jargões e números.

— O que foi isso? — perguntei. — O que estão dizendo?

— Calma! — Riveaux gostava de me dar ordens. — Entendido. 217. Agora?

— Entendido — respondeu a voz no rádio.

— Câmbio. — Ela tirou os olhos do rádio e olhou para mim. — É o último endereço conhecido de Dempsey, um trailer em um parque de residências móveis em Metairie. Nosso pessoal está indo para lá agora. Há um mandado para a prisão de Prince. — Ela se levantou e endireitou o corpo.

— Pelo incêndio?

— Não, não. Por vandalismo. A catedral do centro foi pichada mês passado. Ele, de algum modo, conseguiu abrir duas das tumbas mais antigas da cidade e pichar tudo.

— Se o mandado é válido, por que Prince ainda não foi pego? — Eu a segui enquanto ela saía.

— Acabou de ser emitido. Crimes demais, policiais de menos.

Riveaux e eu corremos até sua picape, que ainda estava com as chaves na ignição. Entrei no veículo quente.

— Vou com você.

— De jeito nenhum — retrucou Riveaux, enquanto um filete de suor escorria de sua sobrancelha esquerda. Ela se mexeu no assento novamente, derrubando um frasco de perfume no chão. — Faça aí o seu trabalho, eu faço o meu. Amém, ou seja lá o que for. Tchau.

Riveaux era um poça de suor atrás do volante.

— Você precisa de mim — protestei. Não esperei a resposta dela e coloquei o cinto de segurança. O metal da fivela estava superquente.

Riveaux gargalhou tanto que seus olhos lacrimejaram.

— Você só quer ver a gente pegando ele.

Eu não me importaria de ver Prince ser derrubado, pensei.

— Quero ver como ele reage — corrigi. — O que ele vai entregar. Ele sabe de alguma coisa.

Prince Dempsey era solitário, como eu, e um sobrevivente. Ele sabia como se esconder e quando fugir.

Riveaux girou a chave e a picape ganhou vida com um barulho alto.

— Todas as irmãs são vingativas assim?

— Vingativas, não — neguei. — Cuidadosas.

— Você nunca vai me deixar em paz, não é?

— Não.

O calor abafado da picape me fez entrar em pânico. Reajustei o cinto de segurança e me olhei no espelhinho. Em qualquer chance que eu tinha, roubava um momento com o espelho e com a estranha do outro lado.

Ela murmurou:

— Vou registrar isso como "carona". Fale bem de mim lá para cima.

— Vou transformar você em santa se pegar logo a estrada. Vamos!

O ar-condicionado estava no máximo, mas não produzia ar frio. Era um túnel de vento de calor escaldante, como um secador de cabelo. Senti coceira no fundo da garganta. Contive a tosse.

Riveaux estava dirigindo no meio da rua. Desviando e costurando de uma pista para a outra. A mais de cento e dez quilômetros por hora, alcançamos o grupo de viaturas do DPNO com sirenes ligadas. Todos os outros carros pararam na lateral da estrada para nos deixar passar.

Cinco minutos depois, quando chegamos ao parque de trailers de Prince, em Metairie, a fila de automóveis desacelerou, procurando sua unidade. O número catorze mal estava visível no meio do mato alto que ocupava a porta. Por fim, o carro da frente mandou uma mensagem por rádio e a central confirmou. Eles haviam encontrado o trailer. Quando estávamos estacionando na frente, Prince pulou em um carro e acelerou. O nítido rádio do DPNO passava detalhes segundo a segundo enquanto os policiais tentavam pará-lo. Riveaux e eu estávamos alguns instantes para trás, na picape abafada.

Mas Prince obrigou o DPNO a persegui-lo por quase vinte quilômetros que acabaram no centro, e nós fomos obrigadas a segui-los. Durante o trajeto, eu tinha certeza de que estávamos prestes a morrer.

Santa Maria, mãe de Deus. Que a vida após a morte tenha ar-condicionado central e mulheres gostosas.

Cada curva fechada produzia uma força centrífuga tão forte que me empurrava contra a porta do passageiro. O cinto de segurança cortava meu pescoço. Riveaux desacelerava, parava, seguia em frente e voltava a acelerar abruptamente.

— Você dirigindo é um pecado. Eu odiei.

Riveaux balançou a cabeça.

— Freiras deveriam perdoar.

— Tenho minhas nuances. — Bile queimou o fundo de minha garganta. — Querido Deus — pedi em voz alta —, me mantenha viva por tempo suficiente para matar a investigadora Riveaux por dirigir tão mal, depois nos ressuscite para o Mardi Gras. — Fiquei de olhos fechados, tentando conter a náusea.

Ela secou o suor de baixo dos óculos de sol.

— Foi você que implorou para vir junto.

O fractal de Nova Orleans girava enquanto dirigíamos. Gladíolos vermelhos. Vislumbres de linhaça. Toques de limão em uma tela de folhas verde-oliva.

Quando os policiais finalmente forçaram o carro de Prince para o acostamento da rua Erato, Riveaux e eu chegamos logo atrás, a sirene dela berrando, as rodas da picape queimando o asfalto. Ambas estávamos pingando de suor. Meus dedos se enrugavam dentro das luvas de couro.

A viatura do detetive Grogan e da sargento Decker estava atrás do veículo de Prince. Era interessante que a Divisão de Homicídios estivesse executando um mandado por vandalismo.

Grogan saiu, arregaçou as mangas bege e caminhou na direção do carro de Prince. Com um megafone, gritou:

— Saia do veículo agora.

Pela janela aberta, vi Prince, sem camisa, e Bon-Ton, com seu pelo branco como a neve. Eles permaneceram no carro.

— Agora começa o verdadeiro perigo — declarou Riveaux. — Tentar tirar um cara de seu carro. Um veículo pode ser uma arma fatal.

No entanto, a situação se dispersou rapidamente.

Dois policiais do DPNO o arrastaram para fora do veículo. Havia uma imagem da Estátua da Liberdade com o polegar erguido tatuada nas costas de Prince, que estavam molhadas de suor. No bíceps direito, havia um coração atravessado por uma flecha e "a tempestade" escrito em letras cursivas.

A sargento Decker disse:

— Prince Dempsey, estamos prendendo você com base em um mandado pendente por crime de vandalismo na Catedral Eau Bénite. Você tem o direito de permanecer calado — anunciou. — Tudo o que disser pode — ela abaixou a voz um oitavo — e *será* usado contra você no tribunal. Você tem direito a um advogado. Se não puder pagar, um será nomeado para você.

Prince se debateu sobre o cascalho e tentou dar um soco enquanto ela recitava a lei de Miranda.

— Não encostem na minha cachorra — resmungou ele.

— Não resista, Prince — gritei do outro lado da rua. — Você só vai piorar as coisas.

— Veio ver o show, né? — desdenhou Prince.

— Estou tentando te ajudar — falei, mas eu o estava irritando ainda mais. Ele tentou chutar a sargento Decker, que facilmente o colocou de joelhos.

— Irmã, fique atrás da viatura — mandou Grogan. — Esta é uma cena de prisão.

— Prince, você teve alguma coisa a ver com o incêndio? — Eu estava desesperada para saber, de uma forma ou de outra. Analisei seu rosto suado quando disparei na direção dele.

Só que não havia nada em seus olhos. Nada além de medo. Talvez ele fosse apenas um garoto perturbado. Vândalo e irritante, mas não assassino.

Prince cuspiu em mim.

— Se acontecer alguma coisa com BonTon, eu vou te queimar viva. — As mãos dele estavam algemadas atrás das costas.

Um policial foi até o carro e tirou BonTon para a lateral da estrada.

— Bem, seja gentil. — disse o policial. — Riveaux, ligue para Sharon do controle de zoonoses. Pitbull grande e branca.

As orelhas de BonTon estavam caídas sobre a cabeça, demonstrando medo. Ela ganiu e soltou um único latido quando levaram Prince embora. BonTon era uma montanha de músculos, mas era dedicada a seu humano. Uma molenga com o exterior duro.

— BonTon! — gritou ele, e ela latiu com o nariz rosado para cima. — Não se preocupe, garota! — Prince se virou, seus olhos estavam desesperados, furiosos. — Nada de controle de zoonoses. Ela vai ficar estressada. Minha mãe pode ficar com ela. Ou a irmã Augustine. Se colocarem minha cachorra em um abrigo, eu juro por Deus, vou estripar vocês.

— E os ataques não param — refletiu o policial, ainda segurando a guia de BonTon. — Acrescente "desacato a autoridade" à ficha do jovem.

— Deixem ele ligar para a mãe — sugeri.

Outro policial pegou a guia de BonTon e a levou para uma picape do DPNO, onde pude ouvi-la ganindo.

Do outro lado da rua, um policial segurava o celular de Prince em seu ouvido enquanto ele gritava com sua mãe. Quando terminou, ele gritou comigo.

— Ei, irmã Holiday. — Ele beijou o ar. — Você é uma vaca.

Antes que eu pudesse levar mais vergonha à Ordem, Riveaux segurou meu cotovelo. Um policial levou Prince para o banco de trás de uma viatura e o veículo saiu às pressas. Uma picape com BonTon saiu na direção oposta.

— Bem, Feliz Natal para mim — ironizou Decker. — Que bom que o juiz Galvez nos concedeu o mandado de busca, porque... vejam só.

No porta-malas de Prince havia uma coleira vermelha e uma sacola de viagem cinza com a costura desfiada. Dentro da sacola barata, havia uma pistola Smith & Wesson M&P 9mm. Eu conhecia a marca e o modelo porque meu velho tinha uma igual.

— Verifique se ele tem registro de arma de fogo — solicitou Decker no rádio.

Escorria suor de seus pulsos, debaixo das luvas de plástico azuis, enquanto ela tirava com cuidado objetos da sacola para examiná-los. Além da arma, eles extraíram uma lata usada de tinta spray vermelha, um pequeno canivete, um maço de cigarros, três maços de dinheiro e uma lata vazia de querosene.

— Esta lata de combustível é exatamente igual à que estocamos no galpão de nossa escola — falei. — Talvez Prince a tenha roubado.

— É uma marca comum. — Riveaux não estava impressionada. — Provavelmente tem em todas as garagens da paróquia.

Fotografias foram tiradas e os itens do porta-malas foram registrados por um policial alto, que parecia jovem o bastante para ser meu aluno. Ele engoliu em seco.

As sobrancelhas finas de Riveaux se juntaram quando ela olhou para o dinheiro.

— Onde esse garoto está arrumando esse tipo de grana?

— Cuidando de crianças e entregando jornais — respondi.

Riveaux abafou uma risada, depois falou em códigos de rádio. Embora os termos fossem diferentes em Nova Orleans, por ter crescido com um pai policial, eu entendi que Prince havia sido preso por acusação de vandalismo, além de posse de dinheiro supostamente roubado e uma pistola sem registro. Para completar, ele havia resistido à prisão.

Riveaux e eu fomos até a outra viatura do DPNO, onde dois policiais estavam suando em seu veículo sufocante. Subiu uma onda nociva de cheiro de corpo. Riveaux colocou a cabeça na janela aberta do lado do passageiro e falou com um colega, cujo rosto fino se contorcia no reflexo dos óculos de sol estilo aviador dela. O policial no banco do passageiro estava contando o dinheiro dentro do carro.

— Vou rastrear o número de série em seguida — disse o outro policial.

Depois de dois minutos de silêncio, nos quais eu rezei a Ave Maria dez vezes consecutivas, Riveaux finalmente falou alto o suficiente para eu ouvir.

— Quanto temos aí?

— Seis mil dólares. — O policial bocejou enquanto entregava o dinheiro para seu parceiro.

— Riveaux, quem é essa? — Ele saiu da viatura.

— Essa é a *irmã* Holiday — apresentou-me Riveaux com satisfação — da Escola de São Sebastião. Uma das professoras de Prince Dempsey. Ela concordou em ajudar a identificá-lo.

— Não acredito. — O policial gargalhou. — *Ela?* Uma freira? — Ele apontou para mim. — Ela parece as sapatões que eu prendo em Bywater. Uma tentou me cortar com uma garrafa quebrada hoje.

— Talvez o Senhor devesse cortá-lo. — Sorri para ele, olhando para cima para indicar a quem eu me referia.

— Você não pode dizer isso! É uma maldita freira. — O policial cambaleou para trás e eu fui até o carro de Prince, sentindo-me mais alta, mais forte. Dura como o cabo de um machado.

— O que acontece agora? — perguntei a Riveaux.

— Prince vai ser fichado. Os policiais que o prenderam vão pegar as informações. — Ela me olhou de cima a baixo. — Quer saber o que eu acho?

— Não.

— Uma parte sua gosta da perseguição.

— Eu só quero ajudar — menti.

Eu amava a perseguição. Até mesmo a habilidade de direção pavorosa de Riveaux. Não só a velocidade, mas a violência de tudo. Eu gostava de atravessar os sinais vermelhos. Na beirada, de cabeça. Ralando a pele o suficiente para arder, mas não sangrar. Investigar às vezes era impossível, uma missão condenada. Era divino, na verdade. Uma maldição linda. Como uma praga de gafanhotos. Como beijar uma mulher casada.

Quando o fotógrafo forense pegou as lentes da câmera para capturar a cena, olhei dentro do carro por mais um momento e uma onda de inveja tomou conta de mim. Anos antes, uma lata de tinta spray, um canivete, cigarros, uma pistola e maços de dinheiro teriam sido irresistíveis. Se a abnegação levava para mais perto de Deus, eu ansiava por uma certa distância.

CAPÍTULO 14

A missa de sexta-feira de manhã estava lotada. Não havia lugares vazios nos bancos longos, então os paroquianos espalharam-se pelos corredores. Se a Diocese tivesse um fio de decência, não tiraria o lugar dos congregantes. Mas lá estavam eles, na frente e no centro. O padre Reese dedicou seu "sermão" a enfrentar o medo, não deixar o fogo nos controlar. Era o fantoche do Don. No entanto, a irmã Augustine cantava com uma força particular. Passava luz pelos vitrais, abstraindo as cenas sagradas em uma projeção de cores vivas. Pensei em minha mãe na igreja, na forma com que ela cantava os hinos a plenos pulmões, constrangendo Alce, mas me inspirando. A voz de minha mãe era uma porcaria, muito anasalada, mas ela cantava com tanta convicção, com todo seu ser, expondo sua alma, sua essência, falha e rara como uma pedra preciosa nascida de um fogo subterrâneo. Eu me lembro de ter oito anos e usar um vestido branco de Primeira Comunhão, um desastre cheio de babados, como uma toalhinha de crochê gigante. Mas, apesar disso, sentar ao lado de minha mãe era mágico. Cantávamos juntas e eu sentia meu âmago mudar. Foi a primeira vez que rezei. Rezei de verdade e senti minhas palavras conectadas a Deus, seguindo o canal de minha mãe com o Divino. Quando rezei naquela sexta de manhã, por Prince Dempsey, Jack, a irmã T e até a irmã Honor, senti minha mãe de novo. As coisas estavam diferentes. Deus queria — precisava — que eu estivesse ali. Que mantivesse o coração sábio. Que solucionasse aquilo.

Para cima e para baixo, eu girava pela sala de aula uma dezena de vezes, mostrando a cada aluno — exceto o ausente Prince Dempsey — seu problema e a correção, para que pudessem melhorar. A execução deles era hesitante, cautelosa e desengonçada, mas ainda era um ruído glorioso. As cordas do violão ajudavam a fazer uma ponte entre minha antiga vida e minha nova vida.

Na sala de aula compartilhada, Rosemary Flynn e eu evitávamos conversa fiada.

— Jonah, qual a distância entre a Terra e o Sol? — indagou Rosemary a um de seus alunos.

Jonah olhou pela janela a apontou os olhos para o sol neon.

— Hum, superlonge.

— Aprendemos isso na aula passada. — Rosemary abaixou a cabeça.

Ela era uma boa professora, mas isso não significava que seus alunos eram bons em aprender.

— É uma distância média de cento e quarenta e cinco milhões de quilômetros — exclamei do outro lado da sala. Os alunos dos dois lados viraram a cabeça em minha direção.

— Como você sabe? — questionou Rosemary.

— Você ensinou na aula passada. E está escrito bem ali. — Apontei. — No pôster que você pregou na minha parede sem pedir permissão. — O pôster do Sistema Solar de Rosemary parecia ser de 1955, vintage, mas sem ser legal.

— É verdade — disse Rosemary.

Com seu suéter justo de cashmere listrado em preto e branco e pérolas brancas, ela me lembrava das garotas riquinhas que eu detestava em Nova York. Seus cabelos loiro-avermelhados estavam presos em um coque apertado. Quando analisei seus ombros erguidos — ela estava curiosa ou irritada? —, parei de respirar. Como se uma mão forte tivesse agarrado meu pescoço, com a base do polegar em minha traqueia. Minha reação me confundiu. Eu tinha passado tanto tempo tentando ignorar Rosemary Flynn.

Tentando ignorar seu corpo.

Mas nossos corpos *são* sagrados e foram feitos para serem compartilhados, por um tempo, pelo menos. Jesus nos foi dado na forma de um humano. Durante a Comunhão, a hóstia se transforma no corpo e no sangue de Jesus em nossa língua. Transubstanciação. Tatuar meu corpo também era sagrado. Certo, a agulha dói às vezes. Mas deveria doer. A salvação exige sacrifício. "A dor é temporária", a irmã Augustine sempre dizia, "mas Deus é eterno".

Rosemary escrevia na lousa, o giz arranhava a cada traço. *Radiação solar, watt por metro quadrado (W/m^2)*. Estudei sua letra para ver o que ela poderia revelar, além de seu irritante perfeccionismo. Análise de caligrafia era como um teste de Rorschach. Pouco técnico, sem dúvida, mas podia revelar traços de personalidade, tendências, hábitos, criminalidade. A letra de Rosemary era uniforme. Tão controlada. Conforme observava Rosemary na lousa, escrevendo com um tremendo foco, as costas extremamente retas e perigosas como uma adaga de aço, eu ficava mais desconfiada e excitada a cada segundo.

— Rotina de aquecimento. — Passei um exercício fácil para ocupar meus alunos por dez minutos, de forma que eu pudesse reescrever minha lista de suspeitos. Peguei a lista da gaveta em minha mesa e comecei a trabalhar. Fazer listas não bastava. Reescrevê-las é o que inseria o conteúdo em meu cérebro, como recitar uma oração repetidas vezes para memorizá-la, para metabolizá-la.

Tentei ordenar os nomes dos suspeitos do mais provável ao menos provável, mas fiquei empacada. Sem avançar, em um mar de culpados em potencial. Jamie e Lamont viram ou fizeram alguma coisa, mas estavam de boca fechada para protegerem um ao outro. Eu poderia jurar sobre a Bíblia. Prince Dempsey ainda estava detido após a perseguição. Ele era irritante, um transgressor em série, e seus álibis eram impossíveis de verificar. Os professores e a Diocese eram os que mais ganhariam me incriminando. A irmã Augustine lutou por minha colocação, mas a irmã Honor e Rosemary Flynn amariam me ver mandada de volta ao Brooklyn ou cumprindo pena na prisão.

Assassinato, por outro lado... Quem entre nós ousaria cruzar essa linha que jamais deveria ser ultrapassada?

Mais tarde naquele dia, na sala dos funcionários, em meio a uma tempestade de papéis e copos de café turvo bebidos pela metade — a bebida especial da irmã Honor tinha gosto de grilos moídos —, os professores estavam discutindo o livro de Judite para a Grande Leitura, o programa de leitura de nossa escola. Todo ano, um texto era lido pela escola inteira. Então, nós nos juntávamos para discutir sua relevância contemporânea e debater suas interpretações. A Diocese fazia uma doação à São Sebastião para a Grande Leitura, mas nós escolhíamos o título. Uma das poucas fontes de renda externas que restava.

Era um momento de alívio, ouvir alguma coisa não relacionada aos incêndios.

Para mim, Judite era a garota rebelde por excelência. Era um livro deuterocanônico, mas quem podia negar seu legado feminista?

Judite decapitou Holofernes para salvar seu povo. Uma fodona fria como pedra.

Eu levantei para esticar os braços enquanto John resumia o livro para Bernard, que estava imundo e ajoelhado no tapete, consertando o tambor de imagem da pesada impressora.

John contava:

— Como você já deve ter adivinhado, a história é sobre Judite, uma corajosa viúva.

— Solteira e festeira. — Bernard deu uma piscadinha.

Acenei com a cabeça. Bernard riu e a irmã Honor olhou feio para nós.

John continuou:

— Judite sabe que o exército inimigo quer destruir sua cidade, então ela parte com sua leal aia. Elas caminham até o campo de Holofernes, o general responsável pelo exército inimigo.

— Precisa ter colhões para fazer isso — afirmou Bernard.

— Bernard! — repreendeu-o a irmã Honor.

— Bem, ela certamente *é* corajosa — improvisou John, tomando algumas liberdades na história. — Elas se aproximam de Holofernes. Ele se sente atraído por Judite. Ela o faz confiar nela. Judite, então, tem permissão para entrar em sua tenda uma noite, dá vinho para ele. Lá está ele, deitado na cama, em um estupor embriagado.

— Já passei por isso uma ou duas vezes. — Bernard e eu trocamos sorrisos novamente.

A irmã Augustine ficou em silêncio, corrigindo uma pilha de provas. Ou preenchendo alguma papelada. Era difícil dizer do outro lado da sala. Ao lado dela, a irmã Honor olhou para mim com os olhos semicerrados, observando cada movimento meu com um desdém triunfante, como se eu fosse uma aranha peluda aprisionada dentro de um copo.

— Enquanto Holofernes estava lá deitado, bêbado, com os lábios manchados de vinho, Judite, com a ajuda da aia, o decapitou!

— Ligue para a emergência — brincou Bernard. — O cara vai precisar de um Band-Aid. Bem grande.

— Então Judite leva a cabeça até seus temerosos compatriotas! — John estava aturdido enquanto bebia da garrafa térmica. — Um troféu.

Aproveitei-me da distração do grupo para investigar o kit de primeiros socorros que ficava perto dos filtros de café, uma caixa que eu assaltava com frequência para pegar analgésicos sempre que Ryan Brown ou Prince Dempsey me deixavam com dor de cabeça. Rosemary me olhou de canto de olho quando levantei e atravessei a sala. O rolo de gaze não estava lá.

Mais uma razão para acreditar que o culpado era um professor ou a Diocese, mas qualquer um do prédio podia ter pegado.

Mais uma razão para continuar procurando respostas.

Meu método de investigação? Verifique tudo. Está cansada? Durma quando estiver morta.

— Até Prince Dempsey pode se inspirar a ler esse texto quando souber como é graficamente violento — disse Rosemary.

— Como se ele soubesse ler — murmurei, fazendo Bernard rachar de rir.

— Irmã Holiday! — A irmã Honor cuspiu saliva quando falou. — Como ousa depreciar um aluno?

— Rosemary Flynn literalmente acabou de dar a entender que Prince é analfabeto.

John secou o suor da testa e continuou:

— Os assírios, tendo perdido seu líder, fugiram de Israel. — Ele subiu o tom de voz, quase gritando. — A cidade está segura. Judite vence!

— Ela vence? — Rosemary franziu os lábios. — Ela morre sozinha.

— Ela não estava *sozinha*. — A irmã Honor fez o sinal da cruz. — Ela estava ligada a Deus!

— Talvez Judite estivesse mais interessada em passar um tempo com sua aia, se entende o que estou dizendo — sugeri, apontando com a cabeça para Bernard, que abriu um sorriso enorme. — Usando suas artimanhas femininas para enganar Holofernes, enquanto as moças bebiam o vinho juntas na cama.

Eu sabia o que as pessoas queer tinham de fazer para sobreviver. Era necessário passar. Engolir. Chupar um pau. O que fosse preciso. Um meio para um fim.

— Pare! — A irmã Honor me atacou e me colocou contra a parede. — Judite não era *lésbica*. — Ela se engasgou com a palavra. — Judite era uma verdadeira crente! — Ela gritou na minha cara, e seu hálito de cadáver manchou o ar e minha alma. — Judite faria *qualquer coisa* por Deus!

Ergui o queixo e cerrei o punho.

— Qualquer coisa? — retruquei, estalando os dedos enluvados. — Como incendiar uma escola?

A irmã Honor aproximou o rosto cinzento do meu. Seus olhos castanho-apodrecidos eram puro ódio.

— Minhas *irmãs* — suplicou nossa diretora. — Por favor.

Com os dentes cerrados, a irmã Honor sussurrou para mim.

— Não *ouse*...

— O quê? Enfim te colocar contra a parede? Quais são seus álibis para ambos os incêndios?

Um interruptor foi acionado. Ela sempre foi uma desmancha-prazeres, mas isso era uma agressão descomedida. Talvez ela fosse capaz de incendiar a ala leste. Empurrando Jack de uma janela para sua morte ardente.

— Sujeira! — Ela me empurrou. Como estava furiosa, com o pescoço vermelho como brasa.

Assustada, cambaleei para trás, mas rapidamente recobrei o equilíbrio. Era tão glorioso sentir a irmã Honor perder a cabeça. *Me bata*, pensei. *Faça primeiro para eu poder retribuir o favor.*

— A irmã Augustine nunca deveria ter deixado você vir para cá. — Com um rápido movimento, ela arrancou meu lenço do pescoço, revelando as asas de minha tatuagem de pomba. — Veneno! É isso que você é!

Peguei meu lenço das mãos suadas dela.

— Sou mais velha do que você. Dediquei minha vida à Ordem, à Palavra! — Ela se afastou. — Você nunca vai conhecer o sacrifício.

— Parem com isso agora mesmo — pediu a irmã Augustine com o tom firme de uma mãe arbitrando a briga de irmãos no banco de trás do carro da família. — Que inadequado, que baixaria para a nossa Ordem.

— Ela é implacável! — A irmã Honor secou a testa com a raiva renovada. — Me instigando!

A irmã Augustine calmamente colocou a mão sobre o ombro sólido da irmã Honor.

— Sei que você é protetora da Palavra, mas, por favor, todos nós merecemos redenção. Estamos todos no mesmo time.

— Eu não estou no time *dela* — a irmã Honor gritou. — Judite fez o que Deus pediu a ela. — Seu queixo murchou, a gravidade a puxava para baixo. — Quando Deus fala, nós *devemos* escutar.

A irmã Augustine concordou com a cabeça.

— Sacrifício.

Olhei para elas, depois para todos que estavam na sala embolorada.

— Todos compartilhem seus álibis. Para minha investigação...

— Sua obsessão — disse a irmã Honor.

— Minha *investigação*. — Endireitei as costas. — Vocês não querem saber quem fez isso? Álibis. Primeiro John.

John ajeitou os óculos no nariz. Ele falou com hesitação.

— Certo, bem. Eu... Eu estava com minha família na noite do primeiro incêndio.

— Eu também estava com John — emendou Rosemary, com um quê de urgência ou medo na voz —, lembra?

— É claro. — John sorriu. — Eu dei uma carona para Rosemary depois de nossa reunião de domingo à noite, antes de me juntar a Kath e às crianças para jantar.

— Durante o fogo na cantina, eu estava em nossa biblioteca — acrescentou Rosemary.

— A mesma coisa — ecoou John. — Eu estava na biblioteca da escola também.

Que estranho, pensei, *essa sincronia dos dois*. Embora não estivesse completamente fora de cogitação.

— Nós estávamos adorando na Igreja durante os dois incêndios — disse a irmã Augustine, apontando para a irmã Honor.

— Incêndios, adoração, sim — concordou a irmã Honor. Ela mal estava escutando, ocupada demais exagerando em sua rotina santa. Ela sorriu com condescendência. Meus punhos formigaram, eu queria tanto dar um soco na cara dela. Eu também senti pena. A irmã Honor era inflexível, mas por baixo do véu ela parecia uma criança instável e assustada, chorando sozinha no escuro.

Assim que era viver duas vidas. No convento, na sala de aula, no palco, você é o avatar sem falhas, o santo, o super-herói. Mas por dentro somos todos iguais. Corações que querem pertencer. Algumas pessoas fariam de tudo para se sentirem menos sozinhas. Maltratar. Elogiar. Odiar. Decapitar. Qualquer coisa. Isso foi pressurizado em meu novo lar, a cidade onde magia e trauma coexistem. Se não é um furacão que nos leva para o Golfo, ou o encarceramento em massa de pessoas negras, são formigas-lava-pés e enxames de cupins. Monstro do pântano revidando.

— No domingo à noite eu estava em casa com minha banda — disse Bernard —, como já foi confirmado pela polícia. E todos vocês viram meus corajosos esforços para apagar o fogo da cantina.

Porém as palavras de Bernard ficaram perdidas no grupo quando eles começaram a conversar sobre a visita iminente da Diocese.

— Vou tatuar *Judite* — falou Bernard quando sentei ao lado dele, minhas mãos como fios energizados, eletrificadas pela discussão. — Gravar o nome dela bem aqui. — Ele colocou o dedo indicador sobre o peito, perto do coração.

Falando baixinho, eu disse:

— Eu tatuaria *Judite* no meu coração também, mas não sobrou espaço na pele. — Amarrei novamente meu lenço. — E nem dinheiro.

— Ah, por favor — rebateu ele. — Eu estou com você. Sempre.

CAPÍTULO 15

O restante da sexta-feira foi um borrão de raiva mesclado com integridade.

Eu estava agitada devido à briga com a irmã Honor. Tão à flor da pele que estourei duas cordas do violão. A última coisa que eu queria fazer era participar de uma assembleia de docentes, mas o Senhor age de formas misteriosas. Ou algo assim.

A irmã Augustine havia organizado o evento depois de uma conversa acalorada com a Diocese. Era hora de atualizar a comunidade do campus sobre o status da investigação. Haviam se passado quase duas semanas desde o primeiro incêndio. A polícia finalmente terminara os interrogatórios: duzentos e sessenta alunos e dezoito funcionários. E Prince Dempsey ainda estava sob custódia da polícia.

Depois do fim das aulas, nós relutantemente entramos em fila e ocupamos nossos lugares no auditório.

Notei que Rosemary Flynn estava sozinha e sentei ao lado dela.

— Olá. — Tirei as luvas para descascar uma tangerina.

— O que você quer agora? — perguntou Rosemary, mal movendo os lábios, olhos fixos em minhas mãos sem luvas e dedos tatuados. Seu batom vermelho chamava tanto a atenção quanto ela era discreta.

— Só vim dizer "olá" — falei, enquanto ela abria o livro *Princípios de Química*. — Agora é sua vez de dizer "olá" para mim. É assim que funciona.

— Olá.

Rosemary Flynn, a única frente fria em Nova Orleans.

Eu me aproximei e perguntei:

— Vem sempre aqui?

Ela recolheu os livros.

— Preciso de menos barulho — falou, e se mudou para uma cadeira três fileiras acima.

Passei o dedo em meu incisivo dourado enquanto a via se realocar. Quando sentou, ela se virou de novo em minha direção. Rapidamente desviamos os olhos uma da outra.

John Vander Kitt sentou do meu lado direito, bebericando café de uma caneca que havia trazido da sala dos professores. Ele nunca ficava sem seu café, mesmo no calor pantanoso.

Bernard sentou à minha esquerda e colocou a caixa de ferramentas sob o assento à sua frente.

— *Aloha* — cumprimentou. As mangas de seu macacão de sarja estavam arregaçadas. Os longos cabelos pretos estavam presos.

— Como está Kathy? — Bernard se debruçou sobre mim para perguntar a John.

— Mudamos para uma nova "cadeira de rodas inteligente" — respondeu John com animação. — Esse novo dispositivo parece um carro, se quer saber. A cadeira é conectada à internet. Kath pode controlá-la com a voz. Dá até para ouvir música por ela. Eu não consigo operar, quase bati em um teste no corredor. Mas Kathy está amando. Kathy e eu, nós aproveitamos o máximo que conseguimos — disse ele. — O que mais podemos fazer?

— Ótimo — respondeu Bernard com um aceno de cabeça sincero. — Ótimo, cara. Mantendo a positividade. Mantendo a calma. — Ele fechou o punho e tentou bater no punho de John, mas John não entendeu e, em vez disso, segurou o punho cerrado de Bernard com as duas mãos, a centímetros de meu rosto.

A esposa de John, Kathy, tinha ELA. Seu filho e sua filha, Lee e Sam, gêmeos fraternos, tinham deixado suas carreiras em desenvolvimento como descobridores de locação em Hollywood para ajudar com os cuidados de Kathy. John Vander Kitt era capaz de falar sobre qualquer coisa — era capaz de convencer um cachorro faminto a sair de um caminhão de carne —, mas gostava especialmente de falar sobre Kathy.

Grogan, Decker e Riveaux tinham chegado e se sentaram na fileira à frente da nossa. A irmã Augustine foi até eles carregando uma pilha de papéis em seus braços finos.

— O que mais posso fazer para ajudá-los com a investigação? — a irmã Augustine perguntou a Riveaux com a voz fatigada.

Riveaux parou um segundo para pensar.

— Tem mais alguém que possamos interrogar? Funcionários que trabalham meio período? Professores substitutos? Técnicos de esportes?

Eles ainda não haviam feito nenhum progresso.

— Acredito que já falaram com todo mundo — respondeu a irmã Augustine. — E nós não temos mais técnicos. Não há fundos. Poucos funcionários.

— Situação deprimente — constatou Grogan. — As pessoas estão se perdendo, criando filhos sem Jesus.

— Bem, nos avise caso se lembre de alguém — acrescentou Decker bruscamente.

Pela forma com que a irmã Augustine acenou com a cabeça, ela pareceu gostar da convicção de Decker.

— Vamos garantir que você e sua equipe tenham tudo de que precisarem.

— Ela é profissional — disse Grogan a Decker depois que a irmã Augustine se afastou. — É diretora aqui desde o início dos tempos, desde que eu era criança.

— Aqui está — disse Bernard baixinho ao colocar um rolo grosso de notas de dólar na casca de minha tangerina.

— Para que é isso? — perguntei. — Deve ter pelo menos cem dólares aqui.

— Para sua tatuagem de Judite.

Eu engoli, quase engasgando.

— Eu estava brincando.

— Eu não estava. — Ele parecia zangado, piscou os cílios pretos, tão longos que faziam sombra em seu rosto sob as luzes fluorescentes. — Fizemos um acordo. Eu fiz a minha no meu intervalo de almoço. Quando ele puxou o macacão para baixo, revelando a pele de seu peito, vi o contorno inchado de letras cursivas dizendo "Judite" sob um curativo transparente. — Agora você tem de fazer a sua, irmã.

Guardei o dinheiro de Bernard na bolsa.

— Falamos sobre isso depois. — A intrometida da irmã Honor estava por perto, então não quis dar detalhes.

— Eles estão mesmo tomando muito de nosso tempo. — Um anel de fumaça do café embaçou os óculos de armação metálica fina de John.

— O incendiário vai cometer um erro logo — declarei. — Posso sentir. Em algum momento, ele vai dar com a língua nos dentes.

— Esqueça os investigadores na escola — disse Bernard. — Temos nossa própria Judite no campus!

No palco, Riveaux pareceu confusa com o microfone.

— Esta coisa funciona? — gritou ela. — Testando.

Alguém gritou do fundo do auditório:

— Podemos te ouvir!

Então a irmã Honor teve um ataque de espirros cômico.

— A maioria de vocês já me viu a esta altura, estamos trabalhando nisso há um tempo. Mas, para quem não me conhece, sou a Investigadora de Incêndios Magnolia Riveaux, Maggie, do Departamento de bombeiros de Nova Orleans.

— Por favor, vá direto ao ponto! — exclamou a irmã Honor. — Os pais estão assustados, e temos exames distritais, para os quais precisamos nos preparar.

Riveaux pigarreou.

— Tivemos dois incêndios em nossas instalações. Dois cadáveres. Alguém em seu campus sabe alguma coisa e optou por ficar em silêncio. Mesmo se parecer algo pequeno, conte para nós. Você pode estar guardando provas inestimáveis para nossa investigação. O detetive Grogan e a sargento Decker, da Divisão de Homicídios, estão trabalhando dia e noite para...

— Ela certamente é loquaz — sussurrou John enquanto Riveaux falava sem parar.

— Senhoras, senhores, minhas irmãs, irmãos. — A irmã Augustine, que tinha subido no palco, calmamente assumiu o controle do microfone. — Por favor, deem total atenção à polícia.

Era a vez da sargento Decker pegar o microfone.

— Obrigada, irmã. O DPNO e o bispo estão recomendando um toque de recolher no campus até que tenhamos mais clareza.

Resmungos ecoaram pelo auditório.

— Ouçam, não queremos assustar vocês. Mas recebemos uma ameaça crível — disse a sargento Decker. A audiência ficou boquiaberta. Ela continuou: — Uma promessa de outro incêndio. Para a segurança de todos, do anoitecer ao amanhecer, até prendermos o incendiário, ninguém deve permanecer neste bloco. Após escurecer, fiquem em casa, a menos que seja absolutamente necessário sair.

Bernard se levantou.

— Estamos em *Nova Orleans*. Precisamos ser livres!

— Não vamos revelar a natureza exata da ameaça, mas saibam que estamos tratando isso com seriedade.

— Devíamos combater isso — defendeu Bernard com sinceridade.

Peguei no braço dele, puxando-o de volta para o assento.

— Um toque de recolher seria bom — contribuí. — As pessoas estão aterrorizadas.

— Por que agora? — reclamou Bernard. — Tipo, duas semanas após os incêndios.

— Mais uma vez, o toque de recolher se aplica apenas a este campus. Não se enganem, o incendiário tem como objetivo sua escola, sua igreja, seu convento e presbitério e potencialmente toda a comunidade católica de Nova Orleans — falou o detetive Grogan no microfone com uma voz suave. — Escolas católicas e igrejas estão correndo risco, pessoal, e foi isso que seu bispo solicitou — emendou Grogan, explorando suas raízes populares. Mudança de código. Eu conhecia isso muito bem. — A ameaça que recebemos é real. Não subestimem nada. Nenhum mínimo detalhe.

— Alguma pergunta? — Riveaux apontou para a multidão reunida. — Perguntas? Não? Ótimo. Fiquem presentes. Mantenham os olhos abertos. Permaneçam fortes e comecem a dizer aos investigadores o que vocês sabem. Vamos encerrar por aqui. — Ela desceu os sete degraus do palco com a irmã Augustine.

Acompanhei John, precisava de seus ouvidos antes de irmos cada um para um lado.

— Como era a escola antes de a Diocese assumir as rédeas?

Ele parou para pensar por um instante.

— Ah, os dias serenos. Havia uma energia real naquela época. Tantas possibilidades e orgulho! As irmãs Augustine, Therese e

Honor tinham grande sucesso com o programa de bolsas de estudo e... — Ele fez uma pausa. — Elas sempre lutaram por justiça social, suas irmãs. Organizaram atos em prol de reparações, igualdade de gênero, cura holística, a camada de ozônio, mudanças climáticas e cuidados para pacientes com AIDS! Agitadoras, bem aqui em nossa escola! As irmãs Therese e Honor foram presas depois que se algemaram à prisão da paróquia!

Fodonas, pensei.

— Pelo que estavam protestando?

John franziu a testa enquanto refletia.

— Naquela época? Ah, elas deviam estar exigindo a abolição da prisão. Ou protestando contra as condições brutais e a pena de morte. — Ele falou com empolgação e urgência, como se estivesse recapitulando as melhores cenas de seu filme preferido. Enquanto ele continuou listando com gosto as conquistas da Ordem e os percalços com a lei, deixei a ideia assentar: as Irmãs do Sangue Sublime ajudavam pessoas. Eu fazia parte de algo bom.

Alguém estava ferrando com a gente, e eu ia revidar.

Enquanto John tagarelava, alcancei um cigarro em meu bolso, não para acendê-lo, apenas para senti-lo. Às vezes, o potencial de uma coisa era melhor do que a própria coisa.

A São Sebastião sediaria uma série de círculos de oração e um comício nos próximos dias. Mais um dos esforços infinitos da Irmã Augustine para manter os espíritos elevados. Na histeria, a fé era novamente necessária. O filho pródigo voltando para pedir abrigo. Direção. Uma bússola que só Deus podia fornecer.

CAPÍTULO 16

Depois da assembleia da polícia na sexta-feira, o toque de recolher no campus entrou em vigor.

Ficamos sentadas na longa mesa de jantar do convento — eu e as irmãs Augustine e Honor.

A irmã Honor fez a oração e dedicou nossa devoção ao Senhor, a Jack Corolla e à irmã T. Nenhuma música tocava. O ventilador de teto fazia barulho. Passei os olhos pelas paredes, todas vazias, exceto por uma grande cruz. O convento, como todas as salas de aula da escola, era pintado de branco com um leve toque de trigo, como uma hóstia.

Passei o filão de pão, assado pela irmã Honor depois das aulas. A irmã Honor era tradicional em todos os sentidos. Entrou para o convento quando tinha vinte anos. Como era passar quase sessenta anos sem fazer sexo? A irmã Honor me odiava porque eu havia tido uma vida antes do convento. Ou porque achava que eu era uma impostora. Ou as duas coisas.

Coloquei uma fatia grossa de pão no prato dela e espalhei a manteiga macia e dourada. O suor queimava os cantos da minha boca.

A irmã Honor pegou o prato.

— Aquele Bernard Pham anda agindo de forma incomum. Seu comportamento ultrajante quando foi levado para a delegacia. Sua explosão na assembleia. — Ela chupou os dentes. — Perturbador.

— Bem, ele perdeu um dos seus amigos mais próximos. — Falei de boca cheia para irritar a irmã Honor. — Um companheiro.

— Bernard é um excêntrico, isso é verdade — concordou a irmã Augustine depois de orar sobre a comida pela segunda vez. Era um raro momento de dúvida. — Mas os voluntariosos precisam de nosso amor mais do que tudo. É nossa tarefa guiá-lo pelo caminho correto.

— Era nisso que a irmã Therese acreditava. — A irmã Honor se benzeu. — Ela dizia que todo filho de Deus era digno de amor.

— Por que a polícia tem tanta certeza de que a irmã T caiu? Como podem saber com certeza que ela não foi empurrada das escadas? — perguntei, tentando sondar uma reação da irmã Honor. *Morda a isca*, pensei. *Morda*.

— A única coisa da qual podemos ter certeza absoluta — a voz da irmã Augustine era equilibrada, mas apaixonada — é do amor de nosso Senhor. Devemos honrar a perfeição do Evangelho. Ele está contando com cada uma de nós. — Ela piscou para mim com os olhos cantando como cristais.

Nunca foi fácil de convencer a comunidade da São Sebastião ao meu respeito. Uma busca de um minuto no Google revelava minhas letras de música perversas, imagens de mim e de minha banda sem blusa no festival FE$T PUNK MYLHXR, e sabe-se lá onde mais. Os pais se revoltaram, mas a irmã Augustine apresentou um forte argumento à Ordem e ao bispo. Miraculosamente, a Diocese permitiu minha entrada.

— Tudo será absolvido — dizia com frequência. — Nós praticamos tolerância, progresso redentor e fé profunda em nosso Senhor. O que praticamos, nós nos tornamos.

O que os alunos e pais da São Sebastião pareciam ter esquecido era que as Irmãs do Sangue Sublime eram uma Ordem progressista. A irmã Augustine tinha sido algemada mais vezes do que eu, protestando contra tudo, da pena de morte e brutalidade policial até os trailers pós-tempestade da FEMA com formaldeído. Do tipo em que morava Prince Dempsey.

Aquela sexta à noite era minha vez de lavar a louça. Enchi a pia com água e sabão e deixei os utensílios de molho. Enquanto lavava a tigela de salada, olhei para trás, rastreando os movimentos de minhas irmãs. Dava para ouvir a irmã Augustine cantando uma música pelo longo corredor. A irmã Honor sentou no sofá da sala lendo o Velho Testamento, falando sozinha de vez em quando.

— Você já leu essa passagem, irmã Honor! — Ela brigava consigo mesma em voz bem alta. — Que coisa boba! Você já devia saber. Certo? Certo.

Que triste.

A irmã T tinha mais ou menos a mesma idade da irmã Honor, mas era tão diferente. Alegre.

Fui para a biblioteca do convento, uma estante enorme no corredor entre a cozinha e a sala. Para solucionar o enigma da irmã Honor, eu precisava de mais informações. Contexto. Histórico. Folheei uma dúzia de livros procurando detalhes. *Irmãs do propósito. Guerreiros de Cristo. Jesus era feminista. Irmãs em Cristo: uma história de mulheres religiosas.* Então encontrei: *Graça revolucionária: a história viva da São Sebastião contada por uma mulher*, escrito em uma fonte solene, um tesouro com relatos históricos sobre nossa escola e nosso convento.

No livro, havia fotografias em preto e branco do corpo docente da São Sebastião nos anos dourados da escola, nas décadas de 1960 e 1970, quando a lista de espera era mais longa do que o total de alunos que temos hoje. Lá estavam, as jovens *Irmã Augustine Wójcik* e *Irmã Honor*

Monroe, lado a lado na primeira fila de uma dúzia de freiras em uma foto com a legenda: *Irmãs do Sangue Sublime, 1966*. Eu nunca tinha visto o nome inteiro delas antes, nem em correspondências ou crachás da escola. Elas tinham vinte e cinco e vinte anos, respectivamente, naquela foto. Era difícil acreditar que a irmã Honor já tinha sido jovem. Como elas pareciam ser cheias de vida. Os cabelos Chanel, olhos doces como os de um gatinho, expressões resolutas, porém respeitosas. Crentes fervorosas, recém-matriculadas, ansiosas por aprender e liderar. Elas deviam ter encontrado a docência ali, décadas antes.

A irmã Augustine se tornou a diretora mais jovem na história da escola quando assumiu o comando. *Uma irmã devota de Marblehead, Ohio*, declarava a legenda da foto de 1966. Como em fotos de um anuário, a irmã Augustine acrescentou seu mantra: *Os voluntariosos entre nós têm mais a ganhar da divindade do Espírito Santo. Perdi meus pais quando era apenas uma menina, e o amor de Deus se tornou minha família eterna. Devemos honrar o potencial sagrado de todos os pupilos e crentes em Cristo, nosso senhor.*

Perdeu os pais quando era criança. Pobre irmã Augustine. Talvez fosse por isso que ela tinha carinho por Prince Dempsey. Para salvá-lo como ela foi salva.

Nossas obsessões, nossos fetiches, nossas implicâncias e paixões sempre têm raízes pessoais.

A irmã Augustine superou a tragédia para ascender à liderança, e depois seu tapete foi puxado. Especialidade do patriarcado. Mas ela continuava sendo um raio de luz.

Sob sua foto, a irmã Honor havia escrito: *Acredito com a maior convicção que viver a verdade de Deus significa encontrar a redenção em toda e qualquer alma.*

Era difícil acreditar que a grosseira irmã Honor que eu conhecia já tinha se sentido tão viva, tão devota à promessa individual e às sensacionais complexidades da vida. Talvez ela tivesse ficado amarga quando os homens abriram caminho para a São Sebastião depois que as irmãs a haviam liderado tão bem, por tanto tempo. Talvez tivesse sido isso que quebrara o espírito da irmã Honor, transformando-a em uma desanimada fatalista, com medo de mudanças. Levou-a a lutar — no estilo terra queimada — e destruir o fosse lá o que entrasse em seu caminho, incluindo a escola. O mesmo gatilho podia levar duas pessoas a direções supreendentemente diferentes. Como eu e Alce. "Incendiários atacam por vingança, controle ou dinheiro", dissera Riveaux.

Depois de a irmã Honor se recolher em seu quarto, detectei um som familiar por sua porta aberta. Um baixo forte, guitarra rasgada. Bikini Kill. Enfiei a cabeça na porta. Ela rapidamente desligou o aparelho de som.

— Você está tocando minha fita? Sister Axe? — perguntei a ela. — Em meu antigo aparelho de som?

— Bem, encontrei isso no armário e — gaguejou — eu estava tentando entender as motivações da juventude.

Não acreditei. Ela estava tentando me decodificar, entender o que me motivava, me avaliar para caber melhor na moldura. Ela estava brincando comigo, mas eu era boa nesse jogo.

— Tudo bem se você gostar.

Ela se levantou abruptamente e fechou a porta.

O toque de recolher estava vigente, mas eu precisava de ar fresco, então saí devagar e me escondi atrás das árvores até chegar ao banco do jardim do convento. Sentei encolhida e fechei os olhos. Vodu pulou no banco e ronronou no meu colo. Ela piscou devagar, um sinal de segurança. Eu estava grata por sentir os batimentos cardíacos de outro mamífero. Gatos de rua eram tão comuns em Nova Orleans quanto os vendavais que devastavam o Golfo. Eles não pertenciam a ninguém. Mesmo Vodu, que passara a depender de nós para comida e afeição, dava no pé depois de um minuto de carinho humano, atraída pelo chamado da natureza, até no banho de vapor subtropical.

Nova York era um eterno inverno em comparação. Eu me lembro de entrar no trem em temperaturas abaixo de zero, indo para a loja de conserto de instrumentos quando dava aulas de violão. Duas camadas de jeans, uma parca, gorro de lã, luvas que iam até os cotovelos, e eu ainda congelava na chuva com neve. Cada gota gelada era afiada como uma navalha. Até mesmo os cães sofisticados de Nova York, dândis alegres nos meses quentes, a contragosto faziam o que tinham de fazer na calçada ártica e corriam imediatamente de volta para dentro. O sol parecia se pôr logo que nascia. Com frequência, eu dormia até tão tarde que perdia o dia inteiro.

Entretanto, a escuridão não pode existir sem a luz. Durante os invernos de Nova York, a única cor do mundo parecia vibrar em meu chapéu dourado e em meu batom. O céu cinza era uma prisão. Árvores esqueléticas. Eu ficaria feliz em esquecer o Brooklyn completamente. E a maioria das lembranças ligadas a ele.

Como a noite em que minha mãe contou a notícia à nossa família.

Eu me lembro de acender um cigarro, me encostar no corrimão amarelo da entrada do metrô ao retornar a ligação de minha mãe. Enquanto tocava, eu ouvia o barulho de meu trem partindo ao longe.

— Oi, mãe.

— Holiday — respondeu minha mãe em um tom monótono, com o gato de nossa família, Marple, gritando ao fundo. — Venha para o jantar. — Dava para sentir que mais palavras estavam se formando, mas ela as empurrou para dentro.

Jantar em família. Havia algo errado.

Mais tarde, no apartamento dos meus pais, minha mãe saiu do banheiro maquiada de maneira não característica. Quando menina, eu havia desejado uma mãe que soubesse as melhores formas de esfumar sombra, que dominasse o delineador líquido e soubesse alongar cílios. Contudo, para minha irritação, ela nunca fora muito chegada a maquiagem. Minha mãe tinha passado uma década como freira católica romana no Brooklyn — dizia que havia sido a época mais feliz de sua vida. Manhãs de estudo eclesiástico e tardes de Adoração. Puro. Simples. Perfeito. Nossos nomes refletiam a devoção de minha mãe. Gabriel, pelo anjo, o protetor. Holiday porque todo dia era um presente sagrado, um dia abençoado, o significado do meu nome em inglês. Nunca deixei de apreciar a ironia. Uma freira aposentada com um filho gay e uma filha lésbica. As cruzes sobre suas costas.

Quando eu disse aos meus pais que era lésbica, os dois choraram. Depois Alce se assumiu também. Sempre tentando roubar os holofotes.

— Vocês são nossos únicos filhos — choramingou minha mãe, apontando para nós, como se tivéssemos desprezado a árvore genealógica. — Por que estão fazendo isso? Para nos magoar?

— É o que somos — falei.

— Eu deixei a Ordem para *isto*? — minha mãe gritou. — Deixei minha *vida* para isto? Vocês dois são egoístas.

— O que quer que a gente faça? — perguntei, zangada. — Finja?

— Nossos únicos filhos. Desviados. — Meu pai achou que eu me encolheria como Alce e imploraria por perdão. Mas ele não me conhecia. Ele não me conhecia mesmo. — Dois pirralhos egoístas que não têm respeito por ninguém nem por nada.

— Apenas nos amem pelo que somos.

O calor tomou conta de mim. Olhei para Alce, seu corpo frouxo como o de um coelho na boca de um cachorro. Outra liga em nosso vínculo traumático, eu e meu irmão.

— Devolvam o dinheiro da Comunhão. — Meu pai era presunçoso. — O dinheiro da Crisma. Os nomes que sua mãe disse que iriam mantê-los abençoados. Devolvam seus nomes também. Vocês já fazem aquela babaquice de "Alce" e "Gansa" para nos irritar.

— Eu odeio vocês dois! — Algo se rachou dentro de mim, uma coisa que permaneceria quebrada por anos. — Eu queria que vocês morressem!

Isso foi décadas atrás.

Agora eu era uma Irmã do Sangue Sublime. Adorando Deus, ensinando música, investigando. Nada mais. Eu não precisava de amor, além do amor de Deus e de minhas irmãs. Eu precisava de oração. Eu precisava de estrutura.

Vim para cá porque queria tomar decisões melhores. Se não podemos fazer nossas próprias escolhas, não passamos de marionetes. E, após seis meses de serviço dedicado no convento e mais seis dando aulas de música, eu finalmente me sentia em casa em Nova Orleans.

Da mesma forma que eu cuidaria das janelas antes de uma tempestade, descobriria o incendiário e protegeria meu lar. Minha nova família. Minha nova vida.

CAPÍTULO 17

Escovar os dentes sem espelho era possível, mas ainda era estranho. Fiz gargarejo com enxaguante bucal de menta, cuspi, e fui até o meu quarto, no segundo andar de nosso convento. Na frente da minha porta, tropecei quando meu pé encontrou uma resistência macia.

Vodu estava na soleira de meu quarto.

— Desculpe, gatinha. Não te vi aí. — Ela devia ter me seguido do jardim, passado pela porta do convento quando se abriu rapidamente.

Uma gata aveludada preta, com exceção de um pequeno diamante branco no alto da cabeça. Como as centenas de gatos que vagavam por Nova Orleans, Vodu era selvagem, mas autoconfiante, tinha um ar perspicaz e um senso de humor que eu achava cativante.

Agora ela estava perfeitamente imóvel, preta como piche.

Ela estava morta.

— Ah, Deus, não.

Não havia sangue no chão. Nenhum ferimento aberto que desse para ver. As pálpebras estavam totalmente abertas, como se tivessem sido separadas. Até seu pelo parecia errado.

— Vodu — gritei. — Porra.

A irmã Honor irrompeu no corredor.

— Irmã Holiday, estamos tentando dormir! Você é fisicamente, ou apenas mentalmente incapaz de nos permitir um momento de sossego? — Sem o véu, os cabelos brancos da irmã Honor brilhavam como um globo de neve.

— Ela morreu. Vodu está morta. — Eu sacudi as mãos, torci as palmas, como se a rotação pudesse fazer o tempo voltar.

Da escadaria do lado oposto do corredor, a irmã Augustine veio em minha direção.

— Irmã?

— Ela está morta. Vodu. Alguém colocou seu cadáver na minha porta.

— Calma. — A irmã Augustine abaixou a voz quando se aproximou.

A irmã Honor se ajoelhou, olhou para Vodu.

— Coisa sarnenta. Cheia de doença e vermes, com certeza.

— Ela é uma das criaturas de Deus, como todos nós. — A irmã Augustine passou sobre a gata sem vida e entrou em meu quarto. — Sente-se, irmã Holiday. Você tomou um susto.

A irmã Honor ridicularizou, entrou em seu quarto e voltou com um saco de lixo. Ela jogou o saco plástico preto na minha cara.

— Tire essa coisa daqui.

Minhas mãos tremiam.

— Eu não posso simplesmente jogá-la em um saco de lixo. Ela era minha amiga.

— A irmã Holiday durona. — A irmã Honor riu. Depois espirrou. — Não é tão durona assim, afinal.

Olhei para minhas duas irmãs.

— Alguém a matou para me aterrorizar.

— É um triste acidente, irmã. — A irmã Augustine parecia mais jovem. Embora morássemos juntas, raramente nos víamos durante momentos intersticiais. Horas vulneráveis sem a armadura de nossa roupa preta da guilda. — Você tem um grande coração — disse ela com um sorriso reconfortante.

— Você fez isso? — Fiz cara feia para a irmã Honor enquanto continha as lágrimas. Não queria desabar na frente dela, mas todo mundo tinha um limite.

— Quero que respire fundo — disse a irmã Augustine. — Pode fazer isso?

Confirmei com a cabeça.

— Vamos rezar por essa gata, por todas as criaturas de Deus — propôs a irmã Augustine. — Deus a entregou para você por uma razão, irmã Holiday, para testar sua coragem. — Ela me deu um abraço. — Sei que você é forte, mas está aprendendo o quanto é resiliente de verdade.

— Ela precisa ser enterrada — falei, fazendo o sinal da cruz. — Ela merece pelo menos isso.

— Coisas repugnantes — disse a irmã Honor. — Gatos. Detestáveis. Levando doenças para onde vão. Verme diabólica. Não a enterre. Queime-a.

— Chega de fogo, por favor. — A irmã Augustine se benzeu. Faça o que for preciso para colocar a pobre criatura para descansar, irmã Holiday — disse ela com calma, depois se afastou e foi para o seu quarto. Mas eu queria que ela me ajudasse, me abraçasse, me dissesse que tudo ficaria bem.

Sozinha novamente, fechei os olhos, deixando lágrimas silenciosas escaparem. Eu não queria que a irmã Honor me escutasse. Prendi a respiração ao me ajoelhar, peguei Vodu com minha toalha. Seus pelos preto-azulados estavam rígidos. O corpo, leve demais.

A lua era um medalhão prateado enquanto eu carregava morte nos braços. Dois carros de polícia davam voltas no quarteirão. Com o toque de recolher do campus, eu não podia ser vista. Tinha de trabalhar rapidamente. Levei Vodu para o canto mais afastado do jardim da São Sebastião. Passando o pé de tangerinas. Atrás da árvore de frutinhas ácidas, numerosas demais para contar. Atrás dos barris de chuva, composteiras e adubo da irmã Therese. Em um pedaço de terra seca que parecia discreto, coloquei a toalha. Uma névoa flutuou do musgo, como uma chuva invertida.

Puxei o tecido para ver Vodu uma última vez.

Ela parecia falsa. Tão irreversivelmente morta que nunca poderia ter estado viva.

Fui até o galpão de ferramentas pegar uma pá. Acendi a luz. Tinha cheiro de combustível de cortador de grama. A pá estava fácil de achar, apesar da bagunça do sistema de organização aleatório de Bernard e Jack. Ferramentas e sacos de lixo pretos e torres de sacos de adubo. Recipientes de gasolina recarregáveis com bicos. Pilhas guardadas em copos de café vazios da Cidade Crescente.

O surrealismo do momento me partiu em duas. Cavei o buraco fundo o suficiente para eu ficar em pé até o joelho. Estimulada pelo medo e pela confusão, como a euforia do gás hilariante misturando-se com o duro mergulho da tristeza. Rezei por minha pequena família. Três amigos mortos. *Salve Rainha. Vida, doçura, esperança nossa, salve! Amém.* Enrolei a toalha com firmeza e coloquei Vodu no fundo do buraco. Devolvendo-a para a terra. Sentei em nosso banco, esperando que os policiais não me notassem.

Perto está o Senhor dos que têm o coração quebrantado, e salva os contritos de espírito. Eu estava quebrantada e contrita, o que aproximou o Senhor de mim.

De novo e de novo. *Me salve. Fique comigo. Senhor.*

Do outro lado da rua, as janelas da igreja brilhavam como pedras preciosas iluminadas por dentro. Ametista, granada, esmeralda. O serafim preferido de Jack. Pensei nos vitrais da igreja de nossa família.

Sentada no banco de madeira duro e frio, ao lado de minha mãe, olhando para as janelas, como elas ao mesmo tempo mantinham e modificavam a luz. Minha mãe devia ter pensado que eu estava sonhando acordada, a quilômetros de distância, ignorando o padre Graff. Mas, na verdade, eu estava encontrando um ponto de apoio. Me enterrando.

— Holiday. — Minha mãe me cutucou gentilmente com o dorso da mão. — Preste atenção.

Ela geralmente era comedida, em questões pequenas e grandes. Mesmo quando proferiu sua sentença de morte.

Aconteceu na casa da família em Bay Ridge, nosso apartamento alugado de dois quartos. Eu me lembro de abrir a geladeira para procurar uma cerveja — meu pai sempre tinha uma Guinness escondida — quando a voz de minha mãe interrompeu.

— Reuni todos aqui para anunciar...

— Você vai voltar para o convento? — eu a interrompi, achando que isso a faria sorrir.

— Pare. — Lembro dos lábios do meu pai, contorcidos de raiva.

Alce balançou a cabeça e fez um gesto com a mão como se fechasse a boca com um zíper.

— Sua mãe está com câncer, porra — falou meu pai enquanto eu olhava fixamente para um vidro de mostarda francesa.

— Jesus, pai. — Fechei a porta e vi Alce e meus pais de mãos dadas.

— Olha a boca! — Minha mãe suspirou, baixando os olhos.

Meu pai e minha mãe se benzeram e, em uníssono, murmuraram uma rápida oração de perdão em voz baixa.

Nós nos sentamos e ouvimos os detalhes. Alce derramou lágrimas estoicas na barba e na gola de sua camisa de flanela. Ele secou o nariz com a manga.

Minha mãe disse que havia ido ao médico. Uma úlcera, ela pensou. Como a tia Joanie. Muitos jantares apimentados. Porém, depois de semanas espetando e cutucando, uma ressonância magnética, aguardando na fila para consultas de retorno, ela soube que tinha câncer no pâncreas. Estágio quatro.

Eu nem sabia onde ficava o pâncreas. Minha mãe tinha sessenta e dois anos, uma ex-freira da Glorioso Amor de Maria. Sem dúvida, uma santa. Um rosto tão comum que seria impossível descrevê-lo para um retrato falado. Seu rosto era qualquer rosto. Certo, todo verão ela nos mandava para um Acampamento de Liderança Católica na floresta, o equivalente em Catskills a um campo de trabalho forçado na Sibéria, mas ela fazia isso por nós. Minha mãe era uma sargento para nos manter a salvo da loucura de Nova York. Uma vez, ela apartou uma briga de faca no metrô com as próprias mãos. Uma vez, entrou em um apartamento pegando fogo para salvar um álbum de fotos de uma vizinha mais velha. Como minha mãe podia, entre *todas* as pessoas do mundo, ter câncer? Alguém tinha cometido um engano.

Era fácil demais amassar a parede da cozinha. Acertei-a duas vezes. Depois caí de joelhos, como se ajoelhasse no altar, e chorei. O kajal escorria por minhas bochechas. Minha mãe se abaixou e colocou os braços ao meu redor. Alce e meu pai, ambos acostumados com meus dramas, continuaram conversando à mesa. Lágrimas corriam de meus olhos. Minha tatuagem *ruim* nos ossinhos dos dedos coberta de poeira branca por ter socado a parede de gesso.

Minha mãe tinha três meses de vida.

Ela tentou me acalmar, mas eu continuei encolhida em uma poça inconsolável.

— Não me toque.

Minha mãe estava morrendo e eu não tinha ideia de como me sentir. Como dizer a ela que eu a amava.

Alce suplicou para que eu ficasse, mas eu fui embora, desci as escadas, dois degraus por vez. Queria que o frio úmido da noite, a escuridão, me engolissem. Tirei a trava da bicicleta e pedalei para casa, costurando de forma imprudente pelo trânsito.

O mês que se seguiu foi uma névoa de ligações e planos. Refeições de arroz branco puro e caldo claro do restaurante chinês da esquina. Meu pai estava constantemente lutando. Alce gritava comigo na cozinha e se desculpava com lágrimas nos olhos pelo menos uma vez por dia. Fazíamos compras em mercearias e farmácias a qualquer hora. Para todo tipo de coisa. Ou para fingir que estava tudo normal por cinco minutos. É notável como é calmante comprar cotonetes e sacos plásticos quando todo o resto está uma merda.

Ninguém estava dormindo, com exceção de minha mãe, que dormia cada vez mais. Então um dia ela parou totalmente de sair da cama. Cerca de cinco semanas após a notícia, ela ficou quieta. Alce e eu a levamos ao médico. Deixávamos seus programas de TV preferidos passando o tempo todo. *Matlock. Perry Mason. The Price Is Right. The Golden Girls. Law & Order*. Mistérios que eram fáceis de solucionar. Seriados que ela amava, mas dos quais nunca ria. Ela não comia. Estava definhando.

— Ela esqueceu quem é — sussurrei para Alce perto da pia enquanto ele lavava a louça e eu secava. — E está esquecendo quem somos nós. Me deixe levá-la para um passeio de carro. Mudar um pouco as coisas.

— Não seja dramática. — Ele estava perdendo a paciência. — A última coisa de que ela precisa é de um passeio alegre nesse frio. Aqui está. — Ele me entregou um prato molhado. — Seque.

Aquele foi o dia anterior ao incêndio.

Já passou, é passado. Contudo, as lembranças são próximas, pintadas em mim como tatuagens. Intrincadas. Voltando à vida aos gritos toda vez que rezo.

CAPÍTULO 18

O fim de semana desapareceu sob o peso das tarefas, quatro missas, e o olhar diabólico da irmã Honor durante as refeições. Eu não conseguia parar de pensar em, bem, tudo. Principalmente na citação da irmã Augustine no livro sobre a São Sebastião. Eu queria entendê-la melhor, como ser humano, irmã em Cristo, líder, aprender com ela. A perda de seus pais quando menina. Era quase que demais para suportar. Eu poderia perguntar à irmã Augustine, mas havia uma separação entre nós. Ela era minha mentora; eu era sua responsabilidade. Ela não tinha tocado nesse assunto durante meu ano em Nova Orleans, então eu provavelmente deveria compreender a dica.

Éramos unidas pela perda e pela solidão, eu e a irmã Augustine. As segundas chances de Deus.

Na segunda-feira, usando o telefone verde da cozinha do convento, liguei para a bibliotecária da única biblioteca de Marblehead, Ohio. Eu tinha pedido para Bernard pesquisar o telefone em seu celular.

— Biblioteca pública — disse a voz alta do outro lado. Achei que bibliotecários deviam falar baixo.

— Alô, hum, oi — gaguejei, de tão sem de prática que estava de falar ao telefone. — Estou ligando para... preciso de obituários. Para ler, quer dizer. — Era como se eu estivesse no meio de uma péssima apresentação de teatro. — Você pode acessar obituários de famílias de Marblehead?

A bibliotecária riu alto.

— Podemos conseguir te ajudar, mas preciso saber qual família e quais datas.

— Certo, certo. Quando. Quem.

Eu estava sentada sob o telefone de parede com o livro sobre a São Sebastião no colo. Abri na foto de 1966. Eu não fazia ideia de como pronunciar o sobrenome da irmã Augustine, então soletrei:

— A letra *w*. Um *o* com acento agudo. Um *j* normal. Depois *c*. Então *i*. E *k*. A família *Washsick*.

— Wójcik! — Ela pronunciou o nome como *vóɪchic*. — Que *tragédia*. A sra. Wójcik foi minha professora no jardim de infância.

— Sim, muito, muito triste. Ah, então você se lembra do que aconteceu? O ano? As circunstâncias da morte deles?

— Ah, querida, querida, essa foi uma história realmente muito, muito triste. — A bibliotecária gostava de repetir palavras. Ela assobiou. — Espere um momento enquanto vou até a sala dos microfilmes.

— Está bem.

Vinte minutos mais tarde, depois que eu já tinha relido as páginas à minha frente três vezes, a bibliotecária voltou ao telefone.

— Vamos lá. O sr. Robert Edward Wójcik morreu em 1955.

1955.

Fiz algumas contas de cabeça. A irmã Augustine devia ter catorze anos nessa época.

— Certo — eu disse. — A sra. Wójcik morreu no mesmo acidente.

— Ah, querida. Não, não. Sei que ela viveu uma vinda longa, longa. Foi até os oitenta anos. Talvez até noventa, se parar para pensar. Deu tudo aos seus alunos. Três gerações, pelo menos. Uma mulher tão adorável, a sra. Wójcik era amável.

— Hum? Não. Talvez estejamos falando de pessoas diferentes. Talvez houvesse outros Wójcik em Marblehead? — Meu rosto esquentou com o calor instantâneo da confusão. Ou constrangimento. É incrível como o corpo não mente como o cérebro.

— Não. Apenas a família Wójcik, um pilar da comunidade. Até que o sr. Wójcik se enforcou no jardim da frente da família e...

— Ele o quê?

A bibliotecária suspirou.

— O sr. Wójcik tirou a própria vida. Não está no obituário, mas Marblehead é uma cidade pequena e tradicional. Todo mundo ainda conhece todo mundo. Falamos a respeito disso durante anos; o sr. Wójcik, no caso. Pobre, pobre alma. Se enforcou em um daqueles galhos antigos de bordo. Disseram que foi a bebida que o pegou, como a tantos veteranos naquela época. Aqueles homens faziam parte da Geração Grandiosa, e isso é um fato!

Aturdida demais para dizer *obrigada*, eu me levantei e desliguei o fone pesado.

Eu estava tremendo, minha visão era um redemoinho enevoado. O som do livro quando o atirei na parede foi duro e monstruoso, como os ossos de Jack quebrando quando ele caiu no chão implacável. Como confiança se quebrando.

Trinta minutos depois, a irmã Augustine me pediu para acompanhá-la até o tribunal. Seria a audiência de acusação de Prince Dempsey.

Por que ela mentira sobre ambos os pais terem morrido? O que estava tentando esconder?

Eu era uma mentirosa hábil como todos — era questão de sobrevivência. Entretanto, a irmã Augustine era muito mais devota do que eu. Se fosse tudo atuação, que esperança qualquer um de nós tinha?

Por outro lado, eu ainda precisava de provas definitivas da inocência ou da culpa de Prince, então aceitei e concordei em ir ao tribunal com ela.

Caminhamos seis quilômetros e meio em silêncio absoluto. Eu rezei e repassei a ligação com a bibliotecária várias vezes na cabeça. *Sr. Wójcik. Pobre, pobre alma. Se enforcou em um daqueles galhos antigos de bordo.*

O tribunal ficava em frente à prisão. Encarei a irmã Augustine, depois o arame farpado com seus afiados dentes de tubarão, e pensei na irmã T. Seu sorriso fácil. Sua luz intrínseca, um contraste absoluto com a desumanização daquele lugar cruel.

Eu sentia falta de ter uma irmã em que pudesse confiar completamente.

No saguão, a irmã Augustine parou perto de uma máquina de venda automática que estava vazia, à exceção de um biscoito de aveia que parecia úmido. Ela se encostou na parede, segurando seu rosário. Eu queria puxar a cortina. Ter respostas.

Fiquei surpresa ao ver Riveaux no tribunal. Talvez ela estivesse testemunhando em outro caso. Ou talvez estivesse, como eu, convencida de que Prince sabia mais do que estava dizendo. Ambas estávamos perseguindo o grande mal, eu e Riveaux. Um caso para resolver, duas contas para acertar.

Ela foi até mim com uma expressão curiosa, uma bolsa de couro pendurada no ônibus e o *Times-Picayune* na mão.

— Quem é acusado fica assado, né? — disse ela, sem expressão. Havia suor em sua testa e seu rabo de cavalo castanho-avermelhado estava apertado. A blusa era larga nos ombros, os braços finos como misturadores de drinques. Eu não via Riveaux desde a assembleia. Agora, ela parecia em outro lugar, com a cabeça nas nuvens de tempestade turbulentas. As coisas com seu marido deviam estar piorando. Ela saiu sem um aceno ou palavra de despedida, começando a conversar com a sargento Decker no fim do corredor.

A irmã Augustine se aproximou, seu rosário estava enrolado no pulso como uma vinha invasiva. Ela colocou a mão nas minhas costas para endireitar minha postura.

— Prince precisa de nós hoje, precisa que permaneçamos positivas. — Ela sorriu um sorriso fácil que normalmente teria me acalmado, mas naquele dia me irritou. — Agora é hora para oração e amor leal. — Ela transmitia suas palavras como Mandamentos.

Eu me afastei. Ela se aproximou.

Uma mulher alta e desconhecida entrou pelas portas principais do tribunal. Ela era uma mancha escarlate. Óculos escuros vermelhos, hijab vermelho, bolsa Gucci vermelha, maleta de couro vermelha, e um par de sapatos de salto alto vermelhos, que meu antigo eu teria amado usar. Ela se destacava em contraste com o mármore bege do tribunal. Emanava perfume, como se tivesse caído em um tonel dele. Isso fez meus olhos lacrimejarem. Invisível, mas dolorosamente presente, como a reação do orador.

Observei a mulher alta trocar algumas palavras em voz baixa com a irmã Augustine. Duas mulheres, dois véus. Uma católica. Uma muçulmana.

Vinte minutos se passaram. Minha lombar começou a doer. Eu precisava de café.

Havia dois bebedouros um ao lado do outro, com alturas diferentes. Uma bandeira desbotada e um grande emblema da cidade ocupavam o canto. Dois policiais do DPNO passaram e um deles parou de repente para cuspir tabaco mascado no bebedouro mais baixo, aquele usado pelas crianças.

Proteger e servir, o lema da polícia. Ah, tá bom. Meu pai trabalhava duro, mas eu tinha visto vários policiais vagabundos que gostavam de bater em jovens queer e trans nos cais de Chelsea Piers. Seriam algumas maçãs podres, ou o sistema em si era corrupto, uma árvore podre desde as raízes? Nina diria para queimar tudo. Começar de novo. Mas, mesmo se uma pessoa pudesse fazer a diferença, cavar mais fundo, pender para a luz, essa pessoa não era meu pai. Ele fazia vistas grossas, envolvendo seus policiais em uma narrativa de lei e ordem que servia para justificar suas ações odiosas.

A irmã Augustine continuava conversando com a mulher escarlate, que digitava com seus polegares esmaltados de vermelho em um celular vermelho. Palavras — "perdido", "compaixão", "segundas chances" — escapavam dos lábios da irmã Augustine. Eu evitei contato visual com as duas.

Riveaux voltou com Grogan e Decker.

— Espere! — Riveaux fez uma pausa, fechou os olhos e cheirou o ar. — Quem está usando Chanel No. 5?

A mulher coberta de vermelho levantou a mão.

— Não tem nada igual no mundo todo — disse Riveaux. — Uma sinfonia olfativa. Quase dá para ouvir essa fragrância. Atemporal, mas para sempre *agora*.

Talvez Riveaux estivesse mais ciente do que eu me dei conta.

— Quem é você? — Decker olhou para o lenço na cabeça da mulher.

— Sou a advogada Sophia Khan, da McDade, Khan e Haheez.

— A firma nos arrabaldes da cidade? — perguntou Grogan. — O que a traz até o centro, advogada Khan?

— Eu represento o sr. Dempsey. Um caso pro bono. A irmã Augustine nos ligou.

Riveaux balançou a cabeça e secou suor das sobrancelhas.

— "Pro bono". Temos milhares de pessoas em situações terríveis, esposas fugindo de maridos abusivos, crianças sequestradas, velhinhas roubadas, e você está perdendo seu tempo com esse cretino.

— O sr. Dempsey tem direitos constitucionais — contestou a advogada Khan. Riveaux e Grogan sorriram. Decker revirou os olhos.

Grogan disse:

— Ele não tem o direito de vandalizar propriedade ou resistir à prisão. Temos gravação em vídeo de seu cliente abrindo dois túmulos e vandalizando a catedral mais antiga de Nova Orleans.

— A tecnologia não é segura — interrompeu Khan. — Como podemos saber que o vídeo não foi manipulado?

— Claro como o dia, o vídeo o captura vandalizando criptas e pichando o local histórico mais antigo da cidade — declarou Grogan. — O tempo todo com uma pitbull branca lealmente ao seu lado.

Khan ajustou o lenço.

— Por que a Divisão de Homicídios está aqui hoje?

Decker limpou o nariz.

— Há uma morte suspeita na escola de seu cliente.

— Prince Dempsey não foi acusado — desafiou Khan.

— Ainda não — concordou Decker —, mas...

— O que significa que vocês não têm nenhuma prova. — Khan tinha as respostas rápidas de um advogado de TV. — Vou pedir que o sr. Dempsey seja liberado sem fiança.

Grogan bocejou.

— Ele apresenta risco de fuga.

— Ele é irritante e verbalmente abusivo — falei —, mas não acho que apresenta risco de fuga.

— Ah, ótimo, aqui está ela. — Decker apontou para mim. — Irmã Holiday, a loba em pele de freira.

— Espere. — A advogada Khan aparentemente me notou pela primeira vez. — Quem é você?

— Ignore ela — sugeriu Riveaux para Khan. — Ela não é ninguém.

Ninguém?

CAPÍTULO 19

Dentro do tribunal, foi convocada a audiência de acusação de Prince. A advogada Khan sentou-se à mesa da defesa, ao lado do réu. O investigador Grogan e a sargento Decker sentaram-se no fundo, perto da porta. Sentada na primeira fileira, ao lado da irmã Augustine, pressionei a ponta da língua no incisivo de ouro. As narinas de Riveaux se dilataram quando ela cheirou o ar ao meu lado.

Khan abriu calmamente uma pasta.

O promotor assistente, Michael Armando, piscou. Ele estava ficando careca e tinha uma barriga de cerveja que me lembrava meus antigos companheiros de pôquer do Brooklyn. No final, eu os deixava lisos que só. Sabia como vencer uma aposta.

— Vossa excelência — disse o promotor assistente Armando —, os fatos básicos que cercam a natureza dessa conduta ilegal causam repulsa ao bom povo de Nova Orleans.

A juíza era uma mulher de meia-idade com um corte de cabelo elegante. Sem uma ruga na pele. Ela olhou por sobre óculos grossos e disse com um sotaque cantado da Louisiana:

— Promotor assistente Armando, pode, por favor, resumir o documento de acusação? Seja breve.

— Posso. Vossa excelência, o estado alega que, no dia sete de agosto, Prince Dempsey foi capturado em uma câmera de segurança vandalizando tumbas históricas e pichando com tinta vermelha na catedral Eau Benite, na praça Jackson em Nova Orleans, Louisiana.

— Fico feliz em saber que a cidade não mudou para o Alabama — disse a juíza.

— Vossa excelência?

— Sarcasmo, promotor assistente. Continue — ordenou.

Ele riu de nervoso. O ar estava tenso. Talvez Khan o estivesse intimidando. Mulheres fortes têm esse poder.

— Como eu estava dizendo, o Estado acusa Prince Dempsey pelo crime de vandalismo, pois ele se envolveu em destruição intencional e vandalização de propriedade. Ele danificou duas das tumbas mais antigas do cemitério da catedral. Buscamos uma condenação por crime aqui.

— *Crime* — resmunguei para Riveaux. — Achei que seria uma contravenção.

— Os danos excedem cinco mil dólares — disse ela com precisão.

— E a acusação de resistência à prisão? — perguntou a juíza, fuxicando uma pasta.

O promotor assistente gaguejou:

— Sim, sim. Uma acusação de resistência à prisão. E posse de uma pistola sem registro.

Observei Prince atentamente, esperando por alguma mudança em sua expressão. Como ele reagiria às palavras. Eu seria seu teste de polígrafo humano.

Só que ele nem se mexeu. Não prendeu a respiração nem ficou mexendo em nada. Nada o abalava.

A juíza fechou a pasta.

— Advogada Khan, como o seu cliente se declara?

— Inocente, vossa excelência — disse Prince.

— Não há nenhuma evidência direta ligando o sr. Dempsey a nenhum crime. Prince *não* estava resistindo à prisão — declamou Khan. — Nenhum dos itens do porta-malas pertence ao sr. Dempsey. Ele não tinha conhecimento da presença deles em seu veículo. Eles pertencem a amigos a quem ele gentilmente ofereceu carona no início daquele dia. Além do mais, meu cliente tem diabetes tipo 1.

— Eu também — emendou a juíza.

— No dia da prisão, Prince Dempsey estava sofrendo de glicemia baixa. Qualquer comportamento errático e inconsistência observados resultaram de sua doença crônica.

Prince suspirou alto.

— Vossa excelência — chamou o promotor assistente Armando. — Temos uma *declaração juramentada* do técnico de vigilância da prefeitura, que alega que temos um vídeo de alta resolução, com data e hora, do acusado vandalizando um edifício tombado pelo patrimônio histórico.

— Vossa excelência. — A advogada Khan sorriu ao interrompê-lo. — Posso?

— Pode.

Khan falou:

— Vossa excelência, eu atesto o caráter profundamente decente de meu cliente, Prince Dempsey. Por favor, olhe com atenção para este jovem. — Prince parecia triste, seus cabelos loiros estavam penteados e ajeitados atrás da orelha. — Por mais que Prince Dempsey não seja nenhum santo, ele é um jovem com um passado agonizante. No tribunal hoje estão presentes freiras da comunidade religiosa de meu cliente, a São Sebastião. — Khan apontou para a irmã Augustine e para mim. Eu me inclinei para trás, surpresa. — A professora preferida de meu cliente, a irmã, é... — Ela virou algumas páginas de seu bloco. — Irmã Holiday e a diretora de sua amada escola, irmã Augustine, estão aqui hoje para apoiá-lo, como líderes espirituais e guardiãs.

Professora preferida? Se ele quis dizer professora preferida para atormentar, então sim.

A juíza olhou para Khan.

— Seu cliente tem emprego? — ela perguntou.

— A irmã Augustine atesta que dará ao sr. Dempsey um emprego de meio período como jardineiro na escola. Prince Dempsey tem profundos laços comunitários tanto com a cidade como com a paróquia. Ele resgata cães e é voluntário no abrigo de animais. Ele não apresenta risco de fuga.

A juíza encostou o queixo no peito e olhou para Prince por sobre os óculos.

— Jovem, vamos liberá-lo hoje sem fiança — declarou a juíza com uma voz crepitante. — Mas cabe a você ficar longe de problemas. E você não pode sair do estado.

— Entendido, vossa excelência. — A advogada Khan sorriu e Prince confirmou com a cabeça.

Batendo o martelo, a juíza disse:

— Sessão encerrada.

Prince olhou nos meus olhos e, como olhar em um espelho, piscamos ao mesmo tempo.

CAPÍTULO 20

Depois da audiência e da liberação de Prince, a irmã Augustine saiu com a advogada Khan. Eu fiquei aliviada por não ter de olhar para a irmã Augustine ou voltar ao convento ao lado dela. Em vez disso, supliquei para Riveaux me levar de volta ao campus — eu precisava saber o que ela sabia.

Contudo, enquanto dirigia, ela se distraiu. Respondia minhas perguntas de muitos itens com respostas de uma palavra. Estacionamos na frente da ala leste da São Sebastião.

Ela bocejou.

— Mesmo quando estou fumando um cigarro, preciso de um cigarro. — Ela se mexeu no banco do motorista. — Por que será? — O travesseiro que ocupava seu banco de trás não estava lá.

— Vício — respondi.

O santuário na calçada para Jack e a irmã T agora parecia algo fixo. Alguém havia acrescentado algumas velinhas pequenas e velas votivas mais altas. Seu fogo era baixo, contido em vidro, mas faiscavam com pavios agitados.

Mesmo dentro da picape de Riveaux, eu me sentia observada. Por alguém, ou alguma coisa — uma sombra sem corpo.

— Preciso ir — disse Riveaux sem emoção enquanto girava a chave, desligando o carro. — Desça. Meu experimento com perfumes de hoje vai ser minha versão de Dune, da Dior. Um clássico, como uma leve brisa oceânica. Uma tempestade na costa. Não um furacão, uma...

— Pare e fale comigo direito por um minuto.

A pele dentro de minhas luvas estava enrugando. Riveaux ajeitou o espelho retrovisor e ficou olhando fixamente para alguma coisa.

— Seja rápida. Está fazendo uns noventa graus.

— Me deixe entrar de novo na ala leste para dar mais uma olhada.

— Não. As cenas já foram processadas há muito tempo. As provas estão registradas. Não tem mais nada para encontrar lá. — A voz de Riveaux ficou rouca.

Duas viaturas vagavam pela rua Prytania.

— Sempre tem algo mais para encontrar.

— Estou cansada demais para brigar com você — constatou ela, franzindo a testa. — Se eu te contar mais, coisas que logo estarão disponíveis ao público e à imprensa mesmo, você me deixa em paz, inferno?

Fiz o sinal da cruz.

— Temos provas, mas nenhuma delas nos liga a alguém específico, exceto Bernard.

— Que prova?

— A luva. Ainda está no laboratório.

Suspirei alto.

— Ainda? E a blusa e a palheta?

— Para sua própria segurança, pare com isso — alertou ela com frieza. — Saia. — Ela se debruçou sobre mim e abriu a porta do passageiro.

Deixei o calor escaldante de sua picape velha pela umidade explosiva da rua. O céu pulsava com veias azul-acinzentadas, como leite estragado. Riveaux foi embora, suas luzes traseiras desaparecendo pela Primeira Avenida. Virei na viela, na direção da ala leste.

Riveaux havia me dito para parar com isso, mas a São Sebastião era meu lar. Eu precisava ficar sozinha na escola, ouvi-la respirar, sentir novamente onde os segredos estavam escondidos. Cada prédio é como uma partitura. Da mesma forma que os espaços entre as notas musicais criam a música, eu sabia como procurar pistas em meio ao óbvio.

Desde o primeiro incêndio, eu tinha sentido uma presença à espreita. Olhos sem pupilas. Sombras atrás e na frente, prevendo cada movimento seguinte meu. Revirei os detalhes em minha mente. A sala de aula da ala leste onde encontrei Jamie e Lamont. O corpo de Jack caindo. Minha blusa queimada. A irmã T ao pé das escadas. Minha palheta perto de sua túnica. A precisão disso tudo. Química. Cálculo.

Dois policiais estavam de plantão, porém distraídos, talvez sonolentos devido ao considerável calor. Ambos hipnotizados por seus celulares. Olhei para trás, levantei a fita amarela de cena de crime, e abri a porta do prédio tostado. Eu notaria mais coisas se procurasse sozinha. Segui as lâmpadas deformadas, como dedos apontando para a origem do fogo.

Passei os olhos pelos livros queimados, cinzas úmidas, isolantes arrancados das paredes como um bicho de pelúcia queimado e eviscerado. Tracei caminhos específicos, mas não conseguia *ver* nada. Nenhuma pista nova, nenhum detalhe novo.

Perto da entrada da sala de espanhol, a sala da irmã T, ficava o armário do zelador. Era uma porta estreita no corredor. Com certeza Grogan, Decker e sua equipe o haviam examinado minuciosamente dezenas de vezes, mas o armário merecia uma segunda olhada, pelo menos. Testei a maçaneta — destrancado. Abri a porta e ouvi um clique quando ela se fechou atrás de mim.

Dentro do armário, o ar estava rarefeito, cheirando a solventes. Materiais feitos para limpar tinham, muitas vezes, o cheiro mais tóxico. Encostada na parede havia uma escada de quatro degraus. Eu a abri, soprei a poeira dos degraus e subi para ver o que havia nas prateleiras mais altas. Mas só vi caixas de sacos de lixo grandes, sabão, pilhas velhas e enferrujadas, e rolos de papel-toalha de tamanho industrial.

Depois, um estalo. A lâmpada queimou.

Escuridão total.

Enquanto eu descia devagar, ouvi um som metálico. O som de uma chave girando na fechadura. Meu Deus. Estiquei as mãos, tateando em busca da maçaneta.

Finalmente, encontrei-a, rezando enquanto a girava. Porém estava trancada. Tentei girar mais uma vez, devagar, puxando a porta em minha direção e a levantando, da forma como fazia com as portas difíceis no Brooklyn. Nada.

— Socorro — gritei. — Tem alguém aí? Alguém? — Bati um cabo de vassoura na porta. — Olá!

Os policiais do lado de fora nunca me ouviriam.

Ave Maria. Não me abandone. Espírito Santo, pare já com esta merda. Bati a testa em um cano.

Fiquei sentada em um degrau da escada na escuridão pelo que pareceu uma hora, embora pudessem ter sido três. Eu me exauri de gritar. Estava desidratada, fraca. Passei as mãos sobre todas as superfícies.

Cara Maria, sei que sou uma fodida. Apenas me dê uma luz. Não quero pedir muito. Apenas uma luz. Eu resolvo o resto.

Ao tatear na escuridão, minha mão roçou em uma caixa de metal fria. Respirei fundo e a abri. Os itens em seu interior eram familiares. Cartelas de fósforo. Dezenas. Centenas. A caixa estava cheia até a borda. Essas cartelas de fósforo pareciam novas, com capas de papel firme. De alguma forma, haviam escapado da implacável umidade de Nova Orleans.

Ave Maria. Peguei uma cartela da caixa, abri a capa, senti os fósforos enfileirados. Destaquei um fósforo de papel como já tinha feito muitas vezes antes. Todos os fogos de minha vida, infinitos como estrelas. Pressionando a pequena cabeça do fósforo na fita abrasiva, risquei, acendendo-o com duas rápidas faíscas enquanto ele ganhava vida.

Com a nova luz, rapidamente passei os olhos nas prateleiras do armário empoeirado. Por que Bernard tinha uma caixa cheia de cartelas de fósforo? Ou será que eram de Jack?

O fósforo estava queimando rápido, mas eu o apaguei antes que pudesse queimar a pele de meu polegar e indicador. Mergulhando de volta na escuridão, tentei girar a maçaneta de novo.

Trancada.

Tentei invocar algo brilhante, mas calmante, para me firmar. Um lampejo esplêndido de memória. A vela da capela-mor de minha tatuagem da irmã Antonia. O cálice antes da Comunhão. E o sorriso de minha mãe.

No fim, ela estava tão frágil que praticamente escapava de meus braços quando eu a abraçava, seus braços eram frios e finos como clipes de papel. Morávamos a cerca de três quilômetros de distância no Brooklyn, mas eu odiava visitá-la. Isso desenterrava a podridão de meu passado. Pequenos lembretes de minha juventude desperdiçada: o mesmo tapete em que vomitei, a mesma parede em que dei cabeçadas, os mesmos malditos romances de Chandler que eu relia quando estava de castigo, mês sim, mês não.

Meus pais eram da segunda geração de católicos de Bay Ridge, no Brooklyn, com ascendência irlandesa dos dois lados. Nossa família era boa em beber e reprimir e ruim em conversar. A maioria das interações eram três palavras ou menos. Os anos de minha mãe no convento acarretaram consequências reais para mim. Eu não podia levar garotos para casa. Mal sabiam eles que as portas sempre giratórias de minhas "amigas", calorosamente recebidas por meus pais, eram meus veículos para sexo, drogas e rock 'n' roll.

Fiquei no armário até os dezesseis anos. A maior parte de minha juventude era um borrão. Um enredo manchado, preso na velocidade rápida. Crescer em Nova York acelerava tudo. Algumas pessoas tinham lembranças de quando tinham dois anos, mas eu sempre senti que passei do desconhecido para o trem de metrô acelerado da vida adulta.

Nina também era assim, como se tivesse passado correndo pela infância — uma pedra pulando pela superfície de um lago. O que ela pensaria de mim agora?

Depois do casamento, o feliz casal comprou um apartamento na Quarta Avenida. Quando Nicholas viajava a trabalho, algum congresso acadêmico, nunca perdíamos a oportunidade de nos encontrar.

Uma noite, Nina e eu fizemos um sexo com tanto malabarismo que quebramos o estrado da cama que eles haviam ganhado de presente de casamento. Tiramos as roupas uma da outra com tanto descuido que o botão da camisa de Nina ficou preso em meu brinco de argola e quase arrancou o lóbulo de minha orelha. Meu vestido preto estava pendurado na borda da banheira.

— Não pare. — Ela estava embaixo de mim, fincando as unhas em meu ombro e braço. Escorria suor das minhas costas. — Mais forte.

— Seus vizinhos devem estar nos odiando agora.

— Danem-se os vizinho. Eu quero que você me quebre — ela rosnou.

Ela beijou o pequeno pássaro branco sob meu queixo, depois segurou meus mamilos até ficarem rígidos o suficiente para quebrar um dente. Ela apertou ambos.

— Ai. Vadia!

— Você ama — disse ela.

Eu amava mesmo. Eu a amava. Nina sabia o que eu queria antes que eu soubesse.

Ela colocou a mão no centro de meu esterno, sobre a minha tatuagem do Sagrado Coração de Jesus.

— Essa aqui é bem assustadora. — O órgão em chamas era perfurado por espinhos, com a cruz em cima.

Raios de luz divina emanavam do coração tatuado. O fogo do coração, o poder transformativo do amor. Fúria de um corpo ressuscitado.

— O Sagrado Coração foi popularizado por freiras.

— Deixe a palestra para depois. — Ela beijou meu pescoço, tocou meu colar de cruz. — Se você está usando isso para me manter afastada, não está funcionando. — Ela piscou devagar, colocou a cruz na ponta da língua, como se estivesse testando para ver se era venenosa.

— Não faça isso. — Puxei a cruz.

— Sua religião não pode nos salvar. Somos monstros — falou Nina.

— Belos monstros.

Ela segurou meus braços e me imobilizou.

Homens transavam como professores de gramática diagramando sentenças: isso vai aqui, e agora aquilo vai ali. Eu prefiro morrer a ser contida por um cara. Mulheres, por outro lado, eram imprevisíveis, como tentar domar uma chama. Quando Nina me segurou e olhou para mim como se quisesse arrancar meu coração com os dentes, fiquei em êxtase. Nós nos encaixamos como duas mãos entrelaçadas, molhadas de suor.

Uma sirene de polícia soou.

Eu nos girei para poder ficar por cima, me apoiei nos cotovelos, balancei até meu abdômen queimar. Passei a língua em suas unhas, seu esmalte vermelho-rubi. Ela abriu mais as pernas. Eu ergui seu quadril, escorreguei a língua para dentro.

— Eu vou gozar.

— Espere. — Eu pulei e alcancei sua mesinha de cabeceira. Pegar a cinta strap-on desacelerou as coisas. Parando a ação para pegar o couro. Eu costumava colocá-la em Nina. Ela gostava, mas eu precisava. Ela guardava seus muitos e caros brinquedos eróticos e equipamentos em uma antiga caixa de metal com uma estampa desbotada de *A traição das imagens*, de René Magritte. *Ceci n'est pas une pipe.*

Ela bateu em minha coxa com força e a dor desceu por minha perna.

— Goza pra mim.

Então ela estava em cima de mim. Seus cabelos caíam em meu rosto. Plantei os pés na cama e me escorei nos cotovelos para me elevar. Um canto do lençol de elástico se soltou. Uma mulher nua montada em você, músculos da barriga tensos, cavalgando. Desejar tanto isso que você agradece a Deus por estar viva. Nuas, à exceção das bijuterias e do esmalte. Champanhe morno demais para beber, taças manchadas de batom sobre a cômoda.

— Sim sim sim sim sim. Eu vou...

O estrado da cama entortou. Caímos para a borda quando o lado direito do colchão tombou. Ficamos paralisadas, nadando em suor, depois caímos na gargalhada sobre a cama inclinada. Com meu rosto na dobra de seu pescoço molhado. Nina empilhou livros sob o estrado, mas a cama nunca deu a ela — nem a Nicholas, aparentemente — um bom sono depois daquela noite.

Eu me torturei com as lembranças por uma hora.

Presa em um armário. De novo.

Quando entrei para a Ordem, fiz uma escolha para me libertar. Eu me abaixei, pressionei a palma das mãos sobre as coxas, e gritei na escuridão.

Então senti, pulsando como luz.

No bolso da frente de minhas calças pretas fornecidas pela guilda. Uma palheta de violão. Eu a tirei do bolso e inseri em uma fresta entre a porta e o batente. Empurrei na direção oposta, forçando a tranca a ceder. A palheta era curta, mas tinha o equilíbrio correto entre maleável e rígida.

Encostei-me na porta e tentei de novo. Coloquei todo o meu peso nela enquanto empurrava a palheta. Quando ela estava prestes a quebrar no meio, a fechadura cedeu. Eu caí para fora. A luz queimou meus olhos. Procurei ao redor por alguém, qualquer um. Porém não vi nada. Nem mesmo uma sombra.

CAPÍTULO 21

Na manhã seguinte, antes da missa, cheia de insônia e raiva, ainda ofegante pelo sufocamento no armário, procurei a irmã Augustine. Para perguntar sobre sua família, perguntar por que ela mentiu. Fazê-la encarar isso de frente.

Ela estava rezando no santuário da calçada.

— Irmã Augustine, *por quê?* — Minha voz era tão trêmula e aguda que me assustou.

Ela olhou nos meus olhos.

— Por que o quê? Pode me perguntar o que quiser.

— No livro sobre a São Sebastião, *Graça revolucionária,* vi que alegou ter perdido seus pais quando era jovem.

Ela se recompôs e deu de ombros.

— Todos temos fardos, os meus não são mais pesados nem mais leves.

— Mas não é verdade! Seu pai tirou a própria vida, mas sua mãe viveu até os noventa anos. Eu não entendo por que você mente.

— Irmã Holiday, não — rebateu ela com pena transbordando do rosto, as sobrancelhas prateadas enrugadas. — Você entendeu errado.

— Que nada! Eu falei com a bibliotecária que leu o obituário para mim. Ela me contou toda sua história.

Ela endireitou a coluna.

— Eu disse que *perdi* meus pais, não que ambos morreram.

Meu estômago afundou.

— Depois da morte de meu pai, minha mãe se perdeu — a irmã Augustine continuou, com a voz tensa. — Ela se jogou no trabalho como professora e me mandou embora. Ela não conseguiu juntar os pedaços de sua antiga vida. Não confiou no Senhor para guiá-la.

Puta que pariu.

Meu temperamento de dedo no gatilho.

Mais uma vez. Tão convencida de que as pessoas vão me decepcionar, que eu as decepciono primeiro. Assumo eu mesma a tarefa.

— Eu sinto muito. — Coloquei as mãos em posição de prece, abaixei a cabeça. — Sinto muito.

— Sei que você também conhece a perda — falou ela. — Nunca é algo simples ou direto.

Sem ideia do que dizer em seguida, eu a abracei, senti sua fragilidade.

— Me desculpe. Vou rezar pela alma de seu pai e por você.

— Não reze por mim. Minha dor é meu dom. Sofrer é o teste de amor supremo de Jesus. Meu sofrimento me ajuda a ver mais e fazer mais. Somos mais resilientes do que pensamos. — Ela sorriu e me mandou para a missa.

A irmã Augustine, sempre exigente, fazia perguntas e retribuía também. O que me atraiu para a Ordem das Irmãs do Sangue Sublime — além do fato de ser o único convento da América do Norte que achei que consideraria minha candidatura — foi sua missão: *compartilhar a luz em um mundo escuro.* Eu já tinha visto minha cota de escuridão, mas a irmã Augustine fez eu me sentir bem-vinda. Ela tentava manter um pé na tradição, mas os olhos no futuro. Acha que religião é bobagem? Que é punitiva? Entre para o clube. Eu também achava isso, mesmo sendo crente. Só que depois do que aconteceu no Brooklyn, tudo mudou. Eu precisava de uma forma de fazer todas as contradições de minha vida se encaixarem. Deus ajudava nesse encaixe. A irmã Augustine sabia mais a respeito disso do que eu imaginava.

Entrei na sala de correspondência da escola. Um policial já estava de guarda na ala oeste. Olhei feio para ele quando passei, suspirando quando vi o nome da irmã T em sua caixa de correspondência. No meio do caos, ninguém pensou em removê-la. Sua prateleira estava lotada de envelopes e trabalhos dos alunos.

Minha caixa de correspondência também estava cheia, mas eu soube imediatamente que havia algo errado. Todos os envelopes endereçados a mim — o trabalho para crédito extra de Fleur sobre escuta profunda, uma nota da Diocese arquitetando meu processo de votos permanentes, uma carta de Alce, outra de Nina — estavam abertos.

Andei rapidamente até a sala dos professores e disquei o número de celular de Riveaux, que eu havia memorizado. Tocou quatro vezes e meia até ela atender.

— Investigadora Magnol...

— Eu preciso falar com você. Pode me encontrar na escola?

— Quem é?

— Não brinque comigo, porra — sussurrei.

— Ah. É você. — Ela tossiu. — Irmã Dourada. — A voz dela estava desligada do corpo. Ela parecia bêbada ou meio adormecida. Cada palavra era pontuada por uma respiração longa. Ela me lembrou de como eu ficava depois de uma bebedeira.

— Você está chapada, ou algo assim?

— Não, Dourada. Apenas exausta de tanta confusão.

— Preciso falar com você pessoalmente.

Rosemary Flynn entrou na sala com sua xícara de chá fina, com batom vermelho na borda de porcelana. Ela acenou em minha direção, como se quisesse falar comigo. Estranho.

— Precisa de alguma coisa? — perguntei a Rosemary, que alisava a saia lápis. Ela estava com um olhar bizarro. Quando seus olhos refletiam a luz, pareciam as folhas de sálvia que a irmã T amava.

Rosemary disse:

— Bernard estava limpando e ele...

Eu a cortei com a mão aberta.

— O quê? — perguntei a Riveaux pelo telefone, que cheirava a mau hálito e má sorte. — Apenas passe aqui. Preciso falar com você antes da nossa reunião de funcionários.

— Ah, dane-se — resmungou Riveaux. — Não estou longe. Chego às nove. — Sua voz estava amortecida do outro lado de nossa conexão. Ela devia estar de ressaca. O atraso na fala e a dor audível me eram familiares. — Se você não estiver do lado de fora às nove, eu vou embora.

— Não precisa se preocupar, eu...

Ela desligou.

Do outro lado da sala, perto de outro cartaz d'A GRANDE LEITURA, ouvi Rosemary suspirar. Ela estava sempre decepcionada com alguma coisa. Lamentava a qualidade do trabalho dos alunos (nada excepcional) e o calor, ao qual nunca conseguia se acostumar (inaceitável), mesmo sendo de Nova Orleans, nascida e criada no bairro de Seventh Ward.

Eu estava prestes a ver sobre o que Rosemary Flynn necessitava reclamar quando olhei para o relógio — dez minutos para as nove.

— Isso pode esperar? — perguntei a ela.

— Tudo bem — ela respondeu enquanto soprava o chá para esfriar.

...

A picape podre de Riveaux chegou ao convento às nove em ponto.

— Entre.

Abri a porta do passageiro e entrei. Estava fervendo, quente o bastante para fazer um churrasco de bagre. Ar mofado e bolorento. Será que ela deixava as janelas abertas durante todas as tempestades?

— Bom dia para você também — retruquei.

O som do rádio do departamento de bombeiros de Riveaux mudou de microfonia para murmúrios. Depois, de resmungos para palavras.

— Central para 217 — disse uma voz profunda no rádio.

Riveaux suspirou, apertou o botão do rádio com a mão direita.

— 217 falando.

— ABT 289 — falou a voz no rádio. — 70114. Temos uma mulher na beira da estrada com 289.

— Repita as coordenadas — pediu Riveaux.

A voz da central pigarreou com sua garganta invisível.

— Certo 217. É um ABT 289 na 70114. Com paramédico. A rua está fechada. Está pegando fogo. Repito: *há um incêndio*.

— Saia. — A voz dela era alta e severa. — Mais um incêndio.

— Eu vou com você.

— 217 — chamou a voz no rádio. — Confirme suas coordenadas.

— Foda-se. — Riveaux jogou o cigarro pela janela aberta.

Antes que eu tivesse a chance de colocar o cinto de segurança, Riveaux acelerou para a rua Prytania e fez uma curva fechada para a direita. Ela soltou uma nuvem de fumaça no ar.

— Você está no meio disso agora — disse. — Comporte-se na cena. — Ela secou o suor do lóbulo da orelha. Um papagaio verde passou voando pelo para-brisa. — Que diabos era tão importante que você tinha de me dizer pessoalmente?

— Toda minha correspondência estava aberta — contei.

— Não fique paranoica. Deve ter sido um erro.

— Todos os envelopes? Cartas de meu irmão no exterior. Da minha ex. Da Diocese. Alguém me trancou no armário, jogou minha própria blusa em minha lata de lixo. Uma gata morta na minha porta. Alguém está tentando me intimidar. Me incriminar. Abrir a correspondência de outra pessoa é ilegal. Nós devíamos denunciar isso.

— Nós? — Ela riu. — *Nós* temos outras prioridades no momento. — A avenida Saint Charles abriu-se para a picape. Os cabos pretos do bonde se juntavam em teias altas sobre as intersecções nebulosas pelas quais passávamos. — Quem mais tem acesso regular à sala de correspondências? — perguntou ela.

— Todo mundo.

— Certo, certo. — Ela coçou o olho esquerdo. — Professores?

— É claro.

— Zeladores?

— Sim.

— Alunos.

— É claro — falei. — Quando eles entregam tarefas ou trabalhos atrasados, o que é bem frequente.

— Então, literalmente todo mundo da São Sebastião tem acesso à sala de correspondências. Você ouviu mal seu chamado. Devia ter sido detetive, não freira.

Dei uma olhada em mim mesma no espelho do passageiro. Perto de Riveaux, eu parecia uma selvagem de um circo de variedades. Ela tinha pele escura e sem manchas, apesar do vício em cigarros. Eu era um mosaico de peças de quebra-cabeça que não se encaixavam, mas eram juntadas assim mesmo. Buracos abertos aqui e ali.

Enquanto ignorávamos um sinal vermelho, passamos por um apartamento para alugar — 2QTOS, 1BNH, NÃO ASSOMBRADO — e por uma casa de encantos. ESTRANHEZAS E EXCENTRICIDADES. POÇÕES DO AMOR À VENDA. Pensei na irmã T. Um homem com chapéu de caubói branco e macacão de sarja largo passou como um borrão. Achei que ele estava passeando com um cachorro excessivamente longo, até que me dei conta de que o animal era um jacaré. A criatura, com o rosto paralisado em um sorriso, piscou para mim com um de seus olhos úmidos.

— Está demorando demais — disse Riveaux. Muitos carros para nós conseguirmos passar direito. Ela ligou a sirene giroflex. Alguns carros saíram de seu caminho. — E está mais quente que uma filial do inferno.

— Não me incomoda — declarei.

— Você reclama de tudo, *menos* do calor. Mesmo com essas luvas. Qual é a história disso tudo? — indagou ela.

— Estou incógnita.

— Dente de ouro e tatuagens no pescoço são realmente coisas de gente incógnita. Você não precisa usar isso quando estiver comigo. Seus segredos estão a salvo.

— Todo mundo tem segredos, e nenhum deles está a salvo.

Riveaux colocou a mão no bolso e tirou um frasco de remédio controlado. Ela tentou abri-lo com a mão esquerda.

— Jesus, tome conta — brinquei, arrancando uma risada alta de Riveaux.

Ela finalmente colocou o frasco na boca, mordeu e tirou a tampa de plástico branco. Depositou um comprimido no meio da língua e o engoliu sem água.

— É um pouco cedo para drogas recreativas.

Ela riu.

— Minha enxaqueca não quer passar. Eu não acredito que você está em um chamado da central comigo. De novo.

— Você disse que eu poderia andar com você se compartilhasse o que vejo e ouço no campus.

— Então despeje a sujeira.

— Não tem sujeira — falei com a voz praticamente abafada pela sirene. — Ninguém está dizendo nada.

— Então você não tem serventia nenhuma para mim.

Passamos sobre uma lombada. Voamos por um aterrorizante segundo. Pressionei a trava da porta pela décima terceira vez e apertei o cinto de segurança.

Andar de carro com Riveaux me fazia sacudir, mas sua severidade era divina. Fechei os olhos quando meu coração acelerava. Riveaux pisou no acelerador. A sirene soava. Segurei minha cruz. *Ave Maria, cheia de graça.*

O carro rangeu até parar quando Riveaux estacionou de repente, seis metros atrás do caminhão de bombeiros #72, que tinha uma bandeira dos Estados Unidos pintada atrás.

Um filete de fumaça cortava o firmamento em dois. Na frente do caminhão de bombeiros, do lado esquerdo da rua Tchoupitoulas, estava um clássico ônibus escolar amarelo vomitando chamas selvagens. As letras na lateral do ônibus diziam: ESCOLA CATÓLICA SÃO SEBASTIÃO.

— Olhe só, mas que coisa. — Riveaux lambeu os lábios e apressou-se até quatro colegas do DBNO com capacetes, suspensórios verde-limão e casacos antifogo. Eles corriam com mangueiras de um caminhão-tanque. Não havia hidrantes por perto. — Onde está a motorista? — perguntou ela. — Alunos?

— A motorista está com nossos paramédicos e passa bem. Não havia alunos no ônibus. Ela disse que o fogo começou nos fundos do ônibus. Do nada. Sem aviso.

Eu me benzi, beijei a mão e a joguei para o céu.

Saía fogo das duas janelas de trás do ônibus. Ele estava devorando todo o teto de metal.

O som no entorno era como se uma bomba tivesse explodido. Dois pneus do lado esquerdo do ônibus estouraram, inclinando o veículo. Enquanto os bombeiros apagavam as chamas com mangueiras pelo leste, oeste e sul, fogo e fumaça saíam pela porta de passageiros do ônibus, silenciosos como lava.

Os faróis estilhaçaram. Olhei para o refletor circular do ônibus. Vi-me em dobro em sua refração laranja, como um olho âmbar gigante, antes que o calor o partisse ao meio.

No choque de ruína vermelha, meu corpo parou, o cérebro ficou off-line. Olhei para minhas mãos inúteis. Para uma garrafa de água achatada sem rótulo.

Outra erupção de pneus.

Minha voz escalou minha garganta de volta.

— *Deus existe e Deus é bom. Deus existe e Deus é bom* — entoei.

— Se não contivermos essa belezinha — gritou um bombeiro para Riveaux —, vai tudo pelos ares. Mags, vista o uniforme e tire ela daqui. — Ele apontou para mim.

— O que você vai fazer? — perguntei, tossindo, e segui Riveaux, que estava andando de costas.

— Entrar lá para ajudar a equipe a domar essa merda. — Riveaux calçou um par de botas extras, colocou um capacete e vestiu calças e um longo casaco preto. — Você precisa ficar afastada. Bem afastada. — Ela olhou para mim, depois para o ônibus em chamas. — Agora.

O calor do fogo fazia o ar ferver. Fumaça preta projetava-se pelas janelas do ônibus.

— Mags, tire seu carro! — Um bombeiro precisava que Riveaux desse ré na picape. Outro caminhão estava esperando para estacionar.

— Irmã, tire o carro para mim! — gritou Riveaux.

Ela estava prestes a jogar as chaves para mim quando eu disse:

— Eu não sei dirigir carro manual. Sinto muito.

— Merda, irmã. Não tenho tempo para isso. — Riveaux, tossindo e xingando baixinho, pulou no banco do motorista para dar ré na picape.

Fogo dançava enquanto rasgava a traseira do ônibus escolar, jogando a porta de trás de lado, deixando-a pendurada por uma dobradiça empretecida.

Um pouco de sol atravessava a fumaça e lançava um brilho perverso sobre as chamas. Se o fogo não é possessão do diabo, então nada é. O fogo espalhava-se sem pernas — uma víbora. Pura habitação de uma força demoníaca.

Ó, Senhor. Tem misericórdia de todos, tire de mim os meus pecados e misericordiosamente me incendeie com o fogo do Teu Espírito Santo.

O que antes era um ônibus escolar, agora não passava de uma carcaça, uma fachada queimada. As janelas vazias se abriram, fazendo-o parecer um esqueleto assustado. O fogo, insaciável, começara a quebrar pedaços do asfalto da rua Tchoupitoulas.

Riveaux ligou a picape e pisou no acelerador, mas em vez de dar ré para abrir espaço para o novo caminhão de bombeiro, ela foi para a frente. Bateu atrás do caminhão #72. Dois homens caíram.

— Riveaux! — gritou um bombeiro. — Que porra foi essa?

Da lateral da rua, eu vi o corpo dela caído para a frente, como se tivesse sido jogado por uma mão gigante. Sua cabeça bateu no para-brisa com tanta força que o vidro rachou com duas grossas linhas que se cruzavam. Como uma cruz.

CAPÍTULO 22

— Por que você pisou no acelerador? — perguntei a Riveaux no hospital depois da batida. O colar cervical praticamente cobria todo o seu rosto. Seus óculos estavam na mesinha de cabeceira. — Você poderia ter matado seus homens — falei. — Ou se matado.

— Não vou embora tão fácil. Preciso ficar por perto para te irritar.

— Seja sincera comigo. — Tentei olhar nos olhos dela. — Você estava bebendo? Eu te absolvo.

Ela massageou a têmpora direita. Depois a esquerda.

— Só estou esgotada.

— Ficou acordada até tarde fazendo Eau de Imbecil?

— Estou mais é cansada de lidar com as suas imbecilidades.

Ficamos em silêncio. Eu a deixei ganhar aquela rodada de provocações.

Ela precisava de uma vitória.

Depois que Riveaux fora levada às pressas para o pronto-socorro, ela fez um raio x, uma ressonância magnética e um exame abdominal. Nada estava fraturado, apesar da batida. Uma contusão na costela, uma concussão séria, e lesão de chicote. Relativamente sortuda, apesar do erro idiota.

Riveaux solicitou outro médico quando ouviu que a dra. Gorman, uma jovem residente, a atenderia.

— Não mude de médico — falei. — Vai atrasar tudo.

— Eu conheço a dra. Turner há anos. Chame ela — exigiu Riveaux. Sua voz era áspera, mas determinada. Ela colocou os óculos enquanto eu corria para o posto de enfermagem para tranquilizá-la.

Esperamos a médica e mais resultados de exames. Um hematoma subdural ainda era uma possibilidade. Estremeci ao ver o controle remoto da cama mecânica. As caixas de lenço, luvas de borracha.

Riveaux ligou o celular e ele vibrou por um minuto. Uma avalanche de mensagens parecia estar chegando. Ela passou os olhos por algumas e riu, depois colocou o retângulo iluminado sob o travesseiro branco.

— Rock está fazendo aquela coisa de criança de novo, pedindo para todos os seus amigos me dizerem o quanto ele me adora, para eu não o deixar.

— Ouça seu instinto.

— Eu devia ter ido embora anos atrás — declarou.

— Estar em uma situação ruim não faz de você uma pessoa ruim. Mas sua moda já é outra história.

— Olha quem fala. Uma ladra maltrapilha bem ali.

Peguei a Bíblia que ficava na mesa de canto. A Palavra sempre estava por perto.

— Já leu isso alguma vez?

Riveaux olhou para a Bíblia com os olhos semicerrados e riu.

— Tire isso de perto de mim. Reze para eu ganhar na loteria, assim posso pedir demissão do maldito emprego e abrir uma perfumaria.

— Você sabe para que serve a Bíblia? — perguntei.

— Não sabia que tinha de servir para alguma coisa.

— É uma bússola.

— Não acredito que está dando palestrinha sobre a Bíblia para cima de mim *agora*! Achei que você fosse diferente. — Riveaux se mexeu, como se tentasse ficar confortável.

Uma enfermeira apareceu, colocou a prancheta sobre uma cadeira vazia e removeu o colar cervical com cuidado.

— *Merci* — disse Riveaux.

A ressonância magnética não mostrou nenhum sangramento no cérebro de Riveaux, mas ela ainda tinha de "pegar leve". Ela disse "sim, querida" para todas as ordens da dra. Turner, se vestiu, reuniu as forças e pegou todos os seus remédios.

Saímos para a extrusora com cem por cento de umidade. O céu de mármore ameaçava chover. O ar tinha cheiro de poeira velha e papel queimado. Uma viatura passou.

— Eles estão aumentando a frequência das patrulhas — contou Riveaux.

— O incendiário está dez passos na nossa frente. Ele provavelmente vai queimar a igreja toda enquanto fazemos nossa reunião, hoje à noite.

O ar estava agitado. Eu precisava voltar ao convento.

Riveaux abriu a porta de passageiro de um táxi, entrou, depois se debruçou para fora da janela.

— Já vi investigações se resolverem muitas vezes, até perdi a conta. Permaneça objetiva. Não fique emotiva. Vou para casa descansar enquanto a picape está na mecânica.

— Peça para consertarem o ar-condicionado.

— Algumas coisas não têm conserto — ela disse pela janela.

O detetive Grogan apareceu quando as luzes traseiras do táxi desapareceram. A sargento Decker não estava com ele.

— Mags saiu com pressa — indicou Grogan enquanto passava os dedos de linguiça pelos cabelos loiros. Sua bochecha direita estava cheia de tabaco de mascar.

— Aquela lá não para — concordei, e me virei para caminhar de volta ao convento, a longa viagem até a avenida Saint Charles no calor extremo. Grogan colocou a mão em meu ombro. Cuspiu seu suco cor de merda e me virou de frente para ele.

— Irmã, sei que temos diferenças de opinião. Seu estilo de vida e tudo mais.

Eu me afastei.

— Estilo de vida?

— O que todos concordamos é que você precisa parar de ficar no caminho. Deixe essas investigações para os profissionais. — Ele se aproximou. Seu queixo pairava sobre o alto de minha cabeça.

— Os profissionais? — Eu ri. — Não estou vendo "os profissionais" fazerem muita coisa.

— Por que está tão obcecada com este caso? — Ele passou os olhos pelo meu rosto, como se estivesse traçando o contorno de meu maxilar e queixo.

— A São Sebastião é meu lar.

Ele levou a mão lentamente até o meu pescoço e puxou o nó de meu lenço. O lenço afrouxou. Ele ergueu minha mão esquerda, puxou o pulso de minha luva preta.

— Eu nunca vi uma freira tatuada. E você tem muitas tatuagens. — Puxei a mão para longe dele. — Elas estão no seu corpo todo?

— Estão.

— Profanar o corpo não me parece muito sagrado, se quiser minha opinião. — Ele chegou tão perto que deu para sentir seu hálito em minha cabeça. — O corpo não é um templo?

— Sim. Um templo que quer ser adornado. Como uma catedral, amplificando a glória de Deus, com tetos pintados e vitrais.

— Você é manchada, irmã Holiday?

Tentei me afastar dele, mas não havia para onde ir. As pessoas passavam pela rua, aparentemente alheias a nós dois. Grogan sorriu. O colarinho de sua camisa e sua gravata pareciam perfeitamente passados. De perto, dava para ver que seus olhos eram jovens, mas sua pele era curtida. Tempo demais no sol da Louisiana.

— Tantas tatuagens — repetiu ele, e tocou meu lenço. — Onde elas param? — Ele cuspiu na rua. Um pouco do líquido morno foi parar em meu rosto, e eu rapidamente o limpei.

— Grogan. — A sargento Decker chamou o parceiro pela janela aberta da viatura, do lado do passageiro, enquanto parava. — O chefe quer falar conosco. Quer entrar?

Minhas pernas tremiam.

— É uma pena termos de interromper nossa conversa. — Ele abriu a porta do carro e entrou.

— É uma pena.

CAPÍTULO 23

O toque de recolher do anoitecer ao amanhecer permaneceu em vigor na escola. Diferentemente dos policiais, a medida fazia eu me sentir segura. Qualquer prédio de nosso campus — as alas leste, oeste e central, o convento, a igreja, o presbitério — poderia queimar a qualquer momento.

De volta ao convento, lavei o rosto e amarrei um lenço preto limpo no pescoço, coloquei as luvas. Fui pegar meu rosário, mas não conseguia encontrá-lo. Não estava no pé da cama onde eu o havia deixado. Olhei debaixo da cama. Nada. Não estava no peitoril da janela nem na escrivaninha. Finalmente, uma forma familiar chamou minha atenção. Meu rosário estava enrolado na maçaneta. Eu não o havia deixado lá. Talvez eu tivesse derrubado e uma de minhas irmãs devolveu. Ou alguém tinha mexido nas minhas coisas enquanto eu estava no banheiro.

Ou eu estava enlouquecendo.

Procurei indícios de que alguém estivera mexendo em meu quarto, mas não encontrei nada.

Repassei o acidente de Riveaux. E Grogan estufando o peito e mostrando os dentes, tentando me assustar. Talvez ele tivesse me trancado no armário. Talvez os policiais estivessem conspirando, encobrindo algum erro de procedimento — ou algo maior?

Apesar do alerta máximo, os docentes e funcionários da São Sebastião fariam um círculo de orações para discutir a manutenção da educação católica viva e o combate à queda nas matrículas.

Antes de entrar na reunião, atravessei a rua e entrei na igreja para me benzer com água benta. Eu precisava me recompor. Fiquei surpresa ao ver Prince conversando com a irmã Augustine perto do altar da igreja. BonTon estava ao lado de Prince. A irmã Augustine acenou para mim. Partes da conversa deles chegava aos fundos da igreja.

— É bom ver você de volta ao lugar ao qual pertence — falou a irmã Augustine a Prince. — De volta à igreja.

Fiquei na porta ouvindo, no mesmo lugar em que ficava todos os domingos e ouvia as lágrimas e súplicas e alegrias de nossos congregantes. Tocando o rosto com nervosismo. Benzendo-se. BonTon virou a cabeça em minha direção e latiu.

— Já vou até aí, irmã Holiday. — Por mais que a irmã Augustine falasse baixo, sua voz preenchia a igreja. A acústica da casa de adoração era melhor do que a de muitas casas noturnas em que eu havia tocado.

Prince ficou acendendo e apagando o isqueiro.

— Esta escola está me matando.

A irmã Augustine suspirou.

— Guarde o isqueiro. Você parece cansado, sr. Dempsey. Está descansando? Monitorando a glicemia? Nenhuma variação séria?

Prince deu de ombros.

A irmã Augustine disse em minha direção:

— Já estamos atrasadas. Vamos logo. — Ela deixou o altar e se juntou a mim nos fundos da igreja.

Prince andou até a metade da igreja e BonTon o acompanhou, arrastando a guia vermelha com obediência. Ele sentou em um banco e ajoelhou. Eu nunca o havia visto rezar. Será que só estava atuando na frente de nossa diretora?

BonTon latiu. Um latido rápido e forte, como um tiro.

— Droga, estou com sede — gritou Prince.

— Você precisa de água? — indagou a irmã Augustine. Fomos até ele.

— Água. Está quente aqui dentro. Está úmido! — Escorria suor da testa de Prince.

— Ele parece bêbado — comentei com a irmã Augustine. — Prince, você andou bebendo?

O rosto de Prince se contorceu quando ele caiu do banco sobre o tapete do corredor, da tonalidade vermelha de pele ralada. BonTon encostou o focinho em seu rosto, lambeu seus lábios, depois uivou tão alto que tive de cobrir os ouvidos.

— É hipoglicemia! — gritou a irmã Augustine. — Glicemia baixa! Meu Deus, fique acordado, Prince, fique acordado. — Ela correu até as portas e gritou: — Socorro! Precisamos de ajuda aqui.

Ouvi uma aluna na porta.

— Ligue para a emergência! Diga que temos uma emergência diabética com um aluno do sexo masculino de dezoito anos.

— Droga. Certo. — A aluna discou e, no viva-voz, disse: — Ei, ajuda! Precisamos de uma ambulância na Igreja de São Sebastião. Tem um garoto caído.

A irmã Augustine falou rapidamente.

— Vá até a escola. Diga para Shelly ligar para a mãe de Prince imediatamente. O telefone dela está em cima da minha mesa.

A aluna disse:

— Ok. — E saiu correndo com rapidez, como se estivesse coberta de vaselina.

— Precisamos do kit de emergência dele. Ele está em choque. — A irmã Augustine piscou, depois disse claramente: — Senhor, nos ajude! Irmã, pegue um kit de insulina. A caixa vermelha. Tem um na geladeira de minha sala e um na geladeira da enfermaria. Não pegue o que está vencido. *Corra.*

— Onde está? Como vou saber que caixa é?

— Eu vou. — Ela começou a correr. — Segure ele. Mantenha ele acordado.

— Espere! — Mas ela já tinha ido.

BonTon pulava e latia. Ela enfiou o focinho na dobra do pescoço de Prince.

Eu me agachei. BonTon rosnou feito louca quando apoiei a cabeça ensebada de Prince no meu colo.

— Prince — gritei. — Fique comigo, seu cretino.

Seus olhos agitavam-se como se ele estivesse preso no purgatório. Entre o aqui e o ali, fosse lá onde fosse. Sua barba por fazer ralou minha mão quando abri sua boca para ter certeza de que ele não estava mordendo a língua. Coloquei dois dedos em sua boca, pressionando a língua para baixo para garantir que as vias aéreas estivessem desobstruídas. Seus lábios estavam quentes. Alguns dentes de Prince eram rachados e podres. Hálito de cadáver, tão azedo que quase vomitei. Sua saliva estava em minha mão.

Segurei seu corpo caído. Senti os olhos do serafim de Jack nos observando.

Somos todos como vitrais, belos e complicados, frágeis pra caralho. Todos precisamos de cuidado. E alguns não recebem o que merecem.

O corpo de Prince estava quente quando rezei sobre ele. *Ave Maria. Querida santa Ana. Todos os anjos e santos.*

A irmã Augustine voltou rápido com o medicamento. Ela havia corrido até a ala central, mas não estava ofegante.

— Ele está desvanecendo. — Coloquei a orelha em seu coração e escutei uma batida fraca. — Prince. — Sua cabeça ainda estava no meu colo. — O que eu faço com a seringa?

A irmã Augustine abriu as pálpebras de Prince. Seus olhos estavam leitosos.

— Eu faço. Precisamos de um lugar limpo para a injeção. Verifique a barriga dele. — Ela abriu o kit de plástico vermelho, removendo a agulha e o frasco de insulina.

Eu me inclinei e levantei sua camisa, mas a barriga era uma rede de cicatrizes. Hachuradas. Ele se cortava, aparentemente. Ou deixava a cachorra arranhá-lo para valer. Diversão masoquista. Prazer-dor. Eu conhecia bem isso.

— Na barriga não vai rolar.

— Tente o traseiro ou as coxas. — A irmã Augustine falava rápido, mas com autoridade.

Abri o cinto de Prince, virei-o de lado em meu colo. BonTon observava em silêncio, com intenso foco. Abaixei sua calça jeans imunda para a irmã Augustine conseguir injetar em sua bunda. A irmã Augustine inseriu a agulha no frasco e retirou com cuidado o líquido. Ela limpou a pele dele com álcool e injetou a insulina do lado direito. Apliquei pressão no local por um momento, depois o rolamos de volta sobre o meu colo e puxamos sua calça para cima.

As pálpebras de Prince pulsaram. O medicamento estava funcionando. BonTon latiu.

— Bonnie, Bonnie — disse Prince com a língua frouxa.

BonTon latiu, babou sobre sua testa. Ela estava ofegante, enfiou o focinho em sua orelha. Ela lambeu sua bochecha com tanta força que a cabeça dele caiu do meu colo para o chão, fazendo barulho.

— Aiii — resmungou Prince com os olhos ainda fechados.

— Louvado seja Jesus! Louvado seja. — A irmã Augustine estava com lágrimas nos olhos. — Obrigada, Senhor.

Os paramédicos, já rostos familiares àquela altura, haviam chegado. A irmã Augustine contou a eles os detalhes sobre a insulina.

— Dez minutos atrás ele ficou confuso, entorpecido, e apagou. Não sei se ele comeu hoje.

— Certo — respondeu o paramédico.

— Onde estou? — questionou Prince.

— Na igreja. Você vai ficar bem — disse a irmã Augustine. — O Senhor está sempre olhando por você. Louvado seja! Obrigada, Senhor, por Seu amor eterno.

Os paramédicos o colocaram com cuidado sobre uma maca para levá-lo ao Hospital Municipal de Nova Orleans, onde eu estivera havia pouco com Riveaux. Onde Jamie passou cerca de duas semanas se recuperando.

— BonTon? — sussurrou ele enquanto o levavam para fora.

— Ela vai estar ao seu lado o tempo todo. — A irmã Augustine entregou a guia de BonTon para um paramédico, depois se virou para mim. — Irmã Holiday, Deus te abençoe. Você ajudou a salvar Prince.

CAPÍTULO 24

Com o sebo de Prince ainda em minhas mãos, parei no santuário da calçada para uma breve prece, pedindo para a irmã Augustine iniciar a reunião dos funcionários sem mim. Precisava de um momento sozinha com Deus, comigo mesma.

Quando entrei na reunião, na sala dos professores, a irmã Augustine saiu abruptamente para atender uma ligação da Diocese. A irmã Honor assumiu as rédeas com alegria, tagarelando sem parar sobre retidão moral.

Virei-me para John, sentado ao meu lado à mesa.

— Por que suas mãos estão tremendo?

— Ah, isso? Corrigi muitos trabalhos hoje de manhã. Estou com uma cãibra na mão direita que você nem imagina. Estou tentando dar um jeito.

— Dê dez para todo mundo e acabe logo com isso — brinquei, mas fiquei imaginando se John não estava desenvolvendo Parkinson ou algo do tipo. Esperava que ele confiasse o suficiente em mim para contar.

Quando olhei para a cruz na parede e revisitei o inferno que haviam sido as últimas duas semanas, repassei em silêncio minha lista de suspeitos, como balbuciar letras de música após um show ao vivo no Brooklyn.

— Terra para irmã Holiday. — Era a voz de John, um leve sussurro sob a monotonia da irmã Honor.

— Desculpe — respondi. — Estou rezando por uma reunião recompensadora.

— Sem dúvida — disse a irmã Honor, expondo-me por falar durante a reunião. Ela era um morcego velho, mas eu não deveria ter me surpreendido com sua audição de sonar. Normalmente, era eu que humilhava Prince Dempsey por falar durante a aula. A irmã Honor levou um lenço de tecido branco ao nariz e o limpou. — Avareza. Egoísmo. Sempre rezando para ser recompensada.

— Ignore-a — sugeriu John para mim em voz baixa. — Concentre-se no positivo. Antes de você entrar, a irmã Augustine estava nos contando que vocês duas salvaram Prince. É uma façanha e tanto.

— Obrigada. — Estalei os dedos enluvados. — A diabetes de Prince está ficando bem ruim.

— Pior do que de costume? — questionou Rosemary.

— Ele está mais volátil ultimamente.

— Infelizmente, esta é a natureza da doença — disse a irmã Honor. — Que Deus abençoe seu coração descontente.

Olhei para a caligrafia elegante da irmã Augustine. Ela havia escrito *Valores cristãos* na lousa antes de sair para atender o telefone.

Quando desviei os olhos, captei um sinal silencioso — um olhar penetrante compartilhado —, que esticava uma corda invisível entre Rosemary e a irmã Honor.

— Eu ainda não contei a ela. — Rosemary dirigiu as palavras à irmã Honor, sabendo muito bem que eu podia escutar.

— Contou o quê? — perguntei.

— Você é a investigadora. — A irmã Honor gargalhou. — Descubra.

— Não é lá muito rápida — ironizou Rosemary com malícia.

Um sorriso fino surgiu no rosto da irmã Honor, fazendo suas bochechas murcharem.

— Provavelmente foi veneno de rato que matou Vodu. Quando Bernard estava limpando, ele encontrou umas armadilhas que Jack tinha colocado meses atrás. Ele nos disse que estavam vazias e limpas. — A irmã Honor praticamente relinchou, revelando o detalhe macabro.

— Faz sentido — respondi, visualizando o pequeno focinho de Vodu. Cerrei as mãos em punho e rangi os dentes para conter as lágrimas e sentir o ardor familiar. A doce gatinha tinha ido me procurar enquanto morria. Ela buscou conforto em mim, mas eu não a encontrei a tempo.

Outro fracasso em uma vida toda de erros.

— Eu ia te contar hoje de manhã — disse Rosemary —, mas você tinha coisa melhor para fazer.

A irmã Augustine reapareceu e falou sobre o novo protocolo da Diocese. Fiquei olhando pela janela. Do meu ponto de vista, dava para ver apenas uma parte do pátio, mas era suficiente para me distrair. Magníficas árvores floridas. Salgueiros em forma de fonte. Rios noturnos de jasmim. A limpeza do convento me equilibrava, me salvava.

As Irmãs do Sangue Sublime não haviam me abandonado, apesar de minhas tentações e pecados. Eu estava tentando seguir o exemplo delas — orando, dando aulas, me doando, fazendo reparações.

Prince precisou de mim. Coloquei meus dedos dentro de sua boca, as células de sua saliva ainda estavam em minhas mãos. Ele não teve escolha a não ser confiar em mim e na irmã Augustine.

Como eu na ambulância, minhas pálpebras sendo abertas por paramédicos.

Alce em alguma terra distante, curando feridas.

Como é assustador e sagrado colocar sua confiança em alguém. Pedir ajuda. Quase como amor.

Todos que amava, eu só podia visitar em minha mente.

Jesus. Meus pais. Meu irmão. A irmã T. Nina.

Deixei a mente parar em Nina. Nossas inúmeras horas juntas. Olhando para sua aliança de casamento, imaginando que eu havia dado a ela, e que ela era minha esposa. A torturante futilidade disso.

Repassei na mente uma manhã com Nina, depois de uma noite selvagem, enquanto Nicholas estava fora. Eu ajoelhei aos pés de sua cama quebrada, como se estivesse rezando. Puxei-a para perto de mim. Ela envolveu minha cintura com as pernas.

— Eu vou dar um jeito na minha vida — declarei. — Começando hoje.

— Você diz isso toda vez que eu te vejo. — Ela inclinou a cabeça, me lançando um olhar examinador. Levou as mãos ao meu rosto. Apertou os dedos em minhas bochechas. — Você está tão limpa.

— Eu acabei de tomar banho.

Ela passou o dedo sobre minhas sobrancelhas.

— Em todos esses anos, acho que nunca te vi sem maquiagem.

Nina descera as mãos pela minha clavícula e pescoço, parando na tatuagem de Eva. Ela ergueu meu queixo e virou meu rosto para a direita e para a esquerda, silenciosamente, como se fosse uma cientista tentando classificar uma nova espécie. Ela abriu minha boca e tocou em meu dente de ouro.

— Hmm.

— O que você está fazendo?

— Quero ver o que você faz quando não pode se esconder.

Passei o dedo sobre a treliça de veias em seu pulso esquerdo. Ela tocou meus colares, brincos, e tatuagens das mãos. Sempre fazíamos isso, nos maravilhávamos uma com a outra, adorávamos o corpo uma da outra.

— É melhor você ir — constatou ela. — O Nicholas chega em casa em duas horas.

Subi no corpo dela, amava senti-la debaixo de mim. Proximidade pela qual eu ansiava.

— O que é isso? — Ela inclinou a cabeça. — O que você está fazendo?

— Compensando por ontem à noite — respondi.

— Fico surpresa por você lembrar algo sobre ontem à noite.

— Desculpe eu não ter mandado mensagem — emendei. — Foi egoísta e idiota.

Nina ainda estava irritada.

— Peça desculpas.

Abaixei a cabeça.

— Me desculpe.

— Te desculpo pelo quê?

— Por ser boa no sexo e ruim no amor.

— Levante-se — instruiu ela.

Levantei na frente dela.

Ela soltou minha toalha, que caiu no chão. Passou os dedos de meu esterno até meu umbigo, sobre uma rede de tatuagens sobrepostas.

— É por isso que não posso ficar zangada. Você é gostosa demais para eu ficar zangada por muito tempo.

Montei nela sobre a cama. Ela colocou as mãos em minhas costelas.

Nina tirou a camisa e a jogou sobre o tapete. Seguiu as linhas dos músculos de minhas coxas com as unhas vermelhas.

Estremeci com o toque leve e ri.

— Por que está rindo? — perguntou ela.

— Isso faz cócegas — respondi. — Pare. Estou tentando ser sexy.

— Acredite em mim, você é — protestou. — E pare de tentar ser qualquer coisa. Apenas seja você mesma.

— Eu não sei o que é isso.

Ela encheu a mão com meus cabelos molhados. Eu a beijei, coloquei a mão direita na face esquerda dela, o polegar pousando de leve sobre a garganta.

Enquanto nos beijávamos, abri os olhos rapidamente para olhar para ela. Sua testa estava franzida, cheia de dobras, finas como marcas de faca.

— Você está bem?

— Estou. — Ela se deitou, colocou a cabeça no travesseiro, seus cabelos faziam um contraste elétrico contra os tediosos lençóis brancos. Beijei a barriga dela, depois abri seus joelhos. Ela fechou os olhos de cores diferentes. Pressionei os polegares nos ossos do quadril dela. Sua pele estava tensa onde o osso encontrava o músculo. Ela tinha um gosto elementar, mas novo. Como minerais se formando. Chuva nos limites da cidade de ardósia. Ela cerrou a mão esquerda em punho, mordeu o ossinho do polegar para ficar quieta. Eu queria que fosse agonizante, que nós duas sofrêssemos daquele modo sublime. Levá-la até o abismo, deixá-la lá por um tempo, depois nos atirar. Seu gosto mudou, de mar para metal vivo. Os tremores de seu corpo a faziam parecer possuída.

Lembro da maciez de sua pele ao descansar o rosto em sua barriga. Deixei sua pulsação queimar meu rosto, selando a memória. A aorta abdominal pulsa conforme o coração bate, como um coração secreto. Mas todo coração tem um segredo. Algo guardado lá dentro que nunca pode se revelar.

Ficamos deitadas dessa forma, Nina com a respiração ofegante, as duas sem dizer nada. A manhã — sinos de bicicletas, barulhos de salto alto, carros buzinando — acelerou. O nascer do sol amava refletir em espelhos e janelas de prédios de apartamento. O show de luzes de Nova York. Sem nenhum lugar para se esconder, exceto à vista de todos.

CAPÍTULO 25

Depois da reunião, que não passou de uma perda de tempo, Rosemary e eu caminhamos pelo longo corredor e descemos as escadas.

Eu disse:

— Tchau. — E segui na direção de nossa sala de aula compartilhada.

— Tchau — ecoou ela, como uma acusação.

Então ambas entramos na sala ao mesmo tempo, chocando os braços. Ela era consideravelmente mais alta do que eu, então seu cotovelo bateu na parte macia de meu bíceps.

— Ah. — Rosemary assustou-se. — Eu preciso ficar aqui agora, *sozinha*, para corrigir testes. — Ela apontou para a pilha de papéis em sua extremamente organizada mesa improvisada. — Tenho de planejar os projetos de meio de semestre.

— Está mais para planejar outro *incêndio*. — Eu a encarei, tentando decifrá-la.

— Você não pode estar falando sério.

— Então os incêndios não são coisa séria para você?

— Você é seriamente irritante — ela respondeu, exasperada. Mas senti que havia raiva.

— Eu preciso da sala agora para preparar uma aula. — Apontei para minha mesa, meu escritório, repleto de livros em pilhas desorganizadas, papéis, CDs, lixo. Parecia o domínio de uma criança mimada e ignorada.

— Está bem. — Ela sentou à sua mesa. De um grande copo prateado, ela considerou três, quatro, cinco canetas antes de decidir qual seria seu instrumento de preferência.

— Tanto faz. — Tentei atingi-la com meu tom áspero, mas, como um bumerangue, ela disparou de volta para mim.

— Tanto faz — repetiu Rosemary. — Dava para saber que ela estava sorrindo, secretamente abrindo um sorriso falso para mim, embora eu não tivesse confirmado com um olhar para o outro lado da sala.

Ela corrigia testes metodicamente enquanto eu estudava minhas anotações sobre o caso.

O silêncio era aniquilador. Eu queria muito um cigarro, fiquei olhando para o velho chão de linóleo com desenho de triângulos. Marrom como sangue ressecado.

Só queria ir para casa. Rezar e dormir. Saí no corredor para beber água. Na pia prateada, vi meu reflexo tremer enquanto ondas deformavam minha imagem.

De volta à sala, eu estava agitada.

— Você não consegue parar quieta? — sugeriu Rosemary, uma tentativa fútil. — Alguém precisa te dar um tiro com um dardo de tranquilizante.

— Você bem que gostaria disso, não é? — rebati, colocando as mãos ao redor de meu pescoço coberto. — De me ver cambalear e cair.

— Minha nossa, quanto drama!

Naquele momento, a irmã Augustine colocou a cabeça em nossa sala. Devia ter sentido a discórdia no ar parado. Ela pestanejou.

— Deus quer que encaremos nossos desafios *hoje*, com graça radical.

Quando ela se virou e saiu, seu véu me pareceu uma nadadeira que a guiava para a frente.

Estava ficando tarde, mas nenhuma de nós fazia tentativas de sair. Rosemary e eu estávamos em lados opostos da sala. Pela janela, o sol noturno tornou-se laranja-avermelhado com o pôr do sol. Nova Orleans parecia mais uma silhueta que uma cidade.

— Não acredito que tenho de dividir esta sala — reclamou Rosemary — com *você*. Música nem é uma disciplina de verdade e não é exigência do distrito. Música não vai ajudar nossos alunos a avançarem em seus estudos e certamente não vai ajudá-los a conseguir bons empregos.

— Eu trabalhava com música, não que fosse um *ótimo* emprego, mas...

— Sua bagunça já dá a entender — anunciou enquanto se aproximava de uma das dezenas de estantes de partitura e batia nela.

— Eu era artista, quer dizer. Agora sou...

— Irritante — constatou. — Odeio arte. Arte é para os ricos e os aflitos.

Ela parecia abastada e atormentada, eu pensei, mas não disse.

— Talvez você *ache* que odeia arte porque não a compreende, como religião. As pessoas fazem um grande desserviço a si mesmas quando descartam alguma coisa porque é nova para elas. — Eu recostei em minha cadeira. Escorria suor sob meus seios, sobre minha tatuagem *oro* e a do Sagrado Coração, descendo pela barriga. O ar girava com um calor turvo.

— Você está falando como a irmã Augustine — descreveu ela.

Pensei na dor da irmã Augustine, perdendo o pai daquele jeito. Em mim, perdendo minha mãe. Todos nós guardando segredos, escondendo nossas feridas. Como tinha podido duvidar dela?

— Ela tem sido uma tábua de salvação para mim.

— Para todos nós — concordou Rosemary. — Eu admiro a irmã Augustine. Seu profissionalismo e confiabilidade.

— Ela nos mantém sãos. — Cruzei os joelhos e sacudi de leve meu pé esquerdo, que estava formigando.

Olhei para Rosemary, mas seus olhos estavam alheios, em um local distante, bem longe, ou em algum lugar bem dentro dela. Ela se debruçou na parte da frente da minha mesa, como muitos alunos faziam ao citarem os motivos para não terem ensaiado.

Nossa sala estava duplamente iluminada — a onda de luz fluorescente suavizada pelo brilho difuso dos prédios vizinhos.

Por estar suada, ou por ter perdido o juízo temporariamente, removi as luvas e o lenço do pescoço. Rosemary notou. Eu não queria que ela ficasse olhando para minhas tatuagens. Eu também não queria que ela desviasse o olhar. Puxei a cruz que estava embaixo da blusa e a coloquei sobre o peito.

— Mostrando o crucifixo para promover sua pauta confusa? — Sua voz era aguda.

— É uma cruz, não um crucifixo. — Endireitei a postura. Brigar com Rosemary não me levaria a lugar nenhum. Nós nunca havíamos nos entendido. Mas eu *queria* brigar. — Uma cruz católica padrão e perfeita. Era da minha mãe.

Ela se aproximou mais de mim, se inclinou e pegou o metal entre o polegar e o indicador. Inspecionou a cruz lentamente. A forma com que sua boca em forma de coração segurava o batom vermelho a fazia parecer sábia e velha, como um retrato da Segunda Guerra Mundial.

— Por que você usa uma cruz em vez de um crucifixo? — indagou.

— A cruz é um símbolo, o crucifixo é um momento no tempo — respondi. — Jesus está presente no crucifixo, mas Sua ausência, Sua sombra, está na cruz. Pelo menos para mim. Um lembrete constante do sofrimento que está por vir, ou do sofrimento do passado, o que Ele estava disposto a suportar pela salvação.

— Hum. — Ela virou a cruz, chegando tão perto que dava para sentir sua respiração quente em meu queixo, dava para sentir o cheiro de seu creme para as mãos com perfume de rosas. Ela respirou com tensão. — O ópio das massas. — Ela deixou a cruz de ouro pousar sobre minha blusa, sobre meu Sagrado Coração em chamas. — A religião é o oposto da ciência — ponderou ela ao tocar o colar de novo, depois passou a ponta do dedo sobre minha corrente de ouro. Sua pele era fria e macia. — E a ciência é a inimiga da religião. É uma batalha sem fim.

— Não é uma batalha — defendi. — Apenas formas diferentes de compreender o mundo. E como nos encaixamos nele.

Ela hesitou, depois sorriu. Era magnífico. Eu nunca a havia visto sorrir de verdade até então, sob a luz âmbar de nossa sala de aula.

— Por que estamos sussurrando?

— Parece apropriado.

— Devíamos fechar a sala e ir embora — sugeri.

— Há muitas coisa que devíamos e não devíamos fazer neste momento. — Ela reajustou as mãos, entrelaçando os dedos. Era difícil decodificar a expressão de Rosemary. Sua respiração pausou, como acontece antes de se dizer algo importante. Mas ela não disse mais nada. Nenhuma de nós disse.

Teria sido tão fácil chegar perto dela, pressioná-la contra a parede de nossa sala da aula feia e beijá-la. Eu queria tanto fazer isso. Mas não fiz. Mordi o lábio até sangrar, até sentir gosto de sal e metal.

Será que a irmã Honor havia orquestrado tudo isso? Me colocar na mesma sala de Rosemary, tentando-me a esquecer meus votos? A me distrair?

Ou será que Rosemary Flynn estava se soltando a seu modo estranho? A erudita em química que desperdiça seus talentos no submundo do ensino médio, finalmente invocando seu poder por direito ao causar incêndios? Fazendo uma jogada — atirando carne vermelha em minha direção —, uma jogada característica de *femme fatale*.

Eu não mordi a isca. Fechei os olhos e me imaginei desaparecendo.

Antes do jantar, tomei banho e vesti calças pretas limpas e uma blusa preta. Desfrutei de um momento extra sozinha enquanto penteava os cabelos que, àquela altura, estavam longos o bastante para prender em um pequeno rabo de cavalo.

O toque de recolher limitava meus movimentos, mas eu precisava sair. Com cuidado para não chamar a atenção de nenhum policial de guarda, escapei para o jardim do convento. O calor do fim do verão tinha queimado quase toda a grama, e um tapete de pétalas caídas havia amaciado a terra. Toquei um novo botão de jasmim. Era pequeno e inocente como uma coisa em crescimento. Eu devia tê-lo deixado em paz para que pudesse crescer, mas eu o arranquei e coloquei no bolso, onde ele nunca abriria.

Caminhei até um banco, fumei um dos cigarros contrabandeados de Ryan Brown e tomei um gole de uma de suas doses confiscadas de schnapps de pêssego.

Pensei em Rosemary. Estaria ela movendo as peças de xadrez, tentando armar para mim? Seu ódio pela religião organizada era palpável, e ela ainda assim trabalhava em uma escola católica. *Por quê*?

Ou era a irmã Honor apostando contra mim, me julgando fraca? Que ela me desprezava era irrefutável, mas ela não parecia odiar Jack ou a irmã T. Nem Lamont ou Jamie, tão terrivelmente feridos. O olho vermelho do ferimento de Jamie, um túnel de sangue que não me libertava, como estigmas.

Instigações intermináveis de Prince Dempsey. Seus álibis vagos. Tão ansioso para lutar, mas era uma fachada? A irmã Augustine claramente o superprotegia. Como também fazia comigo.

Lamont estava desaparecido; ele não tinha voltado para as aulas. Jamie estava escondendo alguma coisa, com medo, culpa, ou ambos.

Nada era lógico. Nada fazia sentido.

Minha segunda chance estava escapando.

Enterrei o rosto nas mãos enluvadas, gritei em minha escuridão. Ajoelhando na grama, rezei por todos nós. Mas não importava o quanto rezasse, eu não conseguia escapar das chamas, desde aquela noite no Brooklyn, independentemente da velocidade com que eu corresse.

Foi a última noite que passei com minha mãe. Fim de outubro. O vento, doce como um favo de mel, sacudia as árvores. As calçadas tinham se transformado em rios de folhas laranja, douradas e vermelhas. Eu estava cuidando de minha mãe porque meu pai estava em patrulha e Alce tinha um evento do trabalho.

— Preciso de ar fresco — disse minha mãe. — Me leve para um passeio de carro.

— Alce disse que não é uma boa ideia.

— Por favor — suplicou ela com fraqueza. — Me deixe ver a cidade que eu amo na minha estação preferida.

Fiz que não com a cabeça.

— O papai vai me matar.

— Não me resta muito tempo.

— Tudo bem. — Eu cedi. — Me deixe ver se consigo pegar a van da banda emprestada.

Pode ser a última vez que ela pode sair do apartamento viva, pensei. Minha mãe mal conseguia andar. Ela precisava dar um tempo na agonia da mesmice. Trancada naquele apartamento abafado e apertado. Uma saída de carro à noite com minha mãe parecia incrivelmente estúpido, mas factível. Eu não tinha carro, então perguntei para Nina se podia pegar a van da banda emprestada, nossa pilha de lixo surrada que compramos por quinhentos dólares de seu irmão, Steve. A van estava no nome de Nina, mas a Pecado Original, a nossa banda, a usava para as turnês. Não que fizéssemos muitas, mas havíamos ido para Filadélfia e Boston durante o ano. Carregando amplificadores, instrumentos, narguiles, incensos de altar, drogas ilícitas e caixas de cerveja. De alguma forma, conseguimos manter a coisa intacta apesar dos anos de abuso e direção imprudente. A teatralidade e as travessuras de punks que se recusavam a crescer. Nunca fizemos rodízio de pneus, verificamos o alinhamento ou trocamos o óleo.

Uma hora mais tarde, Nina dirigiu a van até o Brooklyn. Ela mandou uma mensagem: *A van está estacionada no lugar de sempre, mas precisa de gasolina. Leve Toni para algum lugar legal. Estou indo para o Dobranoc, caso queira dar uma passada mais tarde. Bjs*

A van sempre parecia estar sem combustível. Eu tinha uma chave no meu chaveiro. Era um milagre eu ainda não a ter perdido.

Escovei os dentes e ajudei minha mãe a descer as escadas com cuidado, de camisola, robe e chinelos. Ela estava mais leve que um rosário.

Depois de abastecer a van, conseguindo um pouco a mais de gasolina sacodindo o bocal algumas vezes, passeamos devagar pelas ruas labirínticas de Bay Ridge. Minha mãe estava no banco do passageiro.

— Não tem nada mais bonito do que a cidade à noite. — Ela apoiou a cabeça no vidro.

Eu reajustei o espelho retrovisor do lado do passageiro para ter vislumbres de seus olhos, ver o que ela estava vendo.

O Brooklyn estava estalando de energia e ação. Barulho de sirenes e trânsito. Um casal com motocicletas vermelhas combinando passou em alta velocidade por nossa van e atravessou um cruzamento sem respeitar a placa de pare, quase batendo em um ciclista que estava na ciclovia.

— Ciclovias no Brooklyn — sussurrou minha mãe. — Nunca pensei que viveria o bastante para ver isso.

Estacionei na frente do bar onde Nina disse que estaria. Ficamos sentadas por dez minutos diante do bar, com o motor ligado.

— O que você acha que significa *Dobranoc*? — perguntei à minha mãe. Em todos os anos que frequentei o bar, nunca pensei em perguntar sobre o nome.

De olhos fechados, ela disse:

— É "Boa noite" em polonês.

Como minha mãe sabia polonês? O que mais ela sabia? Era muito egocêntrico perguntar.

— Vamos entrar no "boa noite" — falei — para um drinque de mãe e filha.

— Estou bem aqui.

— Só um drinque — resmunguei. — Vai ser divertido.

— Eu preciso descansar — ela disse. — Quero ficar e observar minha cidade. — Ela sorriu, mas foi forçado. Seu rosto estava sendo lentamente apagado. — Pode ir.

Puxei o freio de mão da van e aumentei o aquecedor.

— Não posso deixar você aqui sozinha.

— Não estou sozinha. — Ela bateu na cruz em volta do pescoço.

Coloquei um cobertor em seu colo e liguei na WNYC, a estação de rádio preferida de minha mãe. Ela amava ouvir vozes reais, sem edição. Dizia que era sagrado. Tranquei as portas da van.

Nina estava dançando dentro do bar quando eu entrei. Uma profusão de cabelos cor de bronze com franja bagunçada acima da maquiagem de gatinho. Ela dançava sozinha no canto. Girando e girando, rápido e distorcido, como um disco de vinil tão bom que perde sua forma. Nina nunca dava a mínima quando Nicholas estava fora da cidade. Nina doida.

    Ela acenou quando me viu.

— Holidaaaaaaay!

— Oi.

— Você veio! Como foi com a sua mãe?

— Ela está lá fora.

— Jesus, Holiday...

    Naquela noite, com meu pai trabalhando durante a noite e minha mãe trancada na van ligada, eu bebi. Um uísque se transformou em dois. Depois quatro. Um drinque após o outro. Nina ia lá fora a cada dez minutos, mais ou menos, ver como minha mãe estava.

— Como ela está? — perguntei com a cabeça no bar. Um olho aberto, outro fechado.

— Está bem. Dormindo. — Ela colocou a mão no meu ombro. — Está encolhida como um beagle. Parece em paz. Pelo menos não está trancada naquele quarto.

— Essa merda é tão difícil. — Tomei um *shot*. O uísque tinha um gosto horrível, pouco inspirado, como se estivesse cansado de se apresentar. Apoiei a testa nos pulsos. — E não ajuda o fato de eu ser uma fodida.

— Você está bêbada, querida. Mas é linda.

    Eu sorri.

— É tão bom ver você sorrir, para variar. — Ela me beijou. Seus lábios quentes nos meus. Abri a boca e ela passou a língua de leve em meu lábio inferior. Eu lembro que ela tinha gosto de azeitona verde e vodca. Ela colocou a mão em meu bíceps direito, sobre minha tatuagem da IRMÃ ANTONIA. O nome de minha mãe quando era freira. As letras cursivas se enrolavam em volta de uma lâmpada do Santíssimo vermelha em meu braço. Minha mãe me contou sobre a lâmpada, sua chama sempre presente, quando eu tinha dez anos. Sua incandescência simbolizava a luz pura. Foi uma de minhas primeiras tatuagens.

— Preciso de outra bebida — anunciei.

A atendente do bar me olhou com curiosidade — ou pena —, com as sobrancelhas erguidas.

Levantei a cabeça como se isso pudesse me fazer parecer sóbria.

— Preciso de um uísque da casa, e coloque álcool extra nele. — Álcool puro, como um jato de areia para corroer meu cérebro. Era disso que eu precisava.

— Docinho, você não quer o uísque da *casa* — disse a atendente alta ao jogar uma toalha imunda sobre o ombro tatuado. — Parece fluido de isqueiro.

— Fluido de isqueiro aceso. — Nina estremeceu.

— É exatamente isso que eu quero.

— Aqui está, meu bem. — A atendente empurrou um copo em minha direção. — Por minha conta.

— Ela está afim de mim — falei para Nina.

— Meu Deus. — Ela revirou os olhos. — Pare.

Eu me inclinei sobre o bar.

— Ei!

— O que foi? — perguntou a atendente enquanto lavava um copo.

— Quer dar uns amassos mais tarde?

Nina puxou a parte de trás de minha camisa e eu tombei sobre uma banqueta do bar.

— Você é a pior.

— O que eu fiz?

— Eu estou bem aqui.

— E qual é o problema? Não estamos namorando. Você se casou com Nicholas, lembra?

— Você tem meu nome tatuado no braço.

— Tenho muitos nomes tatuados no braço — afirmei. — E espaço para muito mais.

— Esqueça. Cansei. Você pode ir lá ver como sua própria mãe está — retrucou ela. — Faça o que quiser.

— Obrigada pela permissão.

Depois de mais um *shot*, entrei em um depósito onde desfrutei de uma pegação quente e intensa com a atendente sobre uma máquina de pinball vintage que não estava funcionando.

Quando saí, eram duas da manhã. Nina estava conversando com uma vagabunda hipster que parecia a Ariel de *A pequena sereia*, mas sem a cauda. Nina interrompeu a conversa profundamente intelectual para me perguntar:

— Como está sua mãe?

— Ótima — menti. Eu não tinha ido ver como ela estava.

Senti os bolsos para garantir que estava com a carteira e as chaves quando notei duas pessoas paradas na porta.

Um homem na janela gritou:

— Fogo! Alguma coisa está pegando fogo!

Nina levantou rapidamente.

— Ah, merda.

A van.

Minha mãe.

Abrimos caminho pelo bar, mas estava lotado. Quando saí na rua, eu vi. Fogo. Vermelho líquido.

A van de nossa banda estava em chamas, com minha mãe trancada dentro.

Tão bêbada que mal conseguia ficar em pé, tentei correr os poucos metros até a van, mas tudo estava em câmera lenta. Eu precisava abrir a porta, tirar minha mãe de lá.

O calor me empurrou para trás quando cheguei ao veículo em chamas.

— Socorro! Ela está lá dentro!

— Quem? — indagou um policial que corria em nossa direção.

— Minha mãe! Ela está na van.

— Para trás — gritou o policial. — O motor vai explodir.

— Mãe! — Fiquei furiosa. — Alguém ajude ela!

— Não podemos fazer nada.

— Minha mãe! — Bati várias vezes no cimento, com tanta força que cortei a pele da palma da mão. — Tirem ela daí!

Não havia gritos dentro da van. Apenas o som de minha voz berrando. E murmúrios dos observadores horrorizados.

Com o policial me segurando, observei, impotente, enquanto minha mãe queimava viva dentro da van trancada.

Vendo, mas não vendo. Incapaz de absorver. A imolação de minha mãe.

Três carros de polícia e dois caminhões de bombeiro chegaram e rapidamente trabalharam na cena.

Era uma noite fria de outono, mas o fogo era tão intenso que todos estavam suando.

O estrondo da água das poderosas mangueiras. A van se afogando.

Meu pai e meu irmão estavam na frente da viatura do meu pai. Ele não olhava para mim.

Alce não conseguia parar de chorar. Lágrimas ensopando sua barba. Meu irmão caçula quebrado agora estava estilhaçado, sem conserto. Por minha culpa. Ele tremeu e caiu com força, com tanta força que suas entranhas cederam, transbordando dele como uma Chernobyl humana.

Lado a lado, assistimos à incineração, sua tremenda luz e brasas riscando e estalando na periferia. Estalos de pequenos chicotes.

Meu pai também caiu, soluçando.

— Foi um acidente! Pai, por favor. Por favor, fale comigo.

Um bombeiro se virou para mim.

— A van é sua?

— É minha, tecnicamente — declarou Nina entre lágrimas.

— Um vazamento de combustível. Ou vazamento de fluido da direção hidráulica — explicou o bombeiro. — Você faz a revisão com regularidade?

— Não faço há anos — confessou Nina.

— Você colocou combustível na van hoje?

— Sim — gritei.

— Talvez estivesse muito cheio.

— O quê?

— Combustível demais — constatou ele.

— Merda.

— E você estacionou em cima de folhas secas. — Ele apontou para o chão. — Parece que o fogo começou embaixo da van. Algum bêbado pode ter jogado um cigarro. Ou um fósforo. O fogo subiu. Rápido.

— Holiday. — Nina tentou me abraçar.

Eu a empurrei.

— Não posso aceitar isso. — Andei de um lado para o outro, balbuciando: — Isso não está acontecendo, isso não está acontecendo. Eu quero desfazer tudo isso.

Minha antiga vida terminou aquele dia.

Passei meses discutindo e pesquisando. Eu entraria para o convento, como minha mãe tinha feito. Eu me dedicaria à liturgia. Reparação. Minha penitência.

Seis meses depois do acidente, depois que meu pai livrou a mim e a Nina de responsabilidade por risco e negligência (primeiro e último favor que ele me fez na vida), cancelei todas as aulas de música que estavam agendadas. Enfiei minha antiga vida — habilitação de motorista, carteira, celular — em uma antiga caixa de sapato e a entreguei a Alce. Vendi minhas joias, meu Fender acústico e minha guitarra. Meu bebê. Minha Stratocaster grafite. Eu teria vendido meu dente de ouro também, se pudesse. Com aqueles setecentos dólares, peguei um táxi para o aeroporto JFK e comprei uma passagem só de ida para Nova Orleans. A irmã Augustine havia concordado em se encontrar comigo — ninguém mais o faria. As pessoas viajavam para a Cidade Crescente para se perder, encontrar o amor, se esconder ou se reinventar. Eu precisava de mais. Eu precisava renascer.

CAPÍTULO 26

Entrei na igreja e fiquei surpresa em ver Jamie adormecido em um banco, perto do vitral da Natividade. Suas muletas prateadas estavam encostadas na madeira escura. Sob sua cabeça, como um travesseiro cheio de protuberâncias, estava sua mochila.

Li conflito em seu rosto perturbado quando ele acordou.

— Ah, oi — cumprimentou ele, ainda grogue.

— Fico feliz por você estar de volta — falei.

— Eu estava mesmo torcendo para falar com você — disse Jamie. — Eu te vi.

— Eu? — Fiquei confusa. — Onde?

— Na ala leste, na noite do incêndio.

— É claro que você me viu. Eu te carreguei para fora.

— Não. Eu quero dizer... a pessoa que eu vi no corredor. Era você, irmã. Até disse a Lamont.

— Não era eu — protestei. — Eu estava na viela, fumando.

— Eu te vi — ele insistiu.

— Eu juro pelo Senhor, não era eu.

Jamie suspirou devagar.

— Então quem era?

— Não tenho certeza. Mas também vi uma sombra. O Espírito Santo?

Jamie não respondeu minha pergunta retórica, e eu imaginei a irmã Honor flutuando pelo corredor como um dos balões infláveis da Parada do Dia de Ação de Graças da Macy. Seu véu, escapulário e túnica, com a blusa genérica por baixo. Depois imaginei Rosemary com seus conjuntos vintage de blusa e casaquinho, seu próprio uniforme modesto. Cada professor da São Sebastião seguia um roteiro visual, assim como eu. Todos queriam ser invisíveis.

— Por que você e Lamont estavam lá, para início de conversa? — perguntei.

— Eu estava dormindo lá. — Jamie olhou para baixo. — Na antiga sala de história.

— *Dormindo* lá? Por quanto tempo?

Jamie afundou no banco.

— Uma semana. Desde o início das aulas.

— Você subiu pela saída de incêndio e tirou o ar-condicionado do segundo andar do lugar.

— Sim. — O rosto dele ficou corado.

— Seus pais te expulsaram de casa — questionei — porque você e Lamont estão juntos?

— Você lê mentes ou algo assim?

— Só sou sintonizada nos altos e baixos da vida queer.

Jamie coçou o pescoço, depois puxou o lóbulo da orelha.

— Mais baixos do que altos, no meu caso.

— Sinto muito por isso.

— Eu não podia mais dormir no sofá do meu amigo porque os pais dele estão se divorciando e a mãe dele precisava do sofá de volta.

— Jamie. — Olhei em seus olhos trêmulos. — Sinto muito por isso ter acontecido com você.

— Posso dormir no convento? Ou aqui, na igreja? — A voz dele era frágil. Um vento forte e ele se estilhaçaria.

— Vamos precisar que seus pais venham até aqui para discutir isso tudo.

— Meus pais não estão nem aí para mim. Minha mãe me pegou beijando Lamont em meu quarto. Ela surtou. Ficou louca. Chorando e gritando. Meu pai me expulsou de casa. Me chamou de bicha e disse que eu era uma desgraça. Disseram que, se eu fosse para um campo de conversão no Arkansas, poderia voltar para casa. Lamont já passou uma semana nessas prisões para gays.

Os detalhes estavam sendo revelados. Agora era minha chance.

— Eu sei que você não causou o incêndio. Houve mais dois enquanto você estava hospitalizado. Mas você viu alguma coisa, e eu preciso saber. Foi Lamont?

— O quê? Não. — A voz dele era baixa. — Eu só estava dormindo na escola. Estávamos tentando entrar na sala em que eu estava dormindo escondido.

— O fogo já tinha começado?

— Já. Todas as minhas coisas estavam naquela sala. Minhas roupas e minha carteira. Tudo o que eu tinha. Eu perdi a cabeça no corredor. Jack me ouviu surtando e...

— E achou que você tinha causado o incêndio.

Jamie confirmou com a cabeça.

— Ele ficou louco. Estávamos dizendo *não não não*, mas ele ficou tão zangado. Ele me jogou em um pilha de vidro.

— O vidro da janelinha no corredor.

— É. Lamont empurrou Jack para me proteger. Eu nunca o vi daquele jeito. Então Jack e Lamont ficaram se batendo. Jack levou os dois para a sala em chamas. Lamont caiu quando torceu o tornozelo.

Pigarreei, como se isso pudesse me fazer ver melhor.

— Eu não sei por quê, mas Jack tentou apagar o fogo com o pé. Piorou as coisas — continuou Jamie.

Tudo fazia sentido. A bola de fogo da combustão súbita generalizada jogou Jack pela janela aberta, a fonte de oxigênio. Isso explica por que Jack estava com tantas queimaduras feias.

— Por que vocês estavam na sala de religião? — perguntei.

— Lamont rastejou, me arrastou para nos afastar da fumaça.

— Foi então que eu encontrei vocês. — Benzi nós dois, depois coloquei as mãos em volta da mão de Jamie.

— Eu e Lamont, nós vamos para o inferno pelo que fizemos? — Jamie chorava, um choro de boca aberta, como o de uma criança.

— Não, não. Jack teria tentado apagar o fogo de qualquer jeito. A morte dele não é culpa de vocês. Mas precisamos contar tudo à polícia, imediatamente.

Coloquei a mão sobre o braço de Jamie mais uma vez. A luz do vitral lançava um espectro suave em seu rosto. Estávamos nisso juntos. Eu e Jamie. Lamont. Alce. Desajustados e excluídos, todos feridos de formas diferentes.

Em meio ao choro desajeitado, Jamie perguntou, com o rosto inchado:

— Posso ficar com você no convento? Fiquei uma vez no abrigo e um cara bêbado me disse que ia arrancar meus olhos.

— Vou perguntar para a irmã Augustine se você pode ficar algumas noites. Venha até a igreja depois da missa da noite. Você pode dormir na sacristia hoje. Ninguém vai te ver lá. Vou dizer para os policiais que você é o acólito principal esta semana. Mas você não pode sair, do anoitecer até o amanhecer. O toque de recolher ainda está em vigor.

Ele apertou minhas mãos enluvadas conforme a tensão deixava seus membros.

— Obrigado, irmã. Você está me salvando de novo.

— A situação com seus pais não é para sempre — contribuí. — Eles podem mudar de ideia com o tempo. As pessoas podem te surpreender. E Deus também.

CAPÍTULO 27

— Você não mudou *nada* — declarou Nina. Sua voz era incrédula, e seus olhos se arregalaram quando ela me olhou de cima a baixo. — Você parece a *antiga* Holiday, mas sem maquiagem.

— O quê? Você achou que eu usaria uma placa dizendo Noiva de Cristo?

Era quinta-feira de manhã cedo, depois de ter passado a maior parte da noite de quarta-feira no telefone com Riveaux, contando os detalhes do que Jamie havia dito. Queria mais tempo para revisitar minha interação anterior com Rosemary. Ela, a irmã Honor e a Diocese agora eram meus principais suspeitos, e eu estava ficando sem tempo para juntar as peças. Porém, como sempre, Nina controlava minha atenção. Ela era um cristal bruto que eu não podia derrubar, curando ou cortando, ou ambos, dependendo de como eu o segurasse em meu coração, em minhas mãos.

Tentei conter minha empolgação com Nina, mas assim que a vi, corri para ela. Nós nos abraçamos com força na área de desembarque do aeroporto Louis Armstrong, sem dizer nada. Nervosas demais para gritar. Fazia mais de um ano que não nos víamos. Desde que eu saíra do Brooklyn. Desde que meu pai me levara para o aeroporto em sua viatura do DPNY, depois que Alce já tinha partido, inscrito no treinamento de paramédicos. Fosse lá o que meu pai pensasse sobre os novos capítulos de nossas vidas, ele não compartilhou. Ou não soube como articular.

Nina era uma obra-prima — extrema e enfeitada. Seu batom tinha a cor de um papa-moscas vermelhão.

Ela pegou uma das minhas mãos.

— Para que estas luvas? Está manuseando obras de arte finas?

— Na verdade, estou escondendo — contestei. — Minhas tatuagens são artísticas demais para o convento.

Nina colocou a mão no meu quadril direito, chegou mais perto, e levou os lábios aos meus, mas eu rapidamente virei o rosto.

— Não — protestei.

— Está falando sério, caralho? Até parece que eu estou te chupando aqui na frente de uma agência de viagens.

— Nina, não diga isso.

— *Agência de viagens* ou *caralho*? Não posso nem mais falar palavrão na sua frente agora? Que viagem divertida vai ser essa.

Nina colocou os óculos de sol. Dentro do aeroporto, tudo nela irradiava confiança. O tipo de pessoa que eu costumava ser antes de me tornar invisível.

— Seja você mesma. Nada mudou — defendi.

Ela riu e mudou a bolsa do ombro esquerdo para o direito.

— *Tudo* mudou. Você é uma freira.

— Você ainda é você — falei —, e eu ainda sou eu.

— Não, você não é.

— Sessenta segundos atrás você disse que eu praticamente não tinha mudado.

— Deixa para lá. — Ela tinha mais a dizer, mas se conteve.

— Talvez eu *tenha* mudado. Isso é uma coisa boa. Todos nós deveríamos estar crescendo, evoluindo e mudando.

— E ainda por cima é uma freira existencial. — Nina puxou um Camel do maço preto. Ela bateu o cigarro na caixa para compactar o tabaco. Eu amava o perfume doce e acastanhado dos cigarros novos. O ritual. — E então, como vamos sair daqui? Suponho que você não tenha carro. Vamos de carroça?

A euforia inicial de ver Nina acabou rapidamente, substituída pela realidade sóbria da logística.

Ela pôde sentir. Quando tirou o isqueiro do bolso, ficou aborrecida.

— Eu sabia que isso seria um erro.

— Então por que veio? — perguntei. Ver Nina à beira de um chilique me lembrava dos velhos tempos. Da dança enlouquecedora que fazíamos.

Nós nos amávamos, mas nos contentávamos com migalhas.

Só tínhamos migalhas para oferecer.

— A banda vai tocar no Fair Grounds hoje à noite — contou ela. — E eu estava com saudade de você. Você não liga. Não manda e-mail. Sumiu do mapa.

Era verdade que Nina havia escrito uma dúzia de cartas de verdade, muitas vezes perguntando se poderia visitar Nova Orleans. Ela escrevia todos os meses. Eu nunca respondia. Como poderia? E ainda assim, quando Nina ligou para o convento bem cedinho na quinta-feira, depois de uma noite agitada, e anunciou que tinha chegado de Nova York de avião, meu coração ficou frenético — de medo, de empolgação — enquanto eu corria para encontrá-la.

— Meu amigo Bernard está aqui, dando voltas no aeroporto. Ele é uma piada, mas é gentil. Ele me deu uma carona até aqui e vai nos levar para a cidade.

Nina e eu saímos do terminal de desembarque, ela com seu glamour, eu com meu preto austero — lenço no pescoço e luvas. Seguimos até a fila de desembarque atravessando hordas de viajantes carregando malas, famílias chorando em meio a abraços apressados e adolescentes zumbis.

Ela estava inquieta enquanto esperávamos Bernard dar a volta. Um homem perto de nós tentava ler o *Times-Picayune*, mas estava tão úmido que o papel ficava dobrando como um fio de macarrão molhado.

— Bem-vinda a Novorleans — disse Bernard atrás do volante. — O que pretende fazer na cidade?

— Vou fazer um show hoje à noite — respondeu Nina enquanto se sentava no banco de trás. Eu fui na frente. — Quero ver o Bairro Francês — acrescentou ela — e comer lagostim e tomar um Sazerac e sopa de tartaruga.

— Dê às tartarugas o descanso eterno, ó Senhor — pedi, e fiz o sinal da cruz.

— E quero ver onde você dá aulas — Nina bateu no meu ombro esquerdo — e onde você mora.

— Legal legal legal — disse Bernard, sempre agradável. — Ver um pouco da vida espiritual.

— Não é uma boa ideia. — Eu precisava acabar com isso rapidamente.

— Está com vergonha de ser vista comigo? — questionou Nina de modo grosseiro do banco de trás.

— É claro que não — menti. — A polícia está permanentemente posicionada no campus agora, e eles não gostam de visitantes. Nem de mim.

Ela abaixou a voz.

— Acho que não vou poder dormir na sua casa, então.

— Pode ficar comigo! — Bernard levantou a voz. — O lugar é humilde, mas recebo músicos o tempo todo.

Nina murmurou um agradecimento forçado enquanto mordia a unha do polegar. O ar no carro estava sufocante.

No caminho para a cidade, o lago Pontchartrain brilhava como uma lua nova à nossa esquerda, um ímã preto absorvendo nossos desejos. Bernard, agitado, virava a cada poucos minutos para olhar para Nina no banco de trás, fazendo o carro desviar levemente para o acostamento. Nina era linda como uma supermodelo, então eu não culpava Bernard por ter ficado com uma queda por ela, mas também não amava a ideia. Pelo retrovisor, vi o olhar de Nina que dizia que-porra-é-essa — seus grandes e agitados olhos perguntando *Por que ele está aqui?*

— Você vai me contar o que está acontecendo com os incêndios ou o quê? — indagou Nina. Sua voz tinha uma certa agitação. — Tive de ler sobre isso no Twitter.

— Mais ou menos uma semana atrás, eu vi nosso colega Jack...

— Meu parceiro! — exclamou Bernard.

— Eu vi Jack cair do segundo andar da ala leste de nossa escola.

Nina ficou boquiaberta.

— Corri para dentro, para ver se tinha alguém lá, e encontrei dois garotos, meus alunos, Lamont e Jamie, quase desmaiados devido à inalação de fumaça. Carreguei Jamie para fora, depois de quase o matar quando puxei um pedaço enorme de vidro de sua perna.

— Ah, não, Hols.

— Ele está bem. Traumatizado pelo resto da vida, mas bem. — Eu me benzi. — Dois dias depois, nossa cantina pegou fogo. A querida irmã T foi empurrada das escadas. O legista disse que foi um acidente, mas eu não acredito. Depois o ônibus de nossa escola pegou fogo.

— Parece que temos um incêndio por dia — acrescentou Bernard.

— Iniciei minha própria investigação — contei. — Confiar nos policiais é tão inútil quanto regar uma planta de plástico.

— É verdade — concordou Bernard.

— Eu encontrei uma luva na rua, uma blusa queimada em minha lata de lixo. Devo estar perto de descobrir alguma coisa, porque alguém abriu minha correspondência e me trancou em um armário.

— Sinto muito, Hols. Eu não sabia — disse Nina.

— Como poderia saber?

— Vocês chegaram ao seu destino — interrompeu Bernard com uma voz robótica.

Omiti a caixa cheia de cartelas de fósforo no armário — ainda precisava discutir isso com Bernard.

Bernard manteve as malas de Nina no porta-malas de seu carro e nos deixou na frente da escola. Ficamos paradas por um momento, enquanto Nina observava a flora exuberante. Mas a sauna do ar da manhã já estava densa, e nossa história aumentava ainda mais o calor.

— Parece que estamos dentro de um vulcão — disse Nina. Cigarras voavam em suas correntes hipnóticas, uma orquestra invisível. Ela pegou seu maço de cigarros.

— Não está quente demais para fumar, até para você? — indaguei, desejando um cigarro.

— Tem uma primeira vez para tudo. — Nina acendeu o cigarro, deu uma tragada e, antes que pudesse soltar a fumaça, ouvimos uma voz gritando.

— Proibido fumar! É proibido fumar nesta área! — Era a irmã Honor virando a esquina com uma cara de constipação. Suas pernas curtas se moviam tão rápido que parecia que ela estava sobre trilhos. Ela era mais rápida do que eu imaginava.

— Bom dia, irmã Honor.

— Como você sabe, irmã Holiday, fumar cigarro é obra do diabo — alertou ela, uma declaração ridícula que ficava ainda mais ultrajante por sua halitose de naftalina. Seus olhos arregalados giravam em torno de sua cabeça. — O uso de tabaco é proibido na propriedade da São Sebastião. — Ela apontou para uma placa de PROIBIDO FUMAR, sob a qual havia uma pilha grande de bitucas de cigarro.

— Não se preocupe. Nós vamos sair daqui agora — falei. — Está vendo isso? É a visão de nós indo embora.

Notei que o santuário da calçada para a irmã T e Jack tinha perdido todas as suas flores, mas continuava a ganhar novas velas.

— Parece que você tem uma superfã? — perguntou Nina sobre a irmã Honor.

— Ela me odeia. Odeia o fato de eu ser gay.

— Mas você não é mais gay.

— É claro que sou. Ainda sinto atração por mulheres, só estou tirando um sabático de sexo e...

Ela interrompeu com tensão.

— Não te mandaram deixar de ser gay para entrar para a Ordem?

Eu ri, mas entendi a irritação dela. Essa instituição — o sistema do qual eu fazia parte — era um dos mais opressivos do planeta.

— Cada irmã tem um passado — falei. — E um presente. Acredite em mim. A irmã Augustine acredita que todos têm um papel a desempenhar para um futuro melhor.

Ela riu.

— Mas você não é, tipo, casada com Jesus?

— É um casamento sem sexo. Mas, na verdade, sou casada com meu trabalho.

Nina girou as pulseiras no pulso. As aulas começariam em breve, mas ali parada com ela, em meio às velas do memorial, sem saber ao certo o que dizer ou fazer, o tempo se comprimia. O momento era denso, uma panela de pressão sem válvula de segurança. Ela parecia uma lembrança e uma fantasia ao mesmo tempo. Ela perfurou o silêncio.

— Aconteceram umas coisas assustadoras por aqui. Fico feliz por você estar bem. Nunca deixei de sentir sua falta — confessou ela. — Nós nunca conversamos sobre aquela noite. A van...

Eu não podia escutar mais nada.

— Pare, essa coisa toda já é dura demais.

— Você gostava. — Ela sorriu.

Ergui os ombros.

— Isso não é uma piada. Sou diferente agora.

— Certo. Eu lembro. Você me trocou por virar freira.

— Shhh. — Coloquei o dedo na frente dos lábios de Nina para calá-la. Olhamos uma para a outra por um momento um pouco mais longo do que deveríamos.

Com uma hora para os alunos chegarem, eu não tinha muito tempo para mostrar a Nina a escola, minha sala de aula, minha nova vida. Suportei os olhos sagazes de um policial ao entrar na recepção, onde roubei um crachá de visitante da mesa de Shelly. Levei-o para Nina, que estava suando e cantando para si mesma nos degraus da escola.

Caminhando para minha sala de aula, fui tomada pelo ar. O cheiro ambiente de coisas carbonizadas e cinzas me fez engasgar. Eu não conseguia respirar.

— Droga! — Nina bateu nas minhas costas. — Você está bem?

Meus olhos lacrimejaram quando engasguei. Cambaleei para a sala de John Vander Kitt e peguei uma das onipresentes térmicas de café em sua mesa, tomando grandes goles de café de chicória frio, provavelmente deixado ali no dia anterior. Meus pulmões se acalmaram. Respirei fundo.

Me acertou rapidamente, o golpe da bordoada.

— Merda! Experimente isso. — Entreguei a térmica a ela.

Nina tomou um gole e sentiu ânsia de vômito.

— É praticamente só vodca. — Ela me devolveu a térmica.

John estava chapado de vodca o dia todo, todos os dias.

Meu Deus, por que fez a vida tão impossível a ponto de precisarmos silenciar o mundo?

Levei Nina para dentro do convento para poder escovar os dentes, tirar aquele gosto miserável da boca. A porta do meu quarto estava entreaberta. O cômodo estava vazio, salvo por uma lagartixa que subia pela parede mais rápido do que um pensamento.

— Que bonitinha! — Nina apontou para o réptil marrom.

— Saia — mandei. Investiguei meu quarto e depois voltei para o corredor. — Espere aqui.

— Por quê? — questionou Nina.

Pânico e indignação tomaram conta de mim.

— Alguém entrou no meu quarto.

— Que estranho — disse Nina. — Você tem certeza?

— A porta está aberta. Eu nunca deixo a porta aberta. Alguém veio aqui.

Nina balançou a cabeça.

— Ainda é paranoica, pelo que estou vendo.

— Tenho motivos para ser. Fique aqui fora.

Entrei no meu quarto e olhei embaixo da cama. Atrás da porta. No guarda-roupa. Nada.

— Holiday! — gritou Nina do corredor e eu corri para fora.

A irmã Honor havia encurralado Nina contra a parede oposta. Com todo o poder de seus pulmões, ela bradou:

— Não há visitantes no convento!

Nina correu para trás de mim no meio do corredor, como se eu pudesse protegê-la.

— Desculpe, irmã Honor, eu...

— Tire-a daqui, agora!

— Preciso pegar uma coisa no meu quarto. Nina pode esperar aqui. Certo?

— Ande logo com isso. — A voz afetada da irmã Honor me tirou o fôlego.

De volta a meu quarto, eu passei os olhos pelas paredes e superfícies. Olhei debaixo da cama de novo, mas não vi nada. Meus quatro lenços de pescoço estavam desdobrados.

— Alguém está querendo me provocar — sussurrei para Nina quando saímos. — Está tentando me confundir. Se tivéssemos chegado um minuto antes, talvez tivéssemos visto quem era.

Da porta do convento, um olhar estridente — a irmã Honor olhando fixamente para nós.

— Essa daí está na minha cola desde que tudo começou — contei. — Ela está atrás de mim. Eu sei.

— Ela não gostou muito de mim.

As aulas começariam em trinta minutos. Eu tinha de me despedir de Nina, mesmo quando daria tudo para vê-la tocar. Quase tudo.

— Tchau, por enquanto — falei mecanicamente.

A energia de Nina era tempestuosa, pairando no golfo entre a decepção e o desejo.

— Vai demorar mais um ano até eu ver você novamente?

— E você liga? Você é casada.

Nina deslizou os óculos escuros dourados para o alto da cabeça.

— Não ligar é *a sua* especialidade, não a minha. Eu me importei. — O olhos dela começaram a lacrimejar. Ela piscou várias vezes. — Eu *sempre* me importei com você, com a gente. E eu vou deixar Nicholas.

— O quê?

— Ele está transando com a terapeuta dele há anos. Está surpresa?

— Que Nicholas faz terapia? Com certeza. Que você tem uma moral de dois pesos e duas medidas? Nem tanto.

Os alunos começaram a caminhar vagarosamente na direção da entrada principal. Um carro preto com o neon da Uber passou. Nina abriu a porta, jogou a bolsa no chão. Ela fez cara feia, entrando no carro, e bateu a porta com tanta força que senti o eco no peito. Oco, reverberante como um sino de igreja.

Dei alguns passos até o banco do pátio. Quando sentei, vi outro ser atormentado. Um esqueleto ambulante se aproximando de mim. Riveaux.

— Tenho um podre pra você — afirmei. Abri espaço no banco para ela.

— O quê? — Ela sentou com rigidez. Tinha cheiro de gardênia.

— John Vander Kitt é um alcoólatra. Ele bebe em segredo o dia todo, em pleno horário de trabalho. E esconde perfeitamente. Talvez saiba mais sobre o incêndio do que está dizendo. — Como a maioria de minhas transgressões, dedurar um amigo era horrível, mas necessário. Eu era a única revelando pistas, e precisava fazer a investigação continuar em frente, independentemente do quanto custasse.

— Muito bem, irmã. — Ela acenou com a cabeça. — Isso é algo que certamente eu posso usar. Hoje de manhã, outra escola católica do outro lado da cidade, a Santa Ana, foi incendiada.

— De novo não.

— Nove casos de inalação de fumaça. Alunos e um professor.

— Que Deus tenha misericórdia deles. — Fechei os olhos. — Alguém morreu?

— Sem baixas.

Levantei-me abruptamente. Apesar de tudo o que eu tinha feito, os incêndios continuavam acontecendo. Deus não podia — ou não iria — detê-los. Me perguntei se aquilo ainda era um teste de fé, mesmo com tantos danos colaterais.

— Não posso lidar com isso agora.

— Irmã.

— Quando começou o incêndio na Santa Ana? — perguntei. — O horário exato.

— Seis e dez da manhã.

— Por que tinha alguém lá tão cedo?

— Ensaio da peça.

— Testemunhas?

— Ninguém viu nada.

— Ligação anônima para a emergência?

— Sim — respondeu ela, abatida. A derrota era uma forma de fazer tudo ficar menor.

— Riveaux, e se isso não começou com o primeiro incêndio? Não aquela semana, nem mesmo no ano passado? Talvez seja a Diocese. A Santa Ana também é da competência deles. O bispo afirmando-se como rei.

— Um jogo longo? — Riveaux ficou olhando para a única nuvem no céu.

— Não é um jogo de damas — rebati. — É xadrez.

CAPÍTULO 28

— A cidade está em alerta — disse a irmã Augustine na cozinha do convento na quinta à noite, enquanto preparávamos o jantar. — Os católicos são o alvo claro. — Ela levantou as mãos no ar e olhou para o céu. — Perdoe aqueles que fizeram o mal em seu abençoado nome, ó Senhor. — Ela olhou para mim, depois para a irmã Honor. — Agora devemos mostrar uma força unida e consistência diante do terror.

— Precisamos seguir em frente — falei.

A irmã Honor gesticulava como se estivesse dirigindo o trânsito.

— Não, não, não! Precisamos de mais polícia, um toque de recolher mais longo e câmeras de segurança! Os vizinhos estão assustados. Os alunos estão traumatizados. Pelo menos os que estão assistindo às aulas. Tantos pais mantiveram os filhos em casa. Devemos pedir para a Diocese cancelar as aulas até podermos garantir a segurança. Irmã Augustine, pode fazer isso?

Fiquei impressionada com a irmã Honor pela primeira vez, com suas preocupações com nossa segurança coletiva.

Só que era mesmo preocupante. Nossa escola e a Santa Ana eram duas das quatro escolas católicas que restavam na cidade. Sem financiamento público, a anuidade dos alunos nos deixava à deriva.

Se pais abastados perdessem a confiança e tirassem os filhos da escola, estaríamos ferradas. Dificuldades financeiras terríveis.

O Don, o Defunto e o Barba estavam fazendo sua jogada. Eu não tinha dúvida de que eles planejavam vender nossa doce, doce propriedade em Nova Orleans para quem pagasse mais e nos deixar ao relento, alegando que a "venda da propriedade" era "necessária" para "sustentar a missão". Manobra maquiavélica. Forrando os bolsos com fio de ouro. Até onde eu sabia, o patrimônio líquido do Vaticano era de quatro bilhões. Dinheiro e mentiras. Mentiras e dinheiro. Uma história tão velha quanto o tempo.

— Não podemos fechar a escola — interrompi.

— Irmãs, por favor — respondeu a irmã Augustine. — Precisamos de solidariedade, ficar *juntas* e compartilhar o Evangelho. Nosso Senhor é toda a proteção de que precisamos. Ele proverá.

— Devemos cuidar de nossos alunos — disse a irmã Honor calmamente. — Eles precisam de apoio. Nós precisamos colocá-los em primeiro lugar.

Mais uma vez, concordei com ela, mas também estava preocupada.

Os cabelos brancos da irmã Augustine estavam aparecendo sob o hábito.

— Vamos trabalhar junto com a comunidade para mostrar que não estamos com medo.

— Mas nós *estamos* com medo — contestou a irmã Honor. — Devíamos suspender as aulas até...

— Mas não podemos apoiar nossos alunos se eles estiverem encolhidos em casa — protestei, sem recuar.

— Ela é implacável — disse a irmã Honor à irmã Augustine, como se eu não estivesse bem do lado dela. — A Diocese que decide, de qualquer modo.

— Eles decidem mesmo — concordei.

A irmã Augustine colocou as mãos em meus ombros.

— Sem brigas, por favor. É hora de serem o catalisador que sei que vocês podem ser — disse ela.

A irmã Honor revirou os olhos. Havia juntado baba em seus lábios em nossa disputa de gritos.

— Obrigada — falei, com um sorriso que era para a irmã Honor. Puxei mais as luvas pretas. O calor e o suor as haviam feito encolher.

— Vocês foram escolhidas para fazer o trabalho duro porque são capazes. Podemos lidar com qualquer coisa, juntas, com Deus.

— Por favor, continue me lembrando — pedi.

O telefone do convento tocou e a irmã Augustine atendeu.

Riveaux nos surpreendeu com um pedido para se encontrar conosco pessoalmente e, quinze minutos depois, chegou, parecendo caracteristicamente impressionada.

— A polícia concorda com o bispo que todas as escolas católicas devem ser fechadas até pegarmos o incendiário — contou. — Precisamos de mais patrulhas.

A irmã Honor vociferou:

— Precisamos de um toque de recolher na cidade inteira!

— O incendiário realmente deu mais um passo adiante, mas um toque de recolher na cidade seria algo muito difícil de instaurar sem a resistência da população. — Riveaux pigarreou. — É um profissional. Disso eu tenho certeza. Essas cenas estão limpas. Ordenadas como um kit de química.

Riveaux ficou falando, mas repetiu a palavra *química* mais de uma vez e com ênfase, como se suspeitasse que Rosemary Flynn estivesse envolvida. A farra continuou em espiral. Talvez fosse grande demais para uma pessoa. E se Rosemary Flynn e a irmã Honor tivessem feito uma bizarra aliança criminosa? E se os policiais estivessem criando problemas que apenas eles poderiam consertar?

— Eu só queria que isso acabasse. — Meu olho esquerdo pulsava.

— Fique para jantar conosco, investigadora — convidou a irmã Augustine.

— Obrigada. — Riveaux pareceu genuinamente surpresa com o convite.

Durante a oração, rezei para que o tédio retornasse à minha vida. O jantar foi uma agonia. Com observações depreciativas da irmã Honor sobre mim, a investigadora fracassada da São Sebastião. Para uma mulher religiosa, ela era uma vaca obscura. Não muito diferente de minhas colegas de banda, mas um pouco mais cruel.

— Você sovou demais a massa de novo, irmã Holiday — a irmã Honor disse com calma. — Deixe a massa descansar. Você mexe muito nela.

— Nem todos podemos ser tão perfeitos quanto você, irmã Honor. — Afundei a torrada na gema do ovo, perfurando a membrana. Nosso jantar aquela noite: feijão branco com couve de nossa horta, cobertos por um ovo pochê botado por Hennifer Peck, e pão fresco.

— Ninguém é perfeito, exceto nosso Senhor e Salvador — respondeu a irmã Honor enquanto mastigava seu pão com manteiga, deixando cair migalhas dos lábios enormes.

A irmã Augustine, olhando pela janela, disse calmamente:

— Irmãs, por favor, parem de brigar. Preciso lembrar vocês que temos uma reunião da Diocese com o bispo na segunda-feira? E, de qualquer modo, Deus nos fez à sua imagem, então somos todos perfeitos.

— Amém — respondi.

— Amém — repetiu Riveaux.

— Amém — disse a irmã Augustine com um sorriso calmo. — Obrigada por se juntar a nós nesta humilde refeição, investigadora Riveaux. — Talvez para contrariar as farpas da irmã Honor, ela disse: — A irmã Holiday trouxe vida nova para nossa escola e convento, e estou ansiosa para saber como ela vai contribuir ainda mais depois de seus votos permanentes.

Votos permanentes. As palavras tiraram meu fôlego. Eu podia ouvir Nina rindo de mim. Nada jamais é realmente permanente, exceto a morte.

Riveaux se despediu. Depois de tirar a mesa, antes de minhas preces noturnas, sentei do lado de fora, apesar do toque de recolher. Eu me encolhi sob a árvore de tangerina no jardim do convento, onde Vodu estava enterrada, onde a irmã T tinha passado tanto tempo cavando, podando, cultivando, fazendo a compostagem e cantando. Senti saudade do sorriso da irmã T e de sua gentileza. Eu nunca esqueceria como ela fazia eu me sentir. Sempre vista.

Ouvi uma batida na janela que dava para o jardim. A irmã Augustine acenou do lado de dentro. Na cozinha, ela disse:

— O toque de recolher deve ser obedecido, irmã Holiday.

— É sufocante.

— A polícia só quer nos proteger.

— Não deixe Grogan enganar você. Ele é um sádico — sugeri.

— O detetive Grogan é um homem devoto e fiel que só está fazendo seu trabalho. Por favor, respeite suas ordens. Você pode fazer isso. Sei que pode.

A confiança dela fazia eu me sentir mais leve.

— Você é a única pessoa que tem fé em mim.

Ela me abraçou.

— Não sou a única. Você vai ser um poderoso pilar da comunidade, irmã Holiday, porque você entende o que é *sofrimento*.

Concordei com a cabeça. Ela se virou e se afastou para ligar para o bispo.

O toque de recolher e a maior presença da polícia deixavam todo mundo tenso, tateando no escuro, mas a irmã Augustine iluminava o caminho. *Compartilhar a luz em um mundo escuro.*

CAPÍTULO 29

Não haveria aula na sexta-feira, de acordo com o decreto da Diocese. Eu tinha de conseguir algum podre sobre a nada santíssima trindade, mas isso seria mais difícil do que ressuscitar mortos. Era melhor me concentrar nas pistas que poderia investigar imediatamente. O tique-taque do relógio era cada vez mais alto, e eu era a emissária de Deus no caso. Minha missão era pura como água benta, embora um pouco de refinamento fosse fazer bem à minha investigação.

A manhã progrediu sem cerimônia. Tomei um rápido banho frio. Cortei as unhas na pia e vi as pontas desaparecerem pelo ralo quando abri a água. Vesti meu uniforme preto, cabelos molhados pingando atrás da orelha, na gola da blusa e no lenço.

A primeira irmã a chegar na cozinha do convento sempre fazia o café, então coloquei a pesada chaleira sobre o fogão e moí grãos de café no moedor manual enquanto a água fervia. Passei manteiga em duas fatias de pão integral e os embrulhei em um guardanapo de pano verde para levar à escola. Eu comeria depois da missa. Já estava quente na cozinha, abri a porta do freezer e coloquei minha cabeça lá dentro para aliviar, o rosto perto da bandeja de gelo e de nossos únicos dois itens comprados em supermercado: sacos de ervilhas e milho. Quando o café ficou pronto, enchi minha garrafa térmica. Limpei migalhas da bancada e fui até o jardim pegar uma tangerina.

Como sempre, a missa correu sem percalços, exceto pela presença cada vez mais numerosa de pessoas, mais ainda naquele dia porque os alunos não precisavam estar em aula. O padre Reese foi incrivelmente pouco inspirador, o que era chocante, uma vez que a irmã Augustine tinha despertado multidões do lado de fora de maneira muito persuasiva. O público cada vez maior precisava de consolo. Eu observei nossos paroquianos abrindo e fechando seus hinários, desesperados por conforto, com os olhos pulsando. Eles até tinham cheiro de medo. Um cheiro inebriante e ceroso. Todos precisávamos de orientação.

O céu sobre o Mississippi tinha três tons de azul. Uma brisa leve, carregada de jasmim, acordava as palmeiras. Atravessei a rua Prytania e acenei com a cabeça para um policial a caminho da escola, que me olhou, acenando lentamente de volta.

A sala dos professores estava vazia, exceto por Bernard, que comia um Snickers e tomava uma Coca de café da manhã. Sentei ao lado dele. Seu jeans cheirava à grama cortada e gasolina. O cheiro me fez tremer por um instante.

— Oi. Está parecendo uma cidade fantasma — disse Bernard. Professores estavam presentes, mas sem alunos, os corredores estavam assustadoramente silenciosos.

— Eu estava querendo te perguntar, mas não sabia como — larguei o pão —, qual é a das cartelas de fósforos?

Bernard engoliu seu grande bocado sem mastigar, e engasgou um pouco.

— Hã? — Ele empurrou o chocolate com um gole de refrigerante.

— Eu encontrei uma caixa de metal cheia de cartelas de fósforos quando fiquei presa no armário de utensílios. É uma longa história. Mas por que tantas?

Ele ergueu as sobrancelhas grossas.

— Eu coleciono fósforos de todo bar a que vou ouvir música ao vivo. — Dava para ver que seu dente da frente estava lascado enquanto conversávamos.

— Certo. — Eu me senti culpada por questioná-lo sobre isso, por não confiar em meu amigo. Mas eu não confiava nem em mim.

— Meu lembrete de lugares em que estive e de coisas que ouvi. — Ele amassou a embalagem de chocolate e a atirou no lixo.

Pressionei a testa nas mãos enluvadas como faço após a comunhão.

— Eu entendo. Achei que estaria em turnê aos trinta anos. Olhe para mim agora.

— Está brincando? — disse ele. — Você é uma estrela. Sempre a pessoa mais legal do recinto. — Naquele momento, notei que Bernard estava usando um lenço de pescoço preto parecido com o meu. Ele disse que faria qualquer coisa por mim e eu acreditava nisso.

John Vander Kitt entrou na sala.

— Saudações terráqueos. Uma ótima manhã para vocês.

Bernard levantou para cumprimentá-lo.

Um momento depois, um policial e Riveaux apareceram. Eu nunca os havia visto em nossa sala antes. Era mais ou menos como ver minha professora do ensino fundamental na pista de skate.

Riveaux disse:

— Bom dia, irmã.

— Bom dia.

— Sr. Vander Kitt — disse Riveaux para John —, podemos conversar?

— É claro que sim, investigadora. Só espere eu deixar esse arquivo na minha sala primeiro, antes que eu esqueça.

— John, estou vendo que você deixou seu café ali — falei para dar a Riveaux uma dica sobre a localização da bebida alcoólica. A euforia da investigação substituía minhas dúvidas e remorso.

— Vander Kitt? — chamou o policial com uma voz grave, porém calma. Uma gota de suor escorria de sua careca pela linha do maxilar, do lado direito. — Precisamos sair. Você pode nos acompanhar?

— Kathy está bem? — John perguntou, ansioso.

— Isso tem a ver com *você*, John. — Riveaux ergueu o queixo e o peito. Seu corpo endureceu e se transformou em um escudo. Que palavras mágicas ela recitara para se transformar em uma armadura? Ou havia sido o corpo que incitara a mente? Lutar ou fugir.

Os olhos normalmente gentis de John ficaram inexpressivos.

— O que está acontecendo?

— O que tem na sua caneca? — Riveaux apontou. — Está bebendo no trabalho?

— Por quê? Não!

— Foi confirmado pela irmã Holiday. — O policial usou o polegar para apontar para mim.

John piscou, surpreso.

— Confirmado pela irmã Holiday?

Fechei um olho, como se aquilo pudesse aliviar metade da dor do momento.

— Sinto muito, mas você precisa de ajuda.

Ele me lançou um olhar examinador.

— Tem mais alguma coisa que você está escondendo de nós? — perguntei.

— Não!

— Não vamos prender você — respondeu o policial. — Mas precisamos que saia das dependências da escola. Você está bêbado.

— Irmã Holiday, como... — Suas pernas cederam e ele tropeçou, batendo os cotovelos na beirada da mesa. — Você é minha amiga.

— Ela nunca... — Bernard parou antes de completar a frase quando viu a umidade em meus olhos.

— John — falei —, eu bebi da garrafa térmica de sua sala de aula. Ela...

— Eu posso explicar! — protestou ele, balançando a cabeça. — Não é o que vocês estão pensando. Eu estou bem, estão vendo? Estou cuidando da minha família, só isso. É uma grande responsabilidade. — John falava em fragmentos furiosos e espaçados enquanto o policial o levava para fora com brusquidão. — É muita coisa nas minhas costas. Eu vou pedir ajuda. Não posso perder meu emprego. O seguro saúde da Kathy!

— Estou com nojo de mim mesma — confessei a Riveaux depois que a cena terminou.

— Você fez a coisa certa. Está pensando nos alunos.

— Estou pensando em mim mesma — falei. — Eu traí John.

Certo, os álibis de John e Rosemary eram suspeitos, mas eu queria impressionar Riveaux e a irmã Augustine para provar que valia a pena me manter por perto. Ninguém me botaria para fora novamente. Só que Bernard me odiaria. Eu devia ter ignorado a bebedeira de John. Ele precisava de ajuda, mas havia formas mais humanas de passar essa mensagem.

O caso — eu precisava dele. A obsessão me mantinha em movimento.

O que eu teria se parasse?

O que mais eu perderia se continuasse?

Saí e esperei na sala da irmã Augustine, ávida por dizer que provei minha lealdade à escola. Ao meu lar. Esperei dez minutos. Doze. Quinze minutos. Fiquei sentada na sala da irmã Augustine, onde alunos ficavam ansiosos enquanto eram repreendidos por alguma transgressão, onde eles buscavam orientação espiritual. Senti o peso de uma posição moral, a necessidade de se fortalecer, de pagar um preço por um bem maior. Precisávamos de movimento no caso. Destravar alguma coisa.

A irmã Augustine não apareceu. Pela janela, olhei para a calçada. Lá estava ela, com Prince Dempsey, braços erguidos em prece no santuário.

CAPÍTULO 30

Depois da triste traição a John na sexta-feira e minha forma indigna de abordar a situação, Riveaux levou a mim e à irmã Augustine para o tribunal. Sentamos na segunda fileira da sala abafada enquanto o julgamento de Prince começava. Julgamentos criminais geralmente levavam muitos meses para serem concluídos, mas quando o promotor assistente propôs um julgamento extrarrápido, Sophia Khan concordou — ela era arrogante pra caramba, como seu cliente.

— Todos em pé — gritou o meirinho. — O caso de hoje é *O povo contra Prince Dempsey* por duas acusações: vandalismo criminoso na Catedral Eau Benite e posse de arma de fogo sem autorização.

Cutuquei Riveaux.

— Eles desistiram da resistência à prisão?

— Por sorte, ainda conseguiram ficar com a acusação de posse de arma. — As palavras de Riveaux eram irritadas. — Ele podia ter dito que a arma era seu "instrumento de conforto".

Dois jurados se abanavam com papel.

A advogada Khan afastou a cadeira da mesa. Ao lado dela, sentado calmamente, estava Prince Dempsey, com cabelos loiros limpos e barbeado. Vestido de maneira adequada, sem BonTon ao seu lado,

Prince não parecia mais velho, mas mais novo, um rapaz robusto e saudável, pronto para encarar o futuro.

— Senhoras e senhores do júri — começou Khan com força, com as armas engatilhadas —, este é um caso claro de sabotagem contra um jovem marginalizado. Algumas pessoas podem olhar para Prince Dempsey e pensar o pior, mas eu garanto a vocês que meu cliente é inocente. Peço que mantenham mente e coração abertos durante este julgamento. Prince Dempsey é culpado de uma coisa: ser um alvo fácil para um departamento de polícia que está lamentavelmente sobrecarregado e com poucos recursos.

Ela continuou com fervor:

— Este jovem nunca teve uma vida fácil. Quando era bebê, sua família foi desabrigada durante o Katrina, um cruel Ato de Deus. — Ela olhou para mim e para a irmã Augustine. — E ele passou anos circulando pelo sistema de adoção, encontrando-se em várias situações abusivas.

Khan caminhava atrás de Prince, cada um de seus passos um clique de alta moda no piso do tribunal.

— Apesar de todas essas dificuldades, Prince Dempsey está lutando para construir um futuro melhor. Na verdade, ele quer se tornar o primeiro membro de sua família a se graduar no ensino médio e ir para a faculdade. Tudo isso está *ameaçado* agora — ela levantou os dois braços, palmas das mãos viradas para o júri — porque Prince foi acusado de vandalismo criminoso e posse de arma, acusações das quais ele é absolutamente inocente.

A advogada Khan estava tão perto do porta-voz do júri que quase sentou no colo dele.

— A defesa vai passar imagens de segurança que dizem mostrar meu cliente na cena do crime na noite em questão. No entanto, tecnologia pode ser manipulada. Não há salvaguardas, nada garante que essas imagens não estão adulteradas. Vocês também vão ouvir testemunhos juramentados de gerentes do abrigo de animais onde Prince Dempsey estava como voluntário na noite do vandalismo. Como os jovens de hoje em dia dizem, as provas estão "on".

Um jurado mais jovem sorriu e outro riu de leve.

A advogada Khan balançou a cabeça como se exorcizasse um espírito do tribunal.

— Prince Dempsey é perfeito? Alguém de nós é perfeito? É claro que não. — Dois jurados confirmaram com a cabeça. — Somos *humanos*.

— Me dê um tempo, porra. — Riveaux me cutucou com o cotovelo. — Você acredita nisso? — Os ossos dela eram afiados como um pé de cabra.

No corredor, durante um recesso de dez minutos do julgamento, Riveaux ficou andando de um lado para o outro. Ela estava ansiosa, pronta para sair voando.

— O que deu em você? — Eu lhe dei um lenço limpo, que ela usou para secar o suor da testa.

— Eu não consigo lembrar o que não consigo lembrar — falou ela.

— Você está chapada. — Eu tinha notado o comportamento cada vez mais errático de Riveaux havia algum tempo, primeiro presumindo incompetência, e, às vezes, até suspeitando que ela estivesse envolvida no incêndio criminoso. Talvez conspirando com os policiais. Pessoas que ocupavam posições de autoridade tinham isso dentro delas. Cretinos astutos. Todos que aplicam as regras aprendem inerentemente a quebrá-las. Só que eu reconhecia vício quando o via. Tentei deixar o calor transparecer em minhas palavras, mas eu precisava que ela soubesse que eu estava falando sério, que ela não podia mentir para mim, e eu sabia que ela estava brincando com algum tipo de fogo. — O que é? — perguntei. — Hidrocodona? Oxicodona? Diazepam?

— Finalmente acertou uma — provocou ela. — Como sabia?

— Percepção divina — respondi. — E seus humores. Dormindo no carro. Suas conversas sem sentido. Você está usando alguma coisa agora mesmo, não está?

— Sim, quer dizer, não. — Ela ficou corada. — Estou sempre usando alguma coisa. Oxicodona. Diazepam. Todos eles. Eu nem sei mais.

— Quando começou?

— Eu caí de uma escada seis anos atrás. Investigando um incêndio em uma casa em Annunciation. Quebrei uma vértebra, rompi oito discos. Precisei de três cirurgias nas costas.

— Caramba.

— Não conseguia dormir, nem sentar, nem *pensar*. A dor era diferente de tudo que eu já havia sentido. Eu não conseguia nem piscar. Mas a oxicodona *apagava* a dor. Também amo minha hidrocodona. O barato que dá. — Ela continuou: — Liberdade absoluta. Mas eu comecei a esquecer as coisas. A não registrar provas. A ter apagões quando tentava lembrar detalhes-chave de entrevistas. A confundir datas. Minha mente parece um lugar diferente para mim agora. Este trabalho é diferente. Não é feito para seres sencientes. O que vemos... você não pode imaginar. E não dá para desver. Não dá para levar nada do trabalho para casa.

— Viver duas vidas. — Pensei no meu pai, duro como uma pistola, com um coração de pedra, com tanto medo de sentir que desligava todas as emoções. — Como você consegue oxicodona? Com todos os processos judiciais, os médicos reprimiram.

Ela balançou a cabeça, secando lágrimas de riso ou lágrimas comuns. Não dava para saber.

— Dinheiro, querida. Rockwell mantém nossas receitas preenchidas, vai a uma clínica nova cada vez que viaja. Quando um médico diz *chega*, ele vai para outro. Um cara esperto como Rock consegue tudo o que quer.

— O que ele quer? — Lembrei da pessoa desprezível na foto de Riveaux. Um *diabo loiro*, como poderia dizer Dashiell Hammett. Aquele sorriso com lábios finos. Eu adoraria socar aquela cara estúpida.

— Ele me quer assim — disse Riveaux. — *Dependente* dele, ruim da cabeça. Essa é a única coisa que preciso dele.

— Puto.

— Eu o chutei para fora ontem. — Ela pegou um lenço no bolso de trás e secou o suor da testa. — Ele foi para Houston, ficar na casa do irmão. Eu disse que preciso ficar sóbria. Precisamos de uma separação tranquila.

Nenhuma separação é tranquila, eu pensei. Toda fratura enterra um fantasma.

— Obrigada por me contar tudo isso.

— Bem, nós somos amigas — falou ela.

— Somos?

— O capitão me demitiu hoje de manhã. Ele estava atrás de mim há um tempo. Grogan colocou minhocas na cabeça dele. Garotos bonzinhos odeiam estar no mesmo nível de mulheres negras. Morrem de medo de mudança. E eu perdi um relatório e algumas provas.

Eu não conseguia acreditar que chegara a pensar por um momento que Riveaux pudesse estar aliada a um cretino como Grogan, trabalhando nos bastidores com aquele desgraçado covarde.

— Que provas? — perguntei, com medo da resposta.

— Sua blusa e a luva.

As palavras dela pesaram por um instante, depois caíram como espadas em meu cérebro.

— Você perdeu? — perguntei, incrédula. — Elas *já eram*?

— Tenho uma vaga lembrança de ter colocado o saco de provas em uma caixa de correio.

Quase caí de joelhos.

— Meu Deus, Riveaux. Eles não te prenderam por isso? Interferir nas provas é crime.

— Perder não é interferir. — Ela tirou os óculos, pressionou os olhos com o dorso dos dedos. — Eu não tenho ideia do que *acho* que estou fazendo em comparação ao que realmente estou fazendo.

— E agora?

— Reabilitação em Atlanta de novo, e de novo, até eu matar esse demônio. Ou ele me matar. — Os olhos dela estavam leitosos, como dois espelhos antigos. — E eu preciso deixar Rock também.

— Sei como é.

Ela empurrou os óculos no dorso do nariz suado.

— Depois eu vou seguir o caminho de investigadora particular, com a perfumaria à parte. Preciso me manter ocupada, colocar minhas habilidades em prática. É hora de ser minha própria chefe.

A inveja fez as palmas de minhas mãos suarem.

— Nova Orleans tem regras loucas para detetives particulares. É preciso ter mil horas de treinamento para conseguir uma licença.

— Vou começar como aprendiz de um detetive particular depois da reabilitação.

O plano parecia acalmar Riveaux, lhe dar um fio de esperança. Apenas um pequeno fio é tudo que se precisa.

— Você consegue — declarei com sinceridade.

Ela sorriu.

— Depois você pode me acompanhar e tirar sua licença de detetive particular.

— O quê? — Fiquei surpresa e encantada. — Acho que a Diocese não vai concordar com isso.

— Quem disse alguma coisa sobre contar para a Diocese? — Ela sorriu. Um rápido momento de leveza. — Magnolia Riveaux e irmã

Holiday, Agência de Detetives Particulares Redenção. Nós resolvemos o seu caso e perdoamos seus pecados.

— Promoção, leve dois e pague um. — Ajustei meu lenço de pescoço, que estava totalmente encharcado de suor. — Mas você precisa conseguir uma picape com ar-condicionado para nós.

Ela assobiou.

— Tenho uma lista longa de coisas para arrumar.

O tribunal retomou a sessão dez minutos depois.

A advogada Khan disse:

— A defesa chama nossa primeira testemunha: irmã Augustine.

A irmã Augustine, levada por uma sensação de dever, levantou e assumiu seu lugar perto do meirinho. Seu véu a acompanhou, paciente como uma pena.

O meirinho colocou a Bíblia com capa de couro diante de seu corpo flexível. A sala vibrava de expectativa.

— Por favor, levante a mão direita — pediu ele.

Quando a irmã Augustine colocou a mão esquerda sobre a Bíblia e levantou a direita, a manga de sua blusa preta desceu. Pela primeira vez, comigo na plateia e ela sob os holofotes, eu a vi como uma pessoa, não como minha Madre Superiora. Analisei seu rosto. Seus gestos. Seus espaços intermediários.

O meirinho perguntou à irmã Augustine:

— Você jura dizer a verdade, somente a verdade, em nome de Deus?

Passei os olhos por seu rosto, seus olhos calmos. A pele da parte interior do pulso direito e do antebraço. Algo chamou minha atenção. No pulso. No lugar onde as veias se cruzam. Uma marca escura cor-de-vinho na pele. Pareceu uma tatuagem por uma fração de segundos. Não.

Estiquei o pescoço, praticamente tombando para a frente para ver com atenção.

— Juro — a irmã Augustine respondeu.

Era uma queimadura.

De onde eu estava sentada, sob o jogo de sombras das luzes fluorescentes do tribunal, a queimadura da irmã Augustine tinha a forma de uma cruz, a intersecção de duas linhas que me salvou. Um ferimento na parte interna do pulso direito, exatamente onde a manga de minha blusa roubada estava queimada.

A gaze que faltava no kit de primeiros socorros. Ela havia se tratado.

Instantaneamente, eu lembrei: *Você tem cheiro de novas árvores e calêndula.* A irmã T havia dito para a irmã Augustine na manhã seguinte ao primeiro incêndio.

Olhei para Riveaux, distraída, contorcendo-se na cadeira, virando as mãos sem parar.

— Riveaux — sussurrei —, para que serve calêndula?

— Remédios homeopáticos. Relaxamento. Promove a regeneração da pele. É boa para queimaduras.

Creme para queimadura.

CAPÍTULO 31

A declaração da irmã Augustine durou dez minutos, no máximo, mas pareceu uma eternidade. Todas as peças se encaixavam, mesmo quando se desintegraram. Tive de colocar a mão sobre o coração, respirar pela boca, e contar os segundos.

Tudo estava implodindo.

No fundo do tribunal, a sargento Decker e o detetive Grogan conversavam calmamente durante o testemunho da irmã Augustine. Ela respondeu cada pergunta sobre Prince, sobre sua infância prejudicada, seu lugar na São Sebastião, o amor de Deus por ele. Cada sílaba soava como uma mentira.

Na mesa da defesa, a cabeça de Prince Dempsey balançava. A advogada Khan disse alguma coisa em seu ouvido e ele endireitou o corpo, atento. Os olhos de Grogan encontraram os meus. Seu corte de cabelo recente o fazia parecer um capitão do exército.

Antes do início do interrogatório de peritos para Riveaux, a irmã Augustine saiu do tribunal. Eu saí às pressas do meu lugar, mas não a vi. Atravessei o corredor, mas ela não estava mais lá. Voltei pelas portas principais e peguei a irmã Augustine saindo do tribunal. Seu véu preto esvoaçando.

— Irmã!

Ela se virou.

— Eu sei.

— Você sabe o quê?

— Tudo.

— O quê? — Ela ficou decepcionada.

— Sei o que você fez. Os incêndios. Jack. A irmã T. O ônibus escolar. Santa Ana.

Ela suspirou.

— Deus nos pede para fazer o impensável, para abrir um novo caminho. Esse era o meu dever. Obra de Deus.

Coloquei as mãos nos joelhos, tentei recuperar o fôlego.

— Não consigo acreditar.

— O que Deus nos pede, nós *devemos* fazer. O sacrifício. — Os olhos dela eram vazios. Baterias descarregadas. Nada piscava.

— Tenho mais sorte do que a maioria das mulheres. Eu... — A irmã Augustine não terminou a frase. — Eu faço o que Deus pede.

— Sem remorso? O que você *é*? Você sequer ainda é humana?

O rosto dela se transformou em um sorriso.

— A irmã Therese e Jack são agora infinitos no Reino de Deus, como todas as pessoas que foram sacrificadas desde o início dos tempos. O impossível é nosso verdadeiro teste. Você sabe disso melhor do que ninguém, irmã Holiday. — Ela segurou minhas mãos enluvadas.

Puxei as mãos e levantei a voz, não importava quem pudesse ouvir.

— Está dizendo seriamente que isso foi o desejo de Deus? Isso foi o *seu* desejo.

— Deus pediu que Judite tirasse uma vida.

Suas palavras eram absurdamente doidas, mas pronunciadas com tanta genuinidade que era arrepiante.

Ela abaixou a cabeça.

— Judite sentiu a respiração se extinguir em suas mãos. Deus pediu para Abraão sacrificar seu próprio sangue, *seu filho*, Isaac. Meu pai também me sacrificou. Toda aquela dor depois da guerra. Ele tinha de descontar em algum lugar. Repetidas vezes, por anos. Ele não conseguia se conter. Minha mãe fingia não notar, fingia que não me ouvia gritar. Então minha barriga começou a crescer.

Eu engasguei.

— Seu pai estuprava você? Ele a engravidou?

— Deus decretou isso, e a gravidez me salvou. Aos catorze anos, eu fui mandada para o convento, nosso convento, onde as irmãs me abrigaram, onde eu tive a criança. Trouxemos uma luz brilhante, um menino, para o mundo obscuro, enquanto a milhares de quilômetros de distância meu pai amarrava uma corda. A vergonha come as pessoas vivas.

— Sinto muito.

A vergonha destrói você, depois de decepá-lo. Quase acabara com Alce. Pelo andar da carruagem, podia acabar comigo também.

— Quando a Diocese, aqueles três charlatões astutos, tomaram tudo, nosso poder, nossa autonomia, Deus me *disse* para tomar tudo de volta. Homens mortais são fracos, é por isso que eles nunca param.

Em relação a isso a irmã Augustine estava certa. Seu próprio pai. Os agressores de Alce.

— Você usou a luva de trabalho do Bernard para iniciar o fogo? — perguntei, zonza, mal conseguindo me manter em pé. — Deve ter deixado cair perto da ambulância.

— Quando levantei os braços para rezar, uma delas escorregou — contou. — Queimei a outra no ônibus da escola.

— A irmã T sentiu o cheiro de calêndula de seu creme para queimaduras.

— Ela me pressionou a confessar, a contar à polícia — contou a irmã Augustine em uma voz tão distante, porém próxima. Nem parecia que era ela, era como se fosse uma boneca de ventríloquo.

"Somente os arruinados arruínam os outros", minha mãe dizia.

A sublimação é destruidora. A falta de poder alimenta a necessidade de controle. Acendendo o fogo. Cada segredo, uma semente de veneno. Não uma questão de *se*, mas *quando* os segredos o estrangulam de dentro para fora.

— Você botou fogo no ônibus da escola, na Santa Ana, para causar caos. Colocou minha palheta de violão perto do corpo da irmã T, enfiou minha blusa queimada na lata de lixo de minha sala de aula. — O silêncio dela me enfurecia. — Você abriu minha correspondência — acrescentei —, mexeu nas minhas coisas.

— A irmã Honor leu sua correspondência. Ela tinha certeza de que você estava envolvida. Você não é a única investigadora da São Sebastião.

— Você armou para mim, me enganou, desde o princípio — falei. — Foi *Deus* que pediu para você me incriminar também?

Eu era o alvo fácil. A irmã Augustine, o Espírito Santo. A vítima. A incendiária. O diabo. Como a beleza, o mal está nos olhos de quem vê.

A irmã Augustine alisou o véu.

— Eu sabia que você não me questionaria. Eu te aceitei, totalmente perdida, sem esperanças, mas, ah, tão pronta para seguir ordens, quando mais ninguém estava disposto a isso.

— Você me trancou no armário.

— Você é uma alma voluntariosa, precisando ser...

— Livre.

— Não, o oposto. Confiante. Como Prince Dempsey.

— O que isso significa? O que isso tem a ver com Prince?

— Vocês dois precisam de mim. Você e Prince, minhas duas crianças perdidas. Mas às vezes você só precisa de um pequeno lembrete. Eu dei uma dose insuficiente de insulina para ele, apenas um pouco a menos, no momento em que alimentava sua ansiedade. Apenas o suficiente para mantê-la confiante e desconfiada. Eu nunca deixaria nenhum de vocês dois ir longe demais. — Ela ia marcando suas façanhas malévolas como itens em uma lista de supermercado. — O que Deus pediu, eu fiz. Este é o plano Dele, não meu. Eu faria tudo de novo. — Ela agia de forma tão devota que era enlouquecedor.

— Vou levar você até a rodoviária. Você vai sair de Nova Orleans hoje à noite — pressionei. — Depois do jantar. Uma última ceia.

— Este é meu lar.

— Na verdade, é *meu* lar. Você não o merece.

A caminho do convento aquela noite, eu poderia ter contado tudo a Riveaux. Que eu deixei passarem as pistas. Era a irmã Augustine que tinha causado os incêndios, que tinha matado Jack e a irmã T para manter o controle, para punir homens abusivos. Para salvar a igreja, a escola, sua história e seu poder. Ela orquestrara o ardil supremo, e eu tinha sido um peão. Usando as luvas de trabalho de Bernard, ela acendeu o fósforo. Entrou e saiu da cantina, subiu e desceu do ônibus antes dos incêndios, antes de ser notada ou lembrada. As pessoas veem o que querem ver. De véu e túnica, freiras são invisíveis.

A irmã Augustine me usou. Eu achei que ela tinha me recebido na Ordem no ano passado devido à força de sua fé. Eu poderia ter redenção, ajudar a vivificar as escrituras, ela disse, evitar atritos, abrir um novo capítulo para a igreja. Porém, o tempo todo, ela estava mexendo os pauzinhos. Queria recuperar o pouco controle que tinha. A irmã Augustine nunca poderia ser padre ou bispo. Nenhuma mulher podia. Ela não ia deixar a Diocese apagá-la. Seu cérebro e coração foram corroídos por seus próprios abusos, pela podridão institucional, décadas de supuração.

E eu merecia aquilo.

Tudo aquilo.

Minha penitência.

Quando Riveaux soubesse a verdade, ela diria a Decker e Grogan. Eu não podia falar até ter certeza de que a irmã Augustine havia partido. Senão ela ficaria na cadeia pelo resto de sua vida. A irmã Augustine tinha cometido o pecado supremo, mas eu também tinha. Eu já tinha matado uma mãe. Não ia perder outra.

CAPÍTULO 32

O jantar foi um estudo em tenso silêncio. Nem o ventilador de teto fazia barulho. Enquanto eu servia o ensopado de peixe da irmã Augustine, cozido por tanto tempo que estava se desfazendo, fiquei surpresa por seu comportamento excepcionalmente calmo, sua determinação estoica. Tentei imaginar qual roteiro ou escritura estava se passando naquela mente cifrada. Na última ceia, Jesus disse a Judas para seguir em frente. Ele não apenas previu a traição, não a impediu. Pelo menos no meu entendimento, deu sinal verde para aquela merda.

Não dá para andar para trás. Apenas para a frente. Exceto Jack e a irmã T, que estavam em caixões.

E John, que estava de licença não remunerada, aguardando revisão pela Diocese. Se o registro de John fosse suspenso, ele ficaria sem trabalho e Kathy estaria ferrada. Mais vítimas da irmã Augustine. E minhas.

Felizmente, Lamont e Jamie estavam se recuperando. Se puderam sobreviver ao fogo, conseguiriam lidar com as bobagens tóxicas de suas famílias. Talvez houvesse uma fagulha de esperança. Alguma cura ainda por ser descoberta.

...

Bernard me emprestou o carro. Menti, dizendo que precisava ajudar um aluno com uma emergência. Embora eu não tivesse mais carteira de motorista e ele nunca tivesse me visto dirigir, Bernard nem titubeou.

— O que você precisar, irmã.

Com o dinheiro que ele me deu para a tatuagem de Judite dias antes, e cem dólares que roubei dos fundos para despesas miúdas do convento, a irmã Augustine teria o suficiente para uma passagem de ônibus para o México. Levei-a para a rodoviária, rezando para que ninguém nos visse.

O ar era séptico no carro de Bernard. Suei na blusa. Com a rodoviária à vista, rompi o silêncio.

— Achei que você me amasse.

— Isso não tem nada a ver com *você* — disse a irmã Augustine. — Isso é muito maior do que você.

— Você quebrou tanta coisa. Minha confiança. Meu coração.

— Deus vai curar seu coração se você se submeter a Ele. O bispo não pode se submeter, o bispo acha que é um Deus, mas só existe *um*. Meu pai não pôde nem se submeter, nem se arrepender, e pagou com a própria vida. Minha mãe também, não compreendendo o pecado original ou a redenção. — Estava tão quente no carro, mas havia gelo em sua voz. — Você aprendeu alguma coisa desde que entrou para a Ordem?

No estacionamento da rodoviária, a porta se abriu e a irmã Augustine saiu do carro. Com o dinheiro na mão, o hábito afixado com firmeza em seus cabelos brancos, a irmã Augustine recitou Êxodo 15:2.

— "O Senhor é minha força e minha canção; ele é minha salvação." — Ela largou o rosário no painel do carro. — Você vai precisar disso.

Para qualquer espectador, podíamos ser uma família. Uma sobrinha dizendo boa viagem à sua tia preferida. Ou mãe e filha.

Seu ônibus saiu do estacionamento sem alarde. Estava nebuloso, silencioso. Sem pássaros noturnos nem cigarras. Sem sapos.

Naquele silêncio desarmante, peguei o rosário e tentei rezar. Tentei falar com Deus. Eu não estava pronta para voltar à igreja ou ao convento. A ideia era sufocante. Meus dedos tocavam cada conta, mas meu cérebro ficava cortando as palavras. Tentei mais algumas vezes, depois desisti.

De volta ao estacionamento da igreja, fechei a porta e tranquei o carro de Bernard. Caminhando na direção do convento, eu me senti desconectada. O que eu tinha acabado de fazer?

O santuário da calçada piscava como vaga-lumes na noite densa.

Foi quando eu vi. Estacionada na rua, uma visão familiar entrou em foco. A picape vermelha de Riveaux tinha saído da mecânica.

Corri até ela. As chaves, como sempre, estavam no contato. Bati na janela.

— Riveaux? — Mas ela não estava lá.

Da passarela da escola, as luzes internas da igreja entravam pelos vitrais.

Coloquei a cabeça lá dentro.

— Olá?

Riveaux estava no meio da igreja, entre duas seções de bancos.

— O que foi? — perguntei. — Você precisa de uma sessão de oração tarde da noite, ou algo assim?

Falando no celular, Riveaux levantou a mão para sinalizar *pare*.

Conforme caminhava na direção do altar, balancei a cabeça. Não podia acreditar no que estava vendo.

— Irmã Augustine?

A irmã Augustine estava ajoelhada na frente de Riveaux no altar. As mãos unidas, polegar com polegar, em posição de prece. Algemas prendiam seus pulsos finos.

— O que está acontecendo?

Riveaux, com a mão no braço da irmã Augustine, riu.

— Você é demais. Está me perguntando?

A irmã Augustine não saiu da posição de oração. Não olhou para mim nem rompeu sua concentração.

— Você nunca vai adivinhar quem causou os incêndios — disse Riveaux sem emoção, e tomou um gole de sua garrafa de água.

Segurei o coração.

— Posso explicar!

— Você resolveu o caso. — Riveaux nunca tirou os olhos do chão, como se fosse pedir demais. Como se eu não fosse digna de um olhar de frente. — Muito bem, irmã Dourada.

Fiquei sem fala.

— Eu ouvi a conversa de vocês depois do testemunho da irmã Augustine. — Ela fez uma pausa estranha, como se estivesse decidindo entre empatia ou raiva. — Mas foi mais do que isso. Eu ouvi tudo o que você disse na picape nessas últimas duas semanas. A resposta sempre em evidência. Tudo apontava para a Ordem. Vocês todas tinham o acesso, a programação. Eu te segui por duas semanas. Até vi você brigar com Prince Dempsey. Alguma merda clichê de freira, com aquela régua. Eu te segui até a rodoviária.

— Você me seguiu? Me deixou andar com você esse tempo todo só para poder me espionar? — perguntei. — Você disse que éramos uma equipe. Amigas. Você mentiu!

— *Eu?* Você tentou tirar ela do país. Estou fazendo o meu trabalho.

— Não é mais o seu trabalho — corrigi.

Ela me ignorou. De repente se transformou em uma estranha.

— Depois do seu passeio até a rodoviária, eu parei o ônibus dela. Não posso prendê-la oficialmente, mas Grogan e Decker podem. Eu liguei para eles. Estão a caminho.

— Não.

— A irmã Augustine ficou aliviada por eu a ter encontrado. Ela pediu um tempo para rezar uma última vez no altar antes de ser entregue à Divisão de Homicídios.

Eu estava trêmula. Tentei me ajoelhar com firmeza, mas caí. Meus joelhos bateram no chão com violência, não na maciez do genuflexório.

— Grogan vai me prender também? — A Igreja girava. O vitral era um caleidoscópio perverso.

— Vai. Você estava auxiliando e sendo cúmplice.

— Vou mentir. — Um instinto estranho, mas familiar, me encontrou. Sobrevivência. A qualquer custo. — Vou dizer que você estava drogada, fora de si, e perdeu provas. E que eu não fazia nenhuma ideia de que a irmã Augustine estava envolvida.

— Que cristão de sua parte.

Ouvi uma batida forte. A porta principal da igreja. Por onde muitos paroquianos entravam e saíam em busca de redenção. Caminhando em nossa direção, estavam Prince e BonTon.

A irmã Augustine levantou. As mãos algemadas diante do corpo.

— Prince, saia.

— Isso aqui é uma festa ou uma fossa?

— Saia! — repeti. — Agora!

Prince olhou para mim, depois para a irmã Augustine.

— Que porra é essa? — gritou ele. — Por que ela está algemada?

BonTon mostrou os dentes e foi para cima de Riveaux.

— Tire essa maldita cachorra de perto de mim — gritou Riveaux.

— Ou o quê? — rebateu Prince. — Você não é da polícia, então não pode fazer nada.

— Vá para fora — supliquei a ele. — Irmã Augustine, por favor, faça Prince escutar.

Virei para ver a reação da irmã Augustine, mas ela tinha desaparecido. Tinha fugido durante o teatro de Prince.

— Riveaux — chamei.

— O que foi agora? — Riveaux virou a cabeça em minha direção tão rápido que seus óculos quase voaram do rosto.

— A irmã Augustine sumiu.

— Droga. Vá para a frente — ordenou Riveaux. — Eu vou pela porta lateral. — Passei correndo por Prince enquanto a cachorra latia. Corri para as portas principais, mas não vi nada. Riveaux estava se movimentando devagar, mal conseguia correr, estava mais torpe do que nunca. Quando ela saiu pela porta lateral, eu já tinha dado duas voltas na escola.

— Onde ela foi parar? — perguntei.

— Ela está algemada. — Riveaux estava chapada, mas racional. — E é velha. Não vai conseguir ir muito longe.

— Irmã — gritei para o ar —, você não é assim.

Não que eu ainda soubesse quem ela era.

Riveaux apontou.

— O galpão.

Do outro lado do pátio, o galpão de ferramentas estava aberto. Algo fazia barulho lá dentro.

Corri até lá a toda velocidade, com Riveaux suando atrás de mim.

— Irmã Augustine.

No galpão, senti o cheiro. Aquele cheiro doloroso, quente, doce. Gasolina.

— Irmã, não.

Acendi a luz e vi a irmã Augustine ajoelhada no chão molhado. Ela havia se encharcado de gasolina. O recipiente vermelho que Bernard usava para encher o velho cortador de grama estava ao lado dela, vazio. Seu véu, ainda na cabeça, pingava gasolina. A túnica estava ensopada.

— Irmã. O que você vai fazer?

— Está na hora. — Ela levantou. — A hora chegou. Meu renascimento será esta noite. Em nome de Deus, oremos. — Entre seus dedos estava uma das cartelas de fósforo de Bernard.

Riveaux estava ofegante atrás de mim.

— O que está acontecendo aqui?

— Para trás — supliquei. — Dê espaço a ela.

A irmã Augustine passou por mim, saindo do galpão. Os vapores de gasolina me fizeram ver triplicado.

— Irmã Augustine. Por favor.

Do lado de fora, sob o brilho turvo do poste de luz, o sorriso da irmã Augustine retornou.

Ajoelhei na frente dela.

— Suicídio é pecado.

— Assim como assassinato — disse ela com suavidade. — Mas é o que Deus quer.

— Mas você não vai ter tempo para se arrepender — gritei. — E se for verdade? E se for *tudo* verdade? Você vai ficar no inferno para sempre.

Em certo momento, a irmã Augustine devia ter contorcido as mãos magras nas algemas para abrir a cartela vermelha de fósforo. Ela arrancou um palito de papel do maço.

— Largue os fósforos, por favor — falei. — Lembre-se, "Deus não nos criou para possuir, mas para cuidar da criação". Estamos alugando estes corpos. Pertencemos a Deus.

A irmã Augustine caiu de joelhos.

Eu fui até ela.

— Você tem razão, irmã Holiday. Minha vida não me pertence para dar fim a ela. — Ela continuou o catecismo. — Somos inquilinos, não donos, da vida que Deus confiou a nós. Não cabe a nós descartá-la.

Ela tentou erguer as mãos algemadas e encolhidas para o céu, e eu tirei a cartela de fósforos dela e a joguei para Riveaux. A comoção devia ter alertado a irmã Honor. Ela se aproximou da porta aberta do galpão com cuidado.

— Eu devo me arrepender — a irmã Augustine disse. — Senhor, meu Salvador. Tudo o que faço, faço por Você. Eu sacrifiquei nosso irmão Jack e nossa irmã Therese para Sua glória.

A irmã Honor rosnou como um animal ferido.

— O quê?

— Agora não — pediu Riveaux.

— O que você disse? — perguntou a irmã Honor.

— É tudo por você, Senhor.

— Você *sacrificou* Jack e a irmã Therese — a irmã Honor vociferou para a irmã Augustine, cuspindo saliva.

— Nos dê espaço — mandei.

A irmã Honor pegou os braços da irmã Augustine, a levantou, a jogou contra a parede externa do galpão. Tentei puxar a irmã Honor, mas ela me empurrou.

— Pare — ordenou Riveaux. — Você não está ajudando.

— O que você fez? — perguntou a irmã Honor em tom venenoso.

— Eu não me arrependo — disse a irmã Augustine. — Não me arrependo.

A irmã Augustine se afastou do galpão. A irmã Honor era feroz como a sede. Coloquei a mão em seu grosso braço de novo.

— O que você fez? — perguntou a irmã Honor. — Como pode dizer uma coisa dessas? Você *traiu* todas nós.

A irmã Augustine andava de costas na calçada, gritando:

— Tudo o que faço, tudo o que eu fiz a cada minuto de cada dia, foi tudo por Deus. Eu não deixaria que a gente, o nosso trabalho, fosse apagado.

A irmã Honor continuava berrando na cara dela, enquanto Riveaux a segurava. As lágrimas da irmã Augustine escorriam numerosas, com o sangue de Jamie.

— Não — gritou Prince. — Parem. Deixem ela em paz. — BonTon mordiscou a perna de Riveaux, fazendo-a pular para trás e soltar a irmã Honor.

Quando Honor se libertou, seus dentes cortaram o ar com intermináveis insultos. A irmã Augustine chorava e se afastava, passo a passo, até ser tarde demais. Estávamos tão focadas em interromper os ataques verbais da irmã Honor que ninguém notou o que estava acontecendo. A irmã Augustine tinha andado de costas até o santuário da calçada. Havia dezenas e dezenas de velas, mas só foi preciso um pavio. Seu hábito, ensopado de gasolina, explodiu em uma parede de chamas. Mais rápido que um "amém".

— Irmã — gritei. — Não!

— Salvem ela! — Prince andava em volta de seu corpo em chamas. BonTon latia.

A irmã Augustine estava sacudindo os braços. Ela rugiu e caiu como uma fera atingida por uma lança.

Tão instintivamente quanto piscar, estendi a mão a ela. Para salvá-la, ou sentir o fogo. Ficar em chamas com ela. Com minha mãe.

Minha vez.

Uma cinza pulou como uma pulga e inflamou meu braço. Fiquei chocada demais para gritar. Meu braço estava pegando fogo. Por um segundo cruel, eu senti. A totalidade daquilo, o doce alívio de desistir, deixar ir, deixar tudo *ir*. Não redenção, mas liberdade. O calor era um golpe de facas serrilhadas, infiltrando-se por minhas roupas, conflagrando minha pele, queimando a cruz de metal em meu peito.

Só que então meu corpo foi erguido. Riveaux havia me levantado e me colocado no asfalto seco. Tentei levantar de novo.

Riveaux me segurou.

— Não.

Uivei quando Riveaux apagou a brasa acesa em meu braço.

Com seu véu, a irmã Honor estava batendo freneticamente na constelação de chamas que devorava a irmã Augustine, que estava de barriga para baixo, gritando. Porém, era tão elaborado, o fogo, tão furioso enquanto engolia nossa Madre Superiora em luz quente. Seus gritos eram tão altos que pareciam quase seráficos.

— Pare com isso — supliquei a Riveaux, que saltava como um boxeador no ringue, inabalável. Ela puxou a irmã Honor para o chão.

Prince xingava, abraçava BonTon. Apesar de toda a sua conversa, a única coisa que ele conseguia fazer era chorar.

Entrei no galpão, caminhando sobre o piso ensopado de gasolina, segurando o antebraço. *Salve, Rainha, mãe de misericórdia, vida, doçura, esperança nossa.* A mangueira estava embaraçada, então coloquei o balde sob a pia grande. Enchi e voltei correndo.

Quando voltei, a irmã Honor estava girando como uma roda de Catarina, com todo o braço direito em chamas. Ela caiu para trás, a menos de um metro do fogaréu que era a irmã Augustine.

— Role! — gritou Riveaux. — Role! Cubra boca!

Eu só tinha um balde.

Riveaux gritou.

— Jogue.

Uma dose de água para duas pessoas em chamas.

Fosse por lógica, instinto, ou Deus agindo por mim, escolhi a irmã Honor, joguei a água em seu braço em chamas. O olho do fogo piscou por uma fração de segundo, como se estivesse me observando.

Ele faiscou intensamente, depois morreu.

— Ó, Deus. — A irmã Honor estava sem fôlego, olhos fechados. Ela levantava o braço queimado, com medo de fazer contato, ao que parecia.

Quando a fumaça se dissipou, deu para ver a irmã Augustine, uma carcaça esturricada no chão.

— Por que você me salvou? — A irmã Honor caiu de joelhos. — Você devia ter escolhido ela.

— É uma forma patética de me agradecer.

— Ela morreu. — A irmã Honor se encolheu, ajoelhada no asfalto áspero. — Acabou. Acabou tudo.

Não havia outras palavras além de:

— Vamos começar de novo.

— Como?

— Porque precisamos.

Eu tinha perdido uma mãe novamente, mas não tinha sido culpa minha dessa vez.

A irmã Augustine fizera sua escolha.

— Me desculpe! — A irmã Honor bateu na cabeça, quase arrancou os cabelos. — Me perdoe! Eu sinto muito.

Levantei os olhos e vi Grogan e Decker atravessando a rua correndo. Decker foi cuidar da irmã Honor e Grogan inspecionou o corpo de Augustine, que estava ardendo, mas perfeitamente imóvel. Como meu pobre companheiro Jack depois de seu mergulho para o desconhecido. Luzes dos caminhões de bombeiros que se aproximavam iluminaram a rua. Prince chorava, abraçando o corpo musculoso de BonTon.

Ajoelhada no chão abrasador, as queimaduras em meu braço direito pareciam radioativas.

A irmã Honor gemia e tentava não mexer o braço enquanto Decker a ajudava a ir até a ambulância que estava parada perto do círculo de palmeiras.

O fogo tinha consumido a maior parte do rosto da irmã Augustine, como um mar de ácido. O fogo sempre viria.

Talvez nunca fosse para eu salvar minha mãe ou minha Madre

Superiora. A morte não é apenas irreversível, ela é inevitável. Humanos são feitos para suportar uma perda após a outra. *Deus* é o nome que precisamos nos ouvir dizer para continuar vivendo. E precisamos que Deus nos teste. Como vidro temperado, o calor nos faz mais fortes. Mais sagrados e belos.

Grogan me levou para o outro lado da rua, uma demonstração barata de valor.

— Não sei se você tem má sorte ou só a leva para todo mundo — falou ele. Sua voz era como caramelo queimado.

Riveaux foi atrás, ofegante. Quando Grogan correu de volta até o corpo da irmã Augustine, ela se aproximou.

— Não vou te dedurar. Não vou contar que você estava ajudando ela a fugir da cidade.

— Como posso acreditar em alguma coisa que você diz?

Ela olhou bem nos meus olhos.

— Minta sobre a passagem de ônibus. E minta bem. Eu vou confirmar sua versão.

— Não preciso de você.

— Na verdade, você precisa.

Ela bateu no dente canino, se virou e foi embora.

Um tempo depois, Rosemary Flynn apareceu com uma garrafa de água. Lágrimas borravam seu rímel normalmente perfeito.

— A cidade toda está aqui? — Agi como se estivesse chateada em vê-la, mas quando Rosemary estava perto de mim, relâmpagos brilhavam em minhas mãos, sob minha pele, como se eu estivesse suando dentro do meu sangue.

— Fique quieta e me deixe te ajeitar. — Ela ajeitou meu braço, me fazendo gritar de dor. — Desculpe.

— Isso não está ajudando. — Fiz cara feia.

— Eu estava na Saint Charles, ouvi sirenes e vim atrás.

A coceira na parte interna de minha queimadura era excruciante. Tatuagens e cicatrizes, mapas de onde estive e de quem fui. Eu queria beijar Rosemary enquanto ela continuava mexendo em mim. Aproximar o rosto do dela e pairar ali. O choque delicado do primeiro beijo. A voltagem que faz um coração morto voltar a bater.

Promessas. Votos.

Fiz uma promessa a minha mãe, de encontrar sentido. Em sua morte. Nesta vida.

Riveaux e eu fizemos uma promessa de guardar os segredos uma da outra.

Os olhos da irmã Honor estavam vermelhos, como se tivessem sido tingidos como ovos de Páscoa decorativos. Seus curtos cabelos brancos estavam expostos. Ela segurava minha mão esquerda. Traçando uma linha entre este mundo e o que quer que estivesse atrás de nós, recitamos entre lágrimas palavras que, esperançosamente, subiriam com a fumaça para o próximo reino.

— "Das cinzas às cinzas, do pó ao pó. No suor do teu rosto comerás o teu pão, até que te tornes à terra. Porque delas foste tomado; porquanto és pó e em pó te tornarás."

Sou uma pecadora, mas quando toco meu braço queimado, a cicatriz se formando, sinto o calor de algo divino, como a hóstia derretendo em minha língua.

Eu deveria acreditar que Deus é um homem branco poderoso de barba branca, que reside em uma nuvem branca de marshmallow, mas não acredito. Deus não é uma pessoa. Deus é tudo, está em todos os lugares, em tudo, é os detalhes de que me lembro e tudo o que esqueci. Está na teimosia do fogo. Em pistas tão óbvias que cegam. No sangue que purifica e no sangue que mata. Deus é perfeição, mesmo na destruição. Esta deve ser a única coisa de que tenho certeza: Deus está especialmente vivo nas mulheres. O arco de um ombro, a profundidade cinzenta de um olhar, a mão que é forte o suficiente para oferecer e aceitar, a mão que é forte o suficiente para dar.

AGRADECIMENTOS

A minhas agentes, Laura Macdougall e Olivia Davies: minha gratidão eterna. Sua visão astuta, sua generosidade de espírito e sua determinação mantiveram o fogo aceso.

Para meus anjos dos livros, Gillian Flynn e Sareena Kamath: agradecimentos incomensuráveis por seu brilhantismo e por trazerem a irmã Holiday para o mundo. Obrigada ao time dos sonhos da Zando e a Evan Gaffney e Will Staehle pela icônica capa.

Aos primeiros leitores, estudiosos de ficção de crime, ouvintes profundos e artistas mágicos de minha vida: Puya Abolfathi, Jenn Ashworth, Sienna Baskin, Rebecca Castro, Adam Dunetz, George Green, Summer J. Hart, Tonya C. Hegamin, Hilary Hinds, Lee Horsley, Debra Jo Immergut, Nguyen Phan QueMai, Edie Meidav, Petra McNulty, Anthony Psaila, Michael Ravitch, Liz Ross, Pamela Thompson e Todd Wonders. Um agradecimento profundo por suas mentes incisivas e relâmpagos de neon. Obrigada aos bombeiros locais por compartilharem sua experiência (e nos manterem em segurança) e ao policial que gentilmente me deixou acompanhá-lo e aprender sobre o trabalho.

Ao apoio do Massachusetts Cultural Council, I-Park Foundation de Connecticut, Vermont Studio Center, Sisters in Crime e Eastern

Frontier Foundation Norton Island Residency, que me ajudaram a concretizar esta obra.

Agradecimentos infinitos à minha família pelo apoio de sempre. Gratidão eterna à minha parceira Bri Hermanson, que aprecia a beleza de cada dia, que nunca me deixa desistir.

Às freiras, aos místicos, às bruxas, aos otimistas teimosos, aos curandeiros queer, aos cuspidores de fogo: obrigada. À cidade de Nova Orleans, obrigada por abrir seu coração ardente para mim.

Este livro é para vocês, queridos leitores, onde e quando estiverem. Há esperança para nós.

SOBRE A AUTORA

MARGOT DOUAIHY é uma libanesa-americana de Scranton, na Pensilvânia, que atualmente mora em Northampton, Massachusetts. Ela tem doutorado em escrita criativa pela Universidade de Lancaster, no Reino Unido. É autora das coletâneas de poesia *Bandit/Queen: The Runaway Story of Belle Starr*, *Scranton Lace* e *Girls Like You*. É membra fundadora da Creative Writing Studies Organization e membra ativa da Sisters in Crime e da Radius of Arab American Writers. Integrante da Mass Cultural Council's Artist Fellowship, foi finalista dos prêmios Lambda Literary Award, Creative Writing Award da *Aesthetica Magazine* e Ernest Hemingway Foundation's Hemingway Shorts. Seus textos foram publicados em veículos como *Queer Life, Queer Love*; *Colorado Review*; *Diode Editions*; *Florida Review*; *North American Review*; PBS *NewsHour*; *Pittsburgh Post-Gazette*; *Portland Review*; *Wisconsin Review*, entre outros. Margot dá aulas de escrita criativa na Franklin Pierce University, em Rindge, New Hampshire, onde também trabalha como editora da *Northern New England Review*. Como coeditora da série *Elements in Crime Narratives*, da Cambridge University Press, ela almeja reformular a bolsa de estudos de escrita de crime, com foco no contemporâneo, no futuro, na inclusão e na decolonialidade.

**Acreditamos
nos livros**

Este livro foi composto em Pliego e Field Gothic e impresso pela Lis Gráfica para a Editora Planeta do Brasil em outubro de 2024.